KB076830

스마트폰을 떨어뜨렸을 뿐인데 : 붙잡힌 살인귀

스마트폰을 떨어뜨렸을 뿐인데

: 붙잡힌 살인귀

시가 아키라 지음 │ 김진환 옮김

𝒜

차례

제1장 ·· 7

제2장 ··· 57

제3장 ··· 127

제4장 ··· 165

제5장 ··· 227

최종장 ·· 303

주요 등장인물

키리노 료이치 카나가와현 지방경찰청 사이버범죄대책과 소속 형사

마키타 히데토시 카나가와현 지방경찰청 경무부장

마츠다 미노리 키리노의 애인. IT보안 회사 근무

우라이 미츠하루 탄자와 산중 연쇄살인 사건의 범인

부스지마 토오루 마츠다 경찰서 수사1과 소속 형사

모리오카 하지메 미노리가 근무하는 IT보안 회사 사장

니와 슈이치 비트머니사 사장

쿠보타 미노루 비트머니사 부사장

JK16 사악한 해커에게 맞서는 실력이 뛰어난 화이트해커

일러두기

본문의 주석은 모두 옮긴이 주입니다.

제1장

A

카나가와현 지방경찰청 생활안전부 사이버범죄대책과.

지난달 이곳에 배속된 키리노 료이치는 오늘 하루 종일 책상에 앉아 컴퓨터와 씨름하고 있었다.

형사과에서 가져온 모 사건 용의자의 PC 하드디스크를 조사 중이었다. 이 하드디스크에 결정적인 증거가 있을 거란 이야기를 들었지만, 온종일 뒤져봐도 이렇다 할 데이터는 나오지 않았다. 경찰은 PC를 증거품으로 압수하면 제일 먼저 하드디스크를 복사한다. 지금 조사하는 것도 압수한 원본 하드디스크가 아닌 복사본이었다. 잘못 건드려 데이터가 달라지기라도 하면 증거로서의 효력이 사라지기 때문이다.

메일의 경우는 사용자가 PC에서 데이터를 지우더라도 서버에 남은 접속 기록을 확인해 송수신자를 특정하거나 데이터

자체를 확보할 수 있다. 삭제된 데이터를 복구하는 방법은 그 밖에도 몇 가지가 더 있지만, 이 PC의 주인은 IT 지식이 상당한지 도움이 될 만한 데이터를 남기지 않았다.

사실 메일이나 파일은 지운 다음 휴지통까지 비워도 PC 내부에 해당 데이터가 그대로 남아 있다. 사용자가 삭제하는 것은 사진, 동영상 같은 데이터의 관리 정보뿐이다.

물론 일반인은 쉽게 복원할 수 없다.

하지만 요즘 들어 메일, 사진, 동영상 같은 데이터가 범죄 사건의 결정적 증거로 쓰이면서 디지털 포렌식이라는 증거 데이터 복원 기술이 비약적으로 발전했다. 특히 미국에서 개발된 복원 프로그램은 정확도와 복원율이 뛰어나, 지금은 경찰뿐 아니라 일반 기업에서도 부정 방지용으로 활용할 정도다.

키리노는 이 미국제 복원 프로그램을 개량해 쓰고 있다. PC를 한 대 더 두고, 아침부터 복원 프로그램을 돌리고 있는데 아직까지 별다른 것이 보이지 않는다.

이런 컴퓨터 속 보물찾기가 키리노가 맡은 업무 중 하나였다.

그러나 복원 프로그램이 아무리 뛰어나도 애초에 엉뚱한 PC를 압수해왔다면 아무 소용이 없다. 애초에 PC 주인이 범인이 아닐 가능성도 있다. 그런 불안이 키리노의 뇌리를 스쳤다. 게다가 범인이 엄청난 IT 기술자라면 키리노의 복원 프로그램으로도 데이터를 되살릴 방법이 없었다.

디지털 포렌식 그리고 카나가와현 지방경찰청 사이버범죄대책과가 상대해야 하는 또 하나의 적은 시간이다. 프로그램의 도움을 받더라도 데이터를 복원하려면 하드디스크를 샅샅이 뒤져야 한다. 당연히 하드디스크 사용 용량이 크면 클수록 복원 작업에 시간이 더 걸린다.

또 최근 들어 카나가와현 지방경찰청이 사이버범죄대책과 인원을 급격히 늘리고 있지만, 수사관은 키리노를 포함해 예순 명 정도다. 그런 인원으로 랜섬웨어, 피싱 사기, 만남 사이트를 이용한 원조 교제, 학교의 비공식 사이트에서 벌어지는 집단 괴롭힘 등 사이버 공간에서 일어나는 수많은 사건에 대처해야 한다.

게다가 키리노의 주요 업무는 그런 사이버 범죄를 예방하기 위한 계도 및 홍보였고, 이번 디지털 포렌식은 지방경찰청이인자인 마키타 히데토시 경무부장이 특별히 지시한 안건이었다.

〔오늘 저녁 7시에 만나기로 한 약속, 지킬 수 있겠어? 오기 힘들 것 같으면 편하게 말해줘.〕

애인 마츠다 미노리가 메시지를 보내왔다.

오늘은 그녀의 스물네 번째 생일이었다.

벽시계를 보니 바늘이 오후 6시를 넘어가고 있었다. 곧장 답신을 보내야겠지만, 뭐라고 해야 할지 망설여졌다. 모니터에 스캔 상황을 알려주는 대화 상자가 떠 있었다. PC가 빠른 속도로 하드디스크를 읽어 들이고 있지만, 디지털 포렌식이 언제 끝날지는 아무도 몰랐다. 이 컴퓨터 속 보물찾기가 끝나기 전에는 퇴근할 수 없다.

키리노는 현직 경찰관이기는 하지만, 경찰학교를 졸업하고 형식적으로 파출소 근무를 거친 뒤 바로 이 사이버범죄대책과로 배속됐다. 민간 IT보안 회사에서 상당한 연봉을 받으며 일하다가 반년 전쯤 카나가와현 지방경찰청으로 이직한 것이었다. 그래서 컴퓨터나 IT 관련 기술은 동료들 중 가장 뛰어났다.

〔조금 늦을지도 몰라.〕

스마트폰에 글자를 입력하고 메시지를 보내려던 순간이었다. 스캔 상황을 알리는 진행 표시줄이 빠르게 채워지기 시작하더니 이내 '스캔 종료' 알림이 뜨고, 삭제된 사진들이 하나둘씩 모니터에 떴다.

"됐어."

키리노는 중얼거렸다.

하지만 사진들을 보자 가벼운 현기증이 일었다.

스마트폰을 떨어뜨렸을 뿐인데 : 붙잡힌 살인귀

네다섯 살쯤 돼 보이는 소녀들의 전라 사진이었다. 벌거벗은 중년 남성이 함께 찍힌 혐오스러운 사진도 있었다.

이 PC의 주인은 아동 포르노 마니아로, 이런 디지털 데이터들을 인터넷에서 팔고 있었다. 게다가 사진 속 소녀 중 한 명이 최근 행방불명되면서 경찰이 그를 중요 참고인으로 조사 중이었다. 키리노는 그 소녀가 지금 어떤 상황에 처해 있는지 신경 쓰였지만, 사건에 대한 생각은 되도록 하지 않기로 했다. 그는 이미 착실하게 임무를 완수했다. 나머지는 형사부 몫이다.

아무튼 이제 미노리의 생일을 축하하러 갈 수 있다. 시곗바늘은 오후 6시 15분을 앞두고 있다.

그때 키리노 앞에 놓인 내선 전화가 요란하게 울렸다.

B

남자가 테이블에서 카페라테를 마시는데, 세미롱헤어를 한 젊은 여성이 컵을 들고 창가에 앉는 것이 보였다. 동그란 눈이 시선을 끄는 상당한 미인이었다. 빨간 체크무늬 주름치마와 얇은 흰색 니트 위로 핑크색 카디건을 걸쳤다.

야마시타 공원 근처에 있는 이 커피 체인점에서는 요코하마 항구에 정박한 히카와마루호가 내다보였다. 태평양전쟁 때 병원선으로 활약한 배는 1960년에 퇴역한 뒤로 늘 저곳에서 요코하마 거리를 지켜보고 있다.

오후 6시가 다 됐지만 카페는 그리 붐비지 않았다.

여자의 맞은편 테이블에서 샐러리맨처럼 보이는 남자가 노트북을 열고 일심불란하게 키보드를 두드렸다. 그 밖에는 태블릿으로 만화를 읽는 학생인 듯한 남자가 한 명, 스마트폰 게임에 열중한 남고생 두 명, 수다에 여념이 없는 중년 여성 세 명이 보일 뿐이었다.

미인이 핸드백에서 핑크색 케이스를 끼운 스마트폰을 꺼냈다.

남자는 멀찍이서 그 모습을 확인하고 눈앞에 놓인 랩톱형 PC 화면을 내려다봤다.

〔580억 엔 상당 가상화폐 유출. 해외 서버를 통한 부정 접속.〕

아까부터 보고 있던 인터넷 뉴스의 메인 페이지에 요즘 화제인 가상화폐 유출 사건 기사가 올라와 있었다. 가상화폐란화폐 기능을 하는 인터넷상의 전자 데이터를 말한다. 2004년에 사토시 나카모토라는 인물이 인터넷에 발표한 논문을 기반으로 만들어져, 2009년부터 실제로 거래되기 시작됐다. 이름은 일본식이지만 가명이라는 설이 유력했고, 따라서 국적도 불명이었다. 애초에 실존하는 인물인지도 확실하지 않았다.

기사는 최근에 발생한 전대미문의 가상화폐 거액 유출 사건을 전하고 있었다. 일본의 가상화폐 거래소가 해외 서버를 경유한 공격에 당한 것이었다. 남자는 무심코 기사에 빠져들었다가 이내 정신을 차리고 창가의 미인을 관찰했다.

갈색 머리카락에 반쯤 가려진 우울한 얼굴이 스마트폰을 들여다보고 있었다. 컵에 든 갈색 음료를 한 모금 마시고 스마트폰을 터치했다. 물론 카페에 자신의 행동을 관찰하는 남자가 있는 줄은 꿈에도 모르리라.

남자는 랩톱의 터치패드를 손가락으로 두드렸다.

〔오늘 저녁 7시에 만나기로 한 약속, 지킬 수 있겠어? 오기 힘들 것 같으면 편하게 말해줘.〕

그녀가 보낸 메시지가 남자의 PC에도 표시됐다.

이 커피 체인점에서는 와이파이를 무료로 사용할 수 있다. 호텔이나 공항 등에서 서비스하는 무료 와이파이와 마찬가지로, 이런 곳에서는 비교적 쉽게 남의 단말기를 들여다볼 수 있

다. 일반 가정처럼 와이파이에 길고 복잡한 비밀번호를 걸어
두면 해킹을 막을 수 있겠지만, 많은 사람이 이용하는 시설에
서는 편의성 때문에 비밀번호를 설정하지 않는 경우가 대부분
이었다.

갈색 머리 미인이 접속해 있는 것은 카페 와이파이가 아니
었다. 남자가 카페의 무료 와이파이 서비스인 것처럼 꾸민 가
짜 와이파이를 자신도 모르는 사이에 이용하고 있었다. 여자
가 스마트폰에서 하는 모든 일이 남자 앞에 놓인 랩톱 PC에
그대로 표시됐다.

일단 그 스마트폰 발신자의 이름을 보고 그녀가 마츠다 미
노리라는 것을 다시 한 번 확인했다.

남자는 여자가 뛰어난 해커일 가능성을 고려해, 일부러 그
녀가 자주 이용하는 커피 체인점에 함정을 파뒀다.

마츠다 미노리가 이번에는 인터넷에 접속해 뉴스를 보기 시
작했다. 모 주간지가 밝힌 지상파 방송국 아나운서의 이중 불
륜 기사를 읽는가 싶더니 이내 맛집 사이트로 가서 모토마치
에 있는 '화이트 테이블'이라는 가게를 꼼꼼하게 확인했다.

어쩌면 오늘 저녁, 이 가게에서 데이트하는지도 모른다. 남
자는 오늘이 미노리의 스물네 번째 생일이라는 정보도 이미
알고 있었다. 그러다가 한 여성에게 전화가 걸려 왔고, 그 사

람이 친구 안자이 유카라는 사실도 알아냈다. 미노리는 이삼 분 통화한 뒤에 해맑게 깔깔거리며 전화를 끊었다.

이제 미노리의 스마트폰은 인터넷 쇼핑몰에서 화장품을 검색하기 시작했다. 여기서 물건을 사기라도 하면 그 결제 정보까지 위험해진다.

남자는 미노리의 옆얼굴을 관찰했다. 그녀는 누가 자기 스마트폰을 들여다보고 있다는 생각은 조금도 하지 못하는 것 같았다. 경계심이 너무 없었다. 남자는 그런 모습을 보며 미노리가 뛰어난 해커는 아니라고 판단했다.

참고로 와이파이로 해킹할 때 '다크 호텔'이라는 수법이 쓰이기도 한다. 호텔 무료 와이파이에 심긴 데서 유래한 이름이다. 무료 와이파이에 접속한 스마트폰이나 컴퓨터에 구글, 어도브 같은 프로그램을 업데이트하라는 가짜 메시지를 보내는 수법이었다. 폭넓게 쓰이는 무료 소프트웨어의 버전업이므로, 무심코 클릭하기 마련이다. 그러나 그 순간, 컴퓨터와 스마트폰에 '백도어'라는 뒷문이 만들어져 해커가 언제든 접속할 수 있게 된다.

그녀는 손목시계를 보고 얼마 남지 않은 갈색 음료를 다 마신 뒤 자리에서 일어났다. 남자는 카페라테를 마시며 그녀의 뒷모습을 지켜봤다.

A

"지금 작업 중인 아동 포르노 건을 미뤄도 좋으니 먼저 이 하드디스크를 디지털 포렌식 해주게."

내선 전화를 받고 마키타 경무부장의 집무실에 들어가자마자 그런 명령이 떨어졌다. 벽에 일장기와 경찰기가 장식된 집무실의 책상에는 비닐 백에 담긴 PC용 하드디스크가 놓여 있었다.

"아동 포르노 건의 증거는 방금 찾아냈습니다."

키리노가 간단히 내용을 보고하자 마키타는 만족스럽게 고개를 끄덕였다.

"이 하드디스크는 언제까지 조사를 마치면 됩니까?"

키리노는 책상 위의 은색 하드디스크를 바라봤다.

"늦어도 내일 아침까지는 결과를 알고 싶네."

키리노는 정신이 아득해졌다.

벽시계를 돌아보니 미노리와 약속한 시간까지 채 30분도 남지 않았다.

흉악범을 쫓는 형사부는 물론 생활안전부에서도 상관의 명령은 절대적이었다. 전에 근무한 IT보안 회사라면 어떻게든

　　　　　스마트폰을 떨어뜨렸을 뿐인데 : 붙잡힌 살인귀

구실을 찾아 마감을 늦췄겠지만, 이곳에서는 어림도 없었다.

게다가 상대는 지방경찰청의 이인자인 경무부장이다.

"뭘 찾아내면 되겠습니까?"

"삭제된 데이터가 없는지 조사해주게."

"그것뿐입니까?"

마키타는 고개를 살짝 끄덕거렸다.

"이미 형사부의 사이버 수사관이 사진 같은 데이터가 없는지 철저히 확인했네. 다만 데이터가 고도의 기술로 삭제됐다면 형사부 수사관도 찾아낼 방법이 없지. 그러니 자네 특기인 디지털 포렌식으로 형사부에서 발견하지 못한 데이터는 없는지 조사해줬으면 하네."

남색 제복에 검정색 넥타이를 맨 마키타가 단호하게 말했다.

"대상은 사진뿐입니까?"

"사진, 메일 할 것 없이 모조리 찾게."

키리노는 바로 머리를 굴렸다.

자신의 복원 프로그램을 사용한다면, 하드디스크의 주인이 어지간한 IT 전문가가 아닌 이상 삭제된 데이터를 찾아낼 수 있을 것이다.

"알겠습니다."

만약 사용된 하드 용량이 막대하더라도 삭제된 데이터를 찾아내는 것뿐이라면 밤새 프로그램을 켜놓기만 하면 된다. 아마 내일 아침까지는 해석될 테니 일찍 출근하면 괜찮을 것이다. 굳이 지켜보고 있을 필요는 없다.

"그러고 보니 지난주에 해커가 경시청 서버에 몰래 접속했다더군."

해커란 원래 컴퓨터 기술이 뛰어난 사람을 가리키지만, 일본에서는 그 기술을 악용하는 범죄자를 가리키는 경우가 많았다. 그런 자들은 크래커라고 불러야 한다고 지방경찰청 이인자에게 지적할 수는 없었다.

"키리노, 혹시 아는 정보 없나?"

마키타가 의미심장한 말투로 물었다.

"아무 이야기도 듣지 못했습니다."

"정말인가?"

자신을 의심하는 것일까? 키리노는 불안해졌다.

"제 업무는 아동 포르노와 원조 교제 단속입니다. 경시청 서버에 숨어드는 블랙해커와 접점이 있을 리 없죠."

최근에는 선한 해커인 화이트해커와 구분해 블랙해커라는 명칭도 정착되는 추세였다.

"글쎄."

마키타가 키리노를 치켜뜬 눈으로 바라봤다.

스마트폰을 떨어뜨렸을 뿐인데 : 붙잡힌 살인귀

"자네의 디지털 포렌식 기술은 FBI에서도 주목한다던데."

키리노는 예전 직장인 IT보안 회사에서 얻은 평판이 부풀려져 곤란할 때가 있었다. 능력을 인정받는 것이 싫을 리는 없지만, 과대평가는 부담스러웠다. 자신이 해낼 수 없는 일까지 부탁을 받는 경우가 있기 때문이다. 눈앞에 있는 마키타를 비롯한 모두가 컴퓨터에 관해서라면 키리노가 뭐든 알 거라고 생각하곤 했다.

"디지털 포렌식과 해킹은 아예 별개의 기술입니다. 그나저나 경시청에서 보안을 강화했다는 이야기를 들었는데, 그게 쉽게 뚫렸다면 큰일이네요. 언론에라도 알려지면 시끄러워질 텐데요."

경시청의 사이버 보안 대응은 전국의 지방경찰청처럼 아직 걸음마 단계로, 민간 기업과 비슷한 수준이었다.

"쉽게 뚫렸는지는 모르겠지만, 언론에 새어 나가면 확실히 귀찮아질 테지. 우리 쪽 홈페이지는 괜찮은가?"

키리노는 지방경찰청 홈페이지도 관리하고 있었다.

"웬만한 아마추어 크래커라면 괜찮지만, 중국이나 북한 같은 곳에서 국가 차원으로 공격해온다면 조금도 버티지 못할 겁니다. 그런 나라에서는 총력을 기울여 수백 명 단위로 공격하니까요. 그러니까 경무부장님, 더 많은 예산과 인원을 저희

과에 배정해주십시오."

"여전히 하고 싶은 말은 다 해야 직성이 풀리는 모양이군."

마키타의 눈썹이 살짝 일그러졌다.

"죄송합니다. 저도 모르게 민간 기업 시절의 버릇이 나왔습니다."

경무부장은 카나가와현 지방경찰청의 일인자인 본부장 밑에서 모든 예산과 인사를 총괄하는 책임자다. 관례대로라면 몇 년 동안 파출소에서 근무해야 하는 키리노를 억지로 사이버범죄대책과에 배속시킨 것도 다름 아닌 마키타였다.

"뭐, 난 그게 싫지 않다네. 아, 그리고 키리노, 이 하드디스크에서 만약 하세가와 쇼코라는 이름과 관련된 데이터가 나오면 오늘 밤 언제든 연락을 주게."

"언제든요? 한밤중이라도 괜찮다는 말씀입니까?"

"자는 걸 깨워도 상관없네."

키리노는 책상에 놓인 하드디스크를 응시했다. 그 정도로 중대한 사건의 데이터가 정말 이 안에 숨겨져 있을까?

"그 하세가와 쇼코란 여자는 누구인가요?"

마키타는 작게 한숨을 쉬었다.

"이 하드디스크의 주인에게 살해당했을 가능성이 높은 여성이네."

"살인 사건이라니, 보통 일이 아니군요."

키리노는 다시 한 번 하드디스크를 바라봤다. 비닐 백에 든 금속 상자에 무척이나 불길한 뭔가가 숨겨져 있을 거란 예감이 들었다.

"이 하드디스크의 주인이 대체 누굽니까?"

마키타는 키리노를 곧게 응시하며 천천히 입을 열었다.

"우라노 요시하루. …하지만 이 이름은 본인이 꾸며낸 가명일 뿐이지. 본명은 우라이 미츠하루. 이 하드디스크가 들어 있던 PC는 탄자와 산속에서 여성 여섯 명을 살해한 희대의 연쇄 살인마의 물건이네."

C

〔조금 늦을지도 몰라.〕

키리노의 메시지가 온 것은 약속 시간을 10분 넘겼을 때였다. 미노리는 모토마치의 이탈리안 레스토랑에서 메시지를 확인하고 한숨을 쉬었다. 그 조금이 10분이 될지, 20분이 될지는 아무도 모른다.

결국 30분이 넘어가자 미노리는 우울해졌다.

스마트폰을 아무리 확인해봐도 그다음 메시지는 오지 않았다.

예전에는 이렇지 않았다. 키리노와 미노리는 같은 직장에서 만나 사귄 지 올해로 2년째였다. 키리노가 경찰이 되기 전까지만 해도 두 사람의 관계는 아주 좋았다. 그때도 지금만큼 바빴지만, 키리노가 모든 일의 주도권을 쥐고 있었기에 오늘처럼 데이트에 늦는 일은 절대 없었다.

그런데 미노리에게 일언반구도 없이 돌연 경찰이 되겠다고 나선 것이다. 경찰학교에 다니는 6개월 동안은 기숙사 생활을 해야 했기에 얼굴조차 보기 힘들었다. 드디어 경찰학교를 졸업하고 비교적 여유 있어 보이는 생활안전부로 배속됐지만, 매번 급한 일이 생기면서 두 사람의 관계가 어긋나는 일이 많아졌다.

스마트폰을 다시 한 번 확인했지만, 키리노의 연락은 없었다. 큰맘 먹고 먼저 전화해볼까 하다가 통화 버튼을 누르기 직전에 손가락을 멈췄다. 업무 시간에 사적인 전화를 받으면 눈치가 보인다던 말이 기억났기 때문이다. 경찰은 그런 직업이었다.

미노리는 자신의 스물네 번째 생일을 기념하기 위해 이 이탈리안 레스토랑을 직접 찾아 예약했다. 키리노는 그럴 여유가 없었을뿐더러 미노리 본인이 데이트 명소로 알려진 이 가게에 와보고 싶었다. 실제로 주변에는 온통 행복해 보이는 커플들밖에 없었고, 테이블에 혼자 앉아 있는 건 미노리뿐이었다. 문득 시선이 느껴져 얼굴을 들자 자신을 걱정스럽게 바라보던 점원과 눈이 마주쳤다.

"죄송한데 일단 생맥주 좀 갖다주실래요?"

미노리는 억지웃음을 지으며 그렇게 주문하고 눈앞에 놓인 메뉴판을 내려다봤다. 송로버섯을 듬뿍 넣어 만든 오므라이스가 이 가게 명물이었고, 홍연어를 넣은 버터 라이스와 치킨 마살라 카레 같은 추천 메뉴도 있었다. 그런 독특한 요리를 둘이서 맛있게 먹을 날만 기다렸는데, 정작 가장 중요한 키리노는 나타날 기미가 보이지 않았다.

나를 사랑하지 않는 게 아닐까?

문득 그런 생각이 들었다. 키리노는 평소에도 무슨 생각을 하는지 잘 알 수 없는 남자였다. 그런 부분이 매력적이라고 생각한 적도 있지만, 이런 상황에서는 불안해질 따름이다. 과연 나는 그를 얼마나 알고 있을까?

키리노는 미노리보다 다섯 살 많은 스물아홉이다. 아버지는 오래전에 돌아가셨고, 어머니와 둘이서 히가시카나가와 역 근처 맨션에서 산다. 도쿄에 있는 일류 이공계 단과대학의 정보공학과를 졸업하고, 미노리가 지금 다니는 IT보안 회사에 취직했다. 어린 시절부터 컴퓨터를 좋아해 초등학생 때 벌써 취미로 프로그래밍을 시작했다고 한다.

미노리는 같은 회사에 다니지만 서무 겸 사장 비서라, 프로그래밍 같은 건 한 번도 해본 적이 없다. 그녀는 메지로에 있는 대학에서 4년 동안 평범하게 대학 생활을 즐기다 지금 직장에 취직했다.

매우 우수한 엔지니어인 키리노는 미노리 같은 일반 사원들과 다른 대우를 받았고, 보너스도 상당했다. 외모도 제법 괜찮았다. 말수가 적은 대신 행동력이 뛰어나 남자다운 구석도 있었다. 오타쿠처럼 음침하지도 않아, 미노리는 처음 만난 순간부터 호감을 느꼈다. 키리노는 동료 여직원 사이에서도 인기가 많았지만, 미노리가 경쟁자들을 제치고 그와 식사 약속을 잡은 끝에 두 사람은 결국 사귀게 됐다.

그러나 사랑을 속삭이는 건 언제나 미노리 혼자였다.

키리노는 회사에서뿐 아니라 사적인 시간을 보낼 때도 자신의 감정을 잘 드러내지 않았다. 미노리가 먼저 애정을 표현하기 전까지는 사랑한다는 말도 하지 않는 사람이었다. 대체 키리노는 그녀를 얼마나 사랑할까?

스물네 번째 생일날 밤에 혼자 맥주를 마시고 있자니 그동안 외면해온 키리노의 진짜 마음이 보이기 시작했다.

미노리는 슬픔을 넘어 점점 비참해졌다.

어느새 굵은 눈물이 뺨을 타고 흐르자 본인이 가장 놀라고 말았다.

그때 미노리의 스마트폰이 작게 진동했다.

〔미노리, 미안한데 내일 1시간 빨리 출근해줄 수 없을까? 갑자기 부탁할 일이 생겼거든.〕

순간 키리노인가 했는데, 미노리가 다니는 IT보안 회사 사장 모리오카 하지메의 메시지였다.

모리오카도 우수한 엔지니어로, 전 재산을 털어 미노리가 다니는 IT보안 회사를 세웠다. 회사는 순조롭게 성과를 내고 있었지만, 그의 오른팔이나 다름없던 키리노가 떠난 뒤로는 모리오카가 경영과 함께 프로그래밍까지 도맡아서 바쁜 나날을 보내고 있었다.

〔알겠습니다.〕

미노리는 답장을 보낸 뒤 키리노의 연락이 없는지 다시 한 번 스마트폰을 들여다봤다.

눈앞에 놓인 맥주잔이 어느새 비어 있었다.

"죄송한데 생맥주 한 잔만 더 주세요."

점원이 붙임성 좋게 웃으며 고개를 끄덕였다.

만약 이대로 영영 키리노의 연락이 오지 않는다면 미노리는 이 세련된 레스토랑에서 혼자 취해 주사를 부리게 될 것 같았다.

A

"마키타 부장님, 결론부터 말씀드리자면 그 PC에 의도적으로 삭제된 수상한 데이터는 없었습니다."

다음 날 아침 일찍 마키타에게 불려 간 키리노는 직립부동 자세로 그렇게 보고했다.

"좀 더 자세히 설명해주게."

키리노는 마키타 앞에 서면 저절로 긴장됐다. 눈앞에 있는 남자는 해커와 크래커의 차이도 구별하지 못하지만, 지방경찰청 이인자답게 사물의 본질을 꿰뚫어 보는 능력이 있었다. 연락과 보고는 항상 간결하고 요령 있게 해야 했다.

스마트폰을 떨어뜨렸을 뿐인데 : 붙잡힌 살인귀

"삭제된 데이터가 있긴 했지만 스팸메일이나 잘못 찍은 사진, 동영상뿐이고 의도적으로 범죄 증거를 인멸한 흔적은 없었습니다. 여기에 복원한 모든 데이터의 목록이 있습니다."

마키타가 검은색 테 안경을 쓰고, 키리노에게 건네받은 종이를 들여다봤다.

"하세가와 쇼코에 관한 기록은 없었던 건가?"

"삭제된 데이터는 물론이고 남아 있는 데이터까지 철저히 확인했지만, 하세가와 쇼코라는 인물에 관한 것은 전혀 보이지 않았습니다."

키리노는 졸린 눈을 비비면서도 단호하게 말했다.

키리노가 우라이의 하드디스크와 씨름하는 사이 날이 밝고 말았다. 상대가 여성을 여섯 명이나 탄자와 산속에 묻은 그 연쇄살인마라니 결코 설렁설렁 작업할 수 없었다. 어찌 됐든 범인은 스마트폰과 SNS을 이용해 수많은 인물로 가장해서 경찰 수사의 허를 찌른 천재 크래커였다. 키리노는 밤새 컴퓨터를 돌려놓고 결과만 보고하는 것으로는 부족하다고 생각했다. 하지만 그것보다도 그 천재 크래커의 PC에 어떤 소프트웨어와 데이터가 들어 있는지 궁금해 확인해볼 수밖에 없었다.

결국 키리노는 데이트 약속을 취소하고 이 하드디스크를 밤새 철저히 조사했다. 그러고 나서 내린 결론은 역시 이 안에 하세가와 쇼코라는 이름은 물론이고 그 여성과 연결될 만한 데이터가 전혀 남아 있지 않다는 것이었다.

"확실한가?"

마키타는 검은색 테 안경을 벗고 키리노를 날카롭게 응시했다.

"데이터를 완벽하게 삭제하는 소프트웨어도 있으니, 우라이가 그것을 사용했을 가능성도 없지는 않습니다. 하지만 그 소프트웨어를 사용한 흔적은 없었습니다."

키리노의 보고를 들은 마키타는 팔짱을 끼고 입을 다물었다.

"밤새 이 하드디스크를 조사했습니다. 우라이가 천재적인 크래커인지는 몰라도, 디지털 포렌식을 빠져나갈 만한 기술을 가진 것 같지는 않습니다."

마키타는 키리노의 말에 대꾸하지 않고 목을 크게 젖혀 천장을 올려다봤다.

"해킹, 크래킹과 데이터의 삭제, 복원은 전혀 다른 분야의 기술입니다. 다른 피해자와 주고받은 메일 같은 것은 그대로 남아 있었습니다. 그리고 여성을 감금하고 죽이려는 순간의 동영상까지도 있었습니다. 증거를 인멸하려 했다면 먼저 그런 것들부터 삭제했을 겁니다."

"뭐, 자네 말이 맞는 것 같군."

"다른 범행의 증거가 될 만한 동영상이나 사진은 그대로 남아 있지만 말씀하신 하세가와 쇼코라는 여성의 데이터는 없었습니다. 단순히 휴지통에서 삭제한 거라면 복원 프로그램에 걸렸을 겁니다. 그러니 다양한 가능성을 고려하더라도 그 하드디스크에는 하세가와 쇼코라는 여성의 데이터가 처음부터 존재하지 않았다고 봐야 할 것 같습니다."

마키타는 크게 신음하며 눈을 감더니 미간을 찡그린 채 생각에 잠겼다. 언제나 자신만만하던 그가 이 정도로 깊이 고민하는 것을 보고 키리노는 내심 놀랐다.

"그렇다면 아무래도 앞뒤가 맞지 않는데 말이지."

마키타가 갑자기 눈을 뜨며 말했다.

키리노는 무슨 의미인지 바로 이해하지 못했다.

"뭐가 앞뒤가 맞지 않는다는 거죠? 마키타 부장님, 좀 더 자세히 말씀해주십시오."

마키타는 잠시 고개를 갸웃거리다가 평소처럼 의미심장한 미소를 지었다.

"키리노, 미안하네만 지금부터 마츠다 경찰서에 가서 부스지마 토오루라는 형사에게 자네 의견을 설명해주게."

B

마츠다 미노리의 집 주소와 근무지를 알아내는 것은 남자에게 별로 어려운 일도 아니었다. 미노리는 업계에서 제법 유명한 IT보안 회사에 다녔지만, 본인은 프로그래밍을 전혀 할 줄 모르는 것 같았다. 뛰어난 크래커일지 모른다고 경계했던 남자는 이 사실을 알자 마츠다 미노리의 교우 관계를 중심으로 상세한 개인 정보를 캐내야겠다고 생각했다.

〔미노리. 지난번엔 정말로 미안했어.〕

〔이미 다 잊어버렸으니까 괜찮아. 료 짱은 특별한 일을 하고 있잖아. 그런데 그 레스토랑 음식을 조금 먹어봤는데 정말 맛있었거든. 다음에 시간 나면 같이 먹으러 가자.〕

남자는 커피 체인점에서 미노리의 스마트폰에 침투했을 때 원격조작 바이러스를 심어뒀다. 그래서 스마트폰 마이크를 켜면 방에서 나누는 대화를 그대로 도청할 수 있었다. 오늘 밤 츠루미에 있는 자택 맨션에 애인이 온다는 사실도 문자를 읽고 이미 파악한 뒤였다.

〔부장님이 직접 부탁하신 일이었거든. 자세한 내용은 이야기할 수 없지만 그날은 도저히 빠져나올 수가 없었어.〕

　　　　　　스마트폰을 떨어뜨렸을 뿐인데 : 붙잡힌 살인귀

〔료 짱, 그거 혹시 위험한 일 아냐?〕

미노리는 애인을 '료 짱'이라고 불렀다. 남자는 '료 짱'이라 불리는 인물의 휴대전화에도 최신 원격조작 바이러스를 심은 문자들을 보냈다. 하지만 상대는 한 번도 걸려들지 않았다.

〔하는 일 자체는 똑같으니까 위험할 건 없어. 하지만 확실히 이번 사건은 예삿일이 아닌 것 같아.〕

〔그게 무슨 뜻이야?〕

미노리가 걱정스럽게 물었다.

〔자세히 이야기할 수는 없지만 지금 중요한 사건에 관여하고 있어. 그러니까 지난번처럼 도저히 못 빠져나오는 상황이 생길지도 몰라.〕

〔료 짱, 요즘에 정말로 바쁜가 보네.〕

〔미안. 뭐, 꼭 그 사건이 아니더라도 우리 과는 원래 인원에 비해 업무량이 많으니까 말이지.〕

남자는 료 짱의 정체가 궁금했다. 자신의 크래킹에 걸려들지 않는다면 미행 같은 고전적인 방법을 써야 할지도 모른다. 남자가 그렇게 생각하는 사이 어느새 두 사람의 대화가 끊기더니 방 안의 소리가 잘 들리지 않았다.

미노리가 뭔가에 입이 틀어막힌 것 같은 소리를 냈다.

설마 도청을 들킨 걸까?

남자는 당황하면서도 마이크의 음량을 높이며 귀를 기울였다.

작게 속삭이는 소리가 미세하게 들려왔다.

만약 정말로 도청이 탄로 났다면 지금 바로 흔적을 지워야만 한다. 당장 접속을 끊고, 갖고 있는 PC의 하드디스크를 꺼내 물리적으로 복원할 수 없게 만들어야 한다. 상대가 일류 해커나 크래커라면 그대로 역탐지 공격을 걸어올 수도 있다. 남자는 마른침을 삼키며 스피커에서 들려오는 희미한 잡음에 다시 귀를 기울였다.

얼마 안 있어 부스럭거리는 옷 소리가 들리더니 미노리가 괴로운 듯이 콧소리를 냈다. 무슨 상황인지 이해한 남자는 커피 체인점에서 본 미노리의 아름다운 미소를 떠올리며 조금 복잡한 기분에 빠져들었다.

이윽고 스피커에서 미노리의 교성이 들려오기 시작했다.

A

"마츠다 경찰서 수사1과 소속 부스지마라고 하네. 멀리서 오느라 수고가 많았군."

카나가와현 아시가라카미군 마츠다초 경찰서에서 키리노를 맞이한 형사는 구깃구깃한 양복을 입은 중년 남성이었다. 이곳에 '탄자와 산중 연쇄살인 및 시체 유기 사건' 수사본부가 세워졌을 때는 벌집을 들쑤신 것처럼 난리도 아니었다고 한다. 그러나 범인 우라이가 검거되자 조사본부도 대폭 축소되고 지금은 평온해 보였다.

"본청 생활안전부 사이버범죄대책과 키리노입니다. 마키타 경무부장님의 지시로 부스지마 씨를 만나러 왔습니다."

"키리노 군, 실력이 제법 뛰어나다던데."

부스지마가 손에 든 서류를 읽으며 불쑥 말했다.

"자랑할 정도는 못 됩니다. 부스지마 씨야말로 범인 우라이 미츠하루를 현행범으로 직접 체포하셨다죠?"

"뭐, 그렇다네."

"대단한 일을 하셨습니다."

"단지 운이 좋았던 것뿐이야."

두 사람은 수사본부가 설치된 마츠다 경찰서의 회의실에서 이야기하고 있었다. 규모가 축소됐다지만 회의실에는 사건 자료들이 아직 산더미처럼 쌓여 있었다.

"우라이의 취조는 순조롭게 진행 중이라고 들었습니다."

"그래. 우라이는 처음부터 협조적으로 과거의 범행을 전부 자백했지. 무슨 이유인지 본명만은 좀처럼 털어놓지 않았지만, 결국에는 '우라이 미츠하루'라고 이름을 밝혔네."

"조서를 읽어봤는데 우라이는 가족이 전혀 없었다죠?"

"그렇다네. 부모님도 모두 돌아가시고 가까운 친척도 없었지. 중학생 무렵부터 학교에 가지 않은 탓에 당시의 우라이를 기억하는 사람도 거의 없네."

"부모님 없이 어떻게 생활해온 거죠?"

"집에 상당한 돈이 있었다는군. 게다가 어렸을 때부터 컴퓨터 기술이 뛰어나 인터넷으로 프로그래밍 아르바이트를 했기 때문에 생활하는 데 어려움이 없었다고 하네."

부스지마가 김이 피어오르는 종이컵을 입에 대자 키리노도 종이컵에 든 뜨거운 커피를 한 모금 마셨다. 쌉쌀한 액체가 천천히 목구멍 안쪽으로 흘러들었다.

"우라이의 PC는 체포 당시 현장에서 압수한 거죠?"

"우라이를 체포할 때 함께 압수했지. PC가 여러 대인데, 그

PC만은 항상 갖고 다녔다고 본인도 증언했네.”

“수사본부 쪽에서도 그 PC의 하드디스크를 조사했다고 들었는데요.”

부스지마는 형사과에서 그 PC를 철저히 조사했다고 설명했다. 하지만 상대는 천재적인 크래커이기에 일반인이 모르는 방법이 사용됐나 싶어 마키타 경무부장에게 상담한 결과, 키리노에게 의뢰가 간 것이었다.

“그래, 사이버범죄대책과의 천재가 보기에 그 하드디스크에 뭔가 특별한 장치는 없던가?”

“천재라뇨….”

키리노는 경찰이 된 뒤로 이런 놀림에 어떻게 반응해야 좋을지 알 수 없었다. 키리노가 얼굴을 찡그리자 부스지마가 가볍게 미소 지었다.

“어때? 그 PC에서 특별한 방법으로 삭제된 데이터가 있었나?”

“삭제된 데이터는 전부 복원했습니다. 이게 그 일람입니다.”

키리노는 마키타에게도 제출한 목록을 부스지마에게 건넸다.

“역시 하세가와 쇼코에 관한 데이터는 없었던 건가.”

“마키타 부장님께도 말씀드렸지만, 삭제된 내용 중에서 그런 이름은 발견하지 못했습니다. 그리고 제가 확인한 바로는 그 여성과 연결될 만한 데이터는 그 PC에 처음부터 존재하지 않았습니다."

부스지마는 팔짱을 끼며 고개를 갸웃거렸다.

"체포 당시에 우라이는 자신이 잡힐 줄 알고 있었던가요?"

"아마 그렇게 될 줄은 전혀 몰랐을 걸세. 현장에 도착하자마자 바로 난투극이 벌어졌고, 최후의 순간까지 필사적으로 저항했거든."

"그렇다면 PC를 조작해서 증거인멸을 시도할 여유도 없었겠네요."

"그래, 그럴 틈은 없었네."

"시간만 충분하다면 특별한 소프트웨어로 하세가와 쇼코의 데이터만 완벽하게 삭제할 수도 있긴 합니다. 하지만 체포되기 전 짧은 시간 동안에는 현실적으로 불가능할 것 같군요."

"…그렇군."

"부스지마 형사님, 괜찮다면 좀 더 자세히 이야기해주십시오. 어째서 그 하드디스크에 하세가와 쇼코에 관한 데이터가 없으면 곤란한 거죠?"

부스지마가 다시 한 번 뜨거운 커피를 마실 동안 키리노는 잠자코 이야기를 기다렸다.

"탄자와 산중 현장에서 결국 여성 시체 여섯 구가 발견됐네. 처음에는 신원을 파악하기 힘들었지만, 지금은 전원의 신상과 사망 추정 시간이 밝혀졌지. 키리노 군, 이걸 봐주게."

부스지마가 화이트보드를 가리켰다. 거기에는 피해 여성으로 보이는 사진의 복사본이 몇 장 붙어 있었다.

"우라이의 진술에 따르면 놈이 맨 처음 살해한 것이 이 미야모토 마유라네. 살해 당시 열아홉이었지. 3년 전, 우라이가 자신이 자주 이용하던 오다와라의 출장 성매매 여성에게 엉뚱한 앙심을 품고 살해했다네."

미야모토 마유는 살짝 포동포동한 여성이었다. 워낙 동안이라 중학생으로도 보일 정도였고 미소가 특히 귀여웠다. 머리는 살짝 웨이브가 들어간 검은색 세미롱헤어였다.

"그다음에 살해한 것이 이케부쿠로에서 마찬가지로 출장 성매매를 하던 23세 이케가미 사토코라네. 그녀는 출장 업소 점장의 애인이었고 고향은 홋카이도 토호쿠였지."

이케가미는 까맣고 긴 생머리가 인상적이었다. 나름대로 미인상이었고, 아오야마 같은 부자 동네에서 일할 법한 세련되고 성숙한 여성이었다.

"그다음이 여기 있는 33세 코모리 타마에. 그녀는 우구이스다니에서 출장 성매매를 하고 있었네."

코모리 타마에는 미야모토 마유보다 한층 통통한 데다 그다지 예쁘다고 할 수 없지만, 까만 생머리에는 윤기가 흘렀다.

"그다음이 28세 이노마타 아스카일세. 이노마타는 성매매 여성이 아니었어. 신주쿠에 살면서 도쿄에 있는 회사에서 파견직으로 일하고 있었지."

이노마타는 그럭저럭 예쁜 얼굴에 검은색 세미롱헤어를 하고 있었다. 이번에도 웨이브가 살짝 들어가 있다.

"그다음에 이케부쿠로에 살던 27세 니시노 마나미가 살해당했네. 아키타현 카즈노시 출신이었지. 우라이는 니시노가 꽤나 마음에 들었는지, 살해한 뒤에도 한동안 그녀의 아파트에서 살았다더군."

니시노는 누가 봐도 다섯 피해자 중 가장 미인이었다. 모델이나 배우라고 해도 믿을 정도였다. 새까맣고 긴 생머리가 허리까지 내려왔다. 피해자들 사진을 다시금 살펴보자 우라이가 얼마나 흑발에 집착했는지를 알 수 있었다.

"우라이도 여기까지는 모두 다 자백했네. 그리고 자네도 봤을 테지만, 그 PC에는 피해자들과 주고받은 메일과 사진, 그리고 동영상까지 잔뜩 남아 있었지."

키리노는 조용히 고개만 끄덕였다. 이번에 밤새 하드디스크를 조사하면서 피해자 다섯 명의 데이터는 수도 없이 확인했다. 그중에는 잔혹한 방법으로 살해당하는 순간을 담은 것도 있어, 지금도 떠올리면 속이 메스꺼웠다.

"하지만 마지막으로 발견된 피해자 하세가와 쇼코에 관한 데이터는 그 PC에 남아 있지 않았지. 게다가 우라이도 그 여성에 관해서만 침묵으로 일관하고 있다네."

"침묵한다고요? 어째서 그 이야기만 하지 않는 걸까요?"

"그것도 알 수 없네."

하세가와 쇼코만 아니라면 우라이는 이미 기소됐을 것이다. 그런데 이 수수께끼가 남은 탓에 우라이의 취조는 재체포 여덟 번을 거쳐 아직도 이어지고 있었다.

"하세가와 쇼코의 신원은 밝혀졌습니까?"

"18세에 코치현에서 상경해 혼자 생활하며 파견직으로 일했네."

"언제쯤 살해당한 겁니까?"

감식반에 따르면 하세가와 쇼코의 사망 추정 시간은 3~4년 전으로, 미야모토 마유보다 먼저 죽었을 가능성도 있었다. 게다가 시체가 이미 심하게 부패해 흉기에 찔렸는지, 아니면 목이 졸렸는지도 알 수 없었다.

"그렇다면 하세가와 쇼코 때만 오래된 PC를 사용한 게 아닐까요? 그러고 나서 그 PC를 폐기했을 수도 있죠. 우라이는 현장에서 압수된 PC를 3년 전부터 사용했으니까요."

수사본부에서도 이 가능성을 고려했다고 한다. 부스지마의 생각도 비슷했지만, 그렇다면 우라이가 어째서 그 일만 묵비하느냐는 반박을 받았다.

키리노는 한 가지 가능성을 생각했다.

"우라이가 재판을 늦추려는 게 아닐까요?"

"재판 말인가?"

부스지마는 의아한 표정으로 되물었다.

"일단 재판을 받으면 우라이는 사형을 피할 수 없을 겁니다. 누가 뭐래도 여섯 명이나 살해했으니까요. 하지만 하나라도 자백하지 않은 사건이 있다면 경찰도 수사를 종료시킬 수 없습니다. 이러니저러니 해도 우라이는 결국 죽기가 두려운 게 아닐까요?"

그러나 부스지마는 고개를 가로저었다.

"실제로 만나보니 이미 죽음을 받아들인 분위기였네."

우라이의 취조는 지방경찰청 수사1과가 담당했지만 부스지마도 몇 번 참여했다고 한다.

"그런데 그 하세가와 쇼코의 사진은 없나요?"

부스지마는 화이트보드 오른쪽 구석이 텅 빈 것을 깨달았다. 자세히 보자 사진 한 장이 바닥에 떨어져 있었다.

"이게 하세가와 쇼코의 사진이네."

부스지마가 사진을 주워 키리노에게 건넸다.

"언제 찍힌 건가요?"

"살해당하기 두 달 전일세."

"하세가와 쇼코는 그 뒤에 머리를 염색한 겁니까?"

부스지마가 건넨 사진에는 갈색 머리에 부드럽게 웨이브를 준 세미롱헤어 여성이 찍혀 있었다.

"모르겠군."

부스지마는 고개를 크게 가로저었다.

"하세가와 쇼코의 흑발 사진은 없습니까?"

"일단 수사본부에서는 입수하지 못했네."

키리노는 다시 한 번 여섯 피해자의 사진들을 번갈아 살폈다.

"부스지마 형사님, 우라이의 하드디스크 내용물을 보고 생각한 건데 폴더 이름이나 아이콘 배치 그리고 메일에 쓴 문장 등을 보면 우라이는 매우 꼼꼼하고 집착이 심한 것 같습니다."

"PC만 보고 그걸 알 수 있는 건가?"

"물론입니다. 해커나 크래커에게 PC는 자신의 방이나 다름없으니까요. 아니, 생활하는 방보다도 PC에서 알아낼 수 있는 부분이 많을지도 모릅니다. 우라이는 많은 것들에 집착하면서도 필요 없다고 생각한 파일은 바로 휴지통으로 보내버리는 인간입니다. 다섯 여성도 그런 기분으로 살해했을지도 모르죠."

부스지마는 팔짱을 끼며 천장을 올려다봤다. 이윽고 시선을 낮추며 키리노를 정면으로 응시했다.

"키리노 군, 우라이와 한번 만나보지 않겠나?"

B

〔유출된 가상화폐, 다른 계좌로 분산.〕

남자는 인터넷으로 가상화폐 유출 사건의 후속 기사를 확인하고 있었다.

〔범인은 유출된 가상화폐를 다른 계좌에 골고루 분산시켜 복잡한 수법으로 거래를 수차례 반복한 듯.〕

〔더 이상의 가상화폐 추적은 불가능한가.〕

원래는 마츠다 미노리와 그 애인 료 짱의 정체를 조사할 예정이었지만, 긴급사태가 발생했다.

〔자칭 JK16이라는 해커가 유출 가상화폐를 마킹 중.〕

놀랍게도 이 가상화폐 유출 사건에 수수께끼의 지원군이 등장한 것이다.

닉네임이 JK16인 화이트해커가 유출된 가상화폐 580억 엔에 자신만 알아볼 수 있는 표시를 해뒀다고 한다. 따라서 가상화폐를 분산시켜 여러 번에 걸쳐 거래하더라도 출처를 세탁할 수 없다.

그러자 일본을 대표하는 경제신문사까지 갑작스레 등장한 정의의 해커를 쫓기 시작했다. 그 누구도 상상하지 못한 인터넷 전쟁이 시작된 것이다.

〔실력이 엄청난 화이트해커가 유출된 가상화폐를 추적하고 있다던데. 580억 엔어치를 전부 마크하고 있대.〕

JK16은 유출된 가상화폐의 추적 상황을 SNS에 공개하고 있었다. 모든 해킹 관련 인터넷 게시판이 그 JK16 이야기로 들끓었다.

〔범인도 포기할 수밖에 없을걸. 이렇게 된 이상 580억 엔은 절대 현금화할 수 없어. 시도하는 순간 바로 체포당할 테니까.〕

가상화폐는 결국 가상 세계에 존재하므로, 어딘가에서 실제 돈으로 바꾸지 않으면 사용할 수 없다. 그러나 환전하려다

잡히면 모두 끝장이었다.

〔JK16은 정말 여고생일까?〕

한편 JK16의 정체도 수수께끼에 싸여 있어, 닉네임과 관련해 다양한 억측이 난무했다.

〔천재 미소녀 해커라지 아마.〕

〔그럴 리가. 열여섯 살이 이 정도로 기술이 뛰어날 수는 없어. 피해를 입은 가상화폐 재단의 관계자라더라.〕

〔자택 경비원 16년 차라는 뜻이고 그냥 아저씨래.〕

인터넷에서는 JK16의 정체를 밝히려는 움직임도 활발했다.

〔M이 JK16일 가능성은 없으려나?〕

〔M? 그게 누군데?〕

〔3년 전쯤에 다크웹(특정 소프트웨어로만 접속할 수 있는 폐쇄적인 인터넷 사이트)에서 이름을 날렸던 크래커야. 예전에 비슷한 가상화폐 유출 사건이 벌어졌을 때도 M이 관여했다는 소문이 돌았어.〕

〔M이 JK16일 리는 없지. M은 블랙해커잖아. 차라리 범인이면 모를까.〕

A

뜻밖에도 우라이는 사이버범죄대책과와 같은 건물, 즉 카나
가와현 지방경찰청사에 수감돼 있었다.

요코하마항에 인접한 본부 청사는 야마시타 공원과 랜드마
크 타워 사이에 있다. 20층 건물로, 카나가와현 경찰 기구의
중추가 모여 있었다. 현 내 교통 상황을 한눈에 알 수 있는 교
통관제 센터, 카나가와현의 모든 신고 전화가 걸려오는 통신
지령실 등도 이 건물에 있었다. 또 맨 위층에는 전망대가 있어
오산바시에 정박한 호화 여객선이나 베이브리지, 세계에서
가장 큰 시계이기도 한 대관람차 코스모클록21을 내다볼 수
있었다. 날이 좋은 날에는 스카이트리와 후지산까지 보였다.

그리고 카나가와현 지방경찰청사에는 유치장도 있었다.

지방경찰청은 희대의 연쇄살인마를 마츠다 경찰서에 수감
할 수는 없다고 판단했다. 그래서 지방경찰청 내부에도 극비
에 부친 채 우라이를 체포 직후부터 이 건물에서 취조해왔다.
매일같이 아동 포르노나 사이버 교실(경찰관이 학교를 돌며 학생들
에게 올바른 인터넷 및 스마트폰 사용법을 교육하는 것) 같은 업무에 쫓기
던 키리노는 자신이 그런 흉악범과 한 건물에 있는 줄은 꿈에

도 몰랐다.

키리노가 수사1과의 에이스 형사 고토 타케시와 함께 두 평도 안 되는 좁은 취조실에서 기다리고 있자 포승줄에 묶인 우라이 미츠하루가 들어왔다. 키리노에게는 연쇄살인마와의 첫 대면이었다.

"반갑습니다. 우라이 미츠하루입니다."

놀랍게도 우라이가 키리노에게 악수를 청했다.

키리노는 무심결에 자리에서 일어났는데, 178센티미터인 그보다도 우라이가 몇 센티미터 더 컸다. 오타쿠에게 흔한 비만 체형도 아니었고, 날씬하면서도 의외로 근육질인 듯했다.

우라이와 키리노가 서로의 오른손을 맞잡았다. 우라이가 그 위로 왼손을 보탰다. 그의 손은 생각보다 힘이 있고 따뜻했다. 하지만 그 손에 여러 여성이 죽어나갔다는 사실을 떠올린 키리노는 반사적으로 손을 뺐다.

"우라이, 오늘은 여기 있는 수사관이 네 PC에 관해 묻고 싶은 게 있다는군."

"성함은요?"

키리노는 그 질문을 받고서야 자신이 긴장한 나머지 이름도 밝히지 않았다는 사실을 깨달았다.

"사이버범죄대책과의 키리노다."

"아아, 당신이 키리노 료이치 씨군요."

우라이가 갑자기 풀네임을 말해 키리노는 깜짝 놀랐다.

"내 이름을 어떻게 알지?"

우라이는 대담한 미소를 지었다.

"키리노 씨의 성함은 우리 업계에서 제법 유명하거든요. 키리노 씨가 IT보안 회사에서 만든 백신 프로그램에 당해서 원한을 품은 녀석이 적지 않죠. 경찰이 되셨다고 들었는데, 카나가와현 지방경찰청에 계셨네요. 전 분명 경시청에 배속됐을 거라 생각했는데요."

자신의 이름이 크래커 사이에 알려진 줄은 몰랐다. 명예로운 일이라 할 수도 있지만, 섬뜩한 기분이 더 컸다.

"키리노 씨, 오늘은 어떤 이야기를 들으러 오셨죠?"

자리에 앉자마자 우라이가 먼저 말을 꺼냈다. 누가 심문하는지 알 수가 없다. 역시 눈앞의 남자는 보통내기가 아니라고 생각하며 키리노는 마음을 다잡았다.

"우라이 미츠하루, 체포 당시에 PC를 몇 대 갖고 있었지?"

키리노는 일부러 낮은 목소리로 천천히 물었다.

"세 대뿐입니다."

키리노가 조사한 하드디스크는 우라이가 항상 갖고 다니던 태블릿 PC에 탑재돼 있었다. 여기에 피해자 데이터가 집중적으로 저장돼 있었던 만큼 주로 그 PC를 범죄에 이용했으리라. 다른 하나는 윈도우가 탑재된 노트북 PC로, 다크웹의 익명 네트워크에 접속할 때 쓰였다. 마지막으로 맥프로도 한 대 있었지만, 이것은 거의 쓰지 않은 듯했다. 이 세 대 중 어디에도 '하세가와 쇼코'에 관한 데이터는 남아 있지 않았다.

"그 외에는 PC가 없나?"

"없습니다. 예전에 쓰던 건 이미 폐기해버렸으니까요."

우라이는 무표정한 얼굴로 대답했다. 거짓말일까? 아니면 진실일까? 우라이의 안면 근육을 주의 깊게 관찰해봐도 무슨 생각을 하는지 전혀 알 수 없었다.

"네 PC를 조사해봤다. 눈 뜨고 보기 힘들 만큼 잔혹한 동영상이나 사진도 있던데, 그런 걸 수집하는 게 취미냐?"

"수집하는 건 관심 없습니다. 오히려 찍는 걸 좋아하죠."

"그게 무슨 뜻이지?"

"남녀가 성교할 때 옆에서 찍는 걸 즐기는 사람이 있죠. 그런 거랑 비슷할지도 모르겠군요."

우라이가 눈을 가늘게 뜨며 히죽 웃으니 그 눈이 섬뜩하게 빛났다.

"키리노 씨는 성교 장면을 찍어본 적이 없으신가요?"

도발하려는 걸까? 키리노는 되도록 감정을 드러내지 않으려 애썼다.

"물론 없다."

"해보고 싶긴 하죠?"

한 번도 생각해본 적 없지만, 만약 기회가 주어진다면 어떨까? 역시 해보고 싶은 마음은 들지 않을 것 같았다.

"그런 일은 변태들이나 하겠지."

"흐음, 하지만 키리노 씨는 변태잖아요."

키리노는 순간적으로 숨을 멈췄다. 이자는 무슨 근거로 이런 말을 하는 걸까? 나에 대해 뭘 아는 걸까? 아니면 단지 나를 도발하려는 것뿐일까?

"나는 평범한 쪽이라고 생각하는데. 애초에 그런 행위를 좋아하는 여성은 없지. 그러니 해보고 싶지도 않다."

우라이는 잠깐 생각하더니 히죽 웃었다.

"키리노 씨 애인이 변태라서, 두 사람의 행위를 찍고 싶다고 하면 어쩔 거죠?"

우라이의 얼굴이 키리노의 눈앞으로 바싹 다가왔다. 우라이는 어째서 이렇게 섹스 동영상에 집착하는 걸까? 키리노는 그의 생각을 도저히 읽어낼 수 없었다.

"그런 질문에는 대답할 수 없다."

키리노는 사납게 말했다. 어느새 겨드랑이 밑으로 불쾌한 땀이 흐르고 있었다.

"저는 어렸을 때 사자에게 잡아먹히면서 눈물을 흘리는 가젤의 영상을 보고 엄청나게 흥분해버렸습니다. 죽음과 직면한 생생한 표정에 심장이 벌렁거렸죠. 가젤이든 사람이든, 미인이든 못난이든 죽을 때는 다들 비슷한 얼굴이 됩니다. 한번 그걸 보고 나면 세상에 나오는 영화나 동영상 같은 건 재미없어서 못 보죠. 키리노 씨, 당신에게도 그런 취향이 있지 않습니까?"

우라이가 키리노의 얼굴을 들여다보며 물었다.

"전혀 없다."

키리노는 그렇게 대답하면서도 우라이의 이야기에 조금은 공감했다. 그 역시 어린 시절에 아프리카 동물들의 영상을 자주 보곤 했다. 어린아이에게는 상당히 충격적인 장면이었지만, 자연계의 현실을 꾸밈없이 보여주는 것도 사실이었다. 그러나 그것은 어디까지나 자연계의 이야기일 뿐 인간 세계와는 다르다.

"정말입니까? 형사님은 의외로 저와 비슷하다는 느낌이 드는데요."

키리노의 심장이 빠르게 뛰었다. 우라이는 입꼬리를 올리며 히죽 웃었다.

"농담은 그쯤 하지."

키리노는 견디지 못하고 우라이에게서 시선을 돌렸다. 이대로 가면 최면에 걸린 것처럼 우라이에게 끌려다니게 될 것 같았다. 아니, 어쩌면 눈앞에 있는 남자는 그런 특수한 능력을 가졌는지도 모른다.

"키리노 씨는 아직 자각하지 못했을 뿐입니다. 저와 당신은 매우 닮았어요."

우라이가 빙긋 미소 지었다.

"이봐, 우라이. 미야모토 마유, 이케가미 사토코, 코모리 타마에, 이노마타 아스카, 니시노 마나미. 네가 이 다섯 명을 살해한 건 인정하겠지."

키리노는 우라이의 말을 무시하고 거칠게 말했다.

"그렇습니다."

우라이는 관심 없다는 듯이 말했다. 키리노는 우라이의 얼굴 근육을 주시했지만 본심을 전혀 읽어낼 수 없었다.

"하세가와 쇼코도 네가 죽인 것 아닌가?"

우라이는 시선을 왼쪽으로 돌리더니 양쪽 팔꿈치를 책상에 대고 턱을 괬다. 방금 전의 도발적인 태도는 사라지고 상대의 말을 제대로 들으려 하지도 않았다.

"어째서 하세가와 쇼코의 데이터만 그 PC에 없는 거냐?"

우라이는 입을 꾹 다물고 아무 말도 하지 않았다. 갑자기 상체를 세우나 싶더니 이내 등받이에 깊이 기대며 따분하다는 듯 천장을 바라봤다.

"어딘가에 다른 PC를 숨겨뒀겠지. 거기에 하세가와 쇼코의 데이터가 들어 있는 것 아냐?"

고토 형사가 참지 못하고 외쳤다. 그러나 우라이는 잠자코 천장만 응시할 뿐이었다.

"아니면 그 PC를 하세가와 쇼코의 데이터와 함께 폐기해버린 건가?"

이번에는 키리노가 물었다. 그러나 우라이는 들리지 않는 것처럼 아무 말도 꺼내지 않았다.

"어째서 하세가와 쇼코 이야기만 나오면 입을 다무는 거지? 그렇게 많이 죽였다면 더 이상 숨길 일도 없을 텐데."

고토가 얼굴을 바싹 들이대 침이 튈 만한 거리에서 말했지만 우라이는 계속 천장만 올려다볼 뿐 표정 하나 바뀌지 않았다.

"이봐, 우라이, 무슨 말이라도 해봐!"

고토의 고성에도 반응이 없었다.

키리노는 우라이를 바라보며 필사적으로 생각했다. 이 남자는 왜 하세가와 쇼코에 관해서만 침묵하는 것일까?

뭔가 숨기는 게 있나?

하지만 이미 다섯 명이나 죽였다고 자백했는데 굳이 숨겨야 하는 이유가 뭘까?

"그런 게 무슨 상관이죠? 빨리 사형이나 시켜주세요."

우라이는 계속 천장만 올려다보며 이제 싫증 난다는 듯이 말했다.

우라이는 아무것도 모르는 것이 아닐까? 단지 자신이 모른다는 사실을 숨기고 있는 게 아닐까?

"슈레드."

키리노가 불쑥 중얼거리자 우라이가 그를 쳐다봤다.

"…리눅스 같은 건 안 쓰는데요."

키리노는 자신도 모르게 신음하고 말았다.

슈레드라는 커맨드를 쓰면 파일을 PC에서 완벽히 삭제할 수 있다. 단 리눅스에서만 가능하다. 리눅스는 윈도 같은 OS의 일종인데, 무료 소프트웨어인 데다 개량과 재배포가 자유로워 실력에 자신 있는 프로그래머라면 누구나 파고들고 싶어 하는 분야였다.

"그런 성가신 일을 할 필요 있나요? 윈도에도 데이터를 완벽하게 지우는 프로그램이 있잖아요."

우라이의 말이 맞았다.

"역시 그걸 쓴 거로군."

하지만 그렇다면 그 흔적이 PC에 남아 있어야 한다.

"의심이 많으시군요. 저는 하세가와 쇼코라는 여자의 데이터를 삭제한 적이 없습니다."

우라이가 양손을 펼쳐 보이며 대답했다.

"그렇다면 왜지? 어째서 그 PC에 하세가와 쇼코의 데이터만 없는 거냐?"

"그야 간단하죠."

우라이가 단념한 듯 말했다.

"간단하다고?"

"제가 죽이지 않았으니까요. 애초에 저는 하세가와 쇼코라는 여자를 본 적도 없고 이름도 몰랐다고요."

제2장

A

"네가 하세가와 쇼코를 죽이지 않았다면 대체 누가 죽였지?"

지방경찰청사 안 좁은 취조실, 키리노 혼자 우라이와 대면하고 있었다.

"그 질문에 대답하기 전에 몇 가지 물어볼 게 있습니다."

하세가와 쇼코에 관해 침묵으로 일관하던 우라이가 무슨 이유인지 키리노에게라면 진실을 밝힐 수도 있다고 말했다. 다만 다른 수사관 없이 단둘이 이야기하겠다는 조건이었다.

"대답할 수 있는 질문과 없는 질문이 있다. 특히 경찰 수사상 비밀 같은 건 거의 대답해줄 수 없을 텐데, 그래도 상관없나?"

취조실 벽은 매직미러로 돼 있어서, 벽 너머에서 사이토 수사본부장과 고토를 비롯한 수사1과 형사들이 지켜보고 있었

제2장　　　　　　　　　　　　　　　　　　　　　　　　59

다. 도청 마이크도 설치돼 있어 대화 내용도 전부 듣고 있을 것이다.

"그런 건 아무 상관 없습니다. 키리노 씨 개인에 관한 질문이거든요."

우라이가 희미하게 미소 지었다.

"그런 게 왜 궁금하지?"

"키리노 씨는 저와 닮은 것 같아서요."

일부러 모욕해서 흥분시키려는 의도일까?

"해커와 크래커는 정반대 일을 하지만, 기본적으로는 같은 종류의 인간입니다. 높은 산을 보면 올라가고 싶어 하는 등산가처럼 침입하고 싶은 네트워크가 있으면 일단 들어가보는 게 해커 그리고 크래커죠. 둘 다 어린 시절은 비슷했을걸요?"

키리노는 자신도 모르게 고개를 끄덕일 뻔했다.

"컴퓨터를 좋아하고 호기심이 왕성한 어린아이가 반장난으로 네트워크에 침입하는 거죠. 처음엔 다들 자기 실력에 도취될 뿐이에요. 흔히 젊은 혈기를 주체하지 못한다고 하던가요? 폭주족들이 벽에 낙서하고 다니는 것과 똑같은 심리입니다."

키리노는 무의식중에 공감하고 있었다. 고등학생 시절에 기업이나 공공단체 네트워크에 침입해 자신의 실력을 친구들에게 자랑한 적도 있다. 아마 우라이도 비슷한 경험이 있으리라.

"해외에서는 그런 일이 발각되면 군이나 경찰에 스카우트돼 갱생되는 경우가 많죠. 하지만 일본은 그런 부분이 뒤떨어져 있는 탓에 저 같은 범죄자가 생겨나는 겁니다."

키리노는 그 말이 맞는다고 생각했다. 지금은 경찰관과 범죄자로 정반대 위치에 있지만, 어렸을 때는 성향이 똑같은 아이들이었을 것이다. 만약 어린 시절에 우라이와 만났다면 둘도 없는 친구가 됐을지도 모른다. 자신과 닮았다는 우라이의 말도 전혀 틀린 것 같지는 않았다.

"저는 어릴 때부터 마음을 터놓을 상대가 한 명도 없었기 때문에 지금도 사람들과 소통하는 게 서툽니다."

키리노는 그 말에 동의할 수 없었다.

"그렇진 않은 것 같은데. 나를 처음 만났을 때 악수부터 청했고, 피해 여성들에게도 능숙하게 접근했지. 오히려 소통 능력 자체는 높은 편 아닌가?"

"그건 전부 롤플레잉에 불과합니다."

우라이가 어두운 눈빛으로 말했다.

"롤플레잉?"

"정해진 역할을 연기한 것뿐이죠. 특정한 목적을 달성하기 위해서라면 뭐든 제법 능숙하게 할 수 있게 됩니다. 시원시원해 호감 가는 청년, 성실한 엔지니어, 이런 역할을 연기하는 건 저도 꽤 잘합니다. 반대로 그런 방법으로밖에 소통할 수 없는 셈이죠."

"그렇다면 어째서 그렇게 많은 여성을 죽인 거지? 설마 연쇄살인범도 네 롤플레잉에 불과했던 건가?"

"역시 키리노 씨는 제 생각을 읽어내셨군요."

우라이가 희미하게 미소 짓자 키리노는 등줄기가 얼어붙는 듯했다.

"믿을 수가 없군. 네 본심은 대체 뭐지? 인간이라면 당연히 자기감정이 있을 것 아냐?"

"저는 제 감정을 능숙하게 표현하지 못합니다. 아니, 오히려… 아마 제게는 감정이 없는 것 같습니다."

"그럴 리가."

키리노는 그렇게 말하면서도 완전한 거짓말은 아닐 거란 느낌이 들었다. 사이코패스는 주변에서 무표정하고 감정이 메말랐다는 지적을 받는 경우가 많다.

"제게는 마음이 없습니다. 그래서 그렇게나 좋아하는 여자들도 전부 죽여버릴 수 있었던 겁니다."

키리노는 우라이의 얼굴을 가만히 응시했다. 그의 말을 대체 어디까지 믿어야 할까? 얼핏 본심을 털어놓은 것처럼 보이지만 전부 생각나는 대로 지어낸 이야기 같기도 했다.

"하지만 흑발 여성이 좋다는 감정은 있었어. 그러니 감정이 전혀 없다고는 할 수 없어."

"확실히 저는 그 여자들을 좋아했습니다. 그 감정은 진짜입니다. 하지만 그 여자들도 반드시 저를 좋아해준다는 법은 없으니 결국에는 싫어할 수밖에 없지 않겠어요?"

"그래서 죽인 건가?"

우라이가 천천히 고개를 끄덕였다.

얼핏 인상도 좋고 상식적인 사람으로 보이는 사이코패스도 있다. 그러나 그들은 비난을 받거나 자신이 원하는 대로 상황이 풀리지 않으면 내면에 잠재된 폭력성이 터져 나온다. 이웃 주민들의 인터뷰에서 "인사성도 밝고 성격도 활발해 보이는 청년이었는데요"라는 말이 나오는 것은 결국 그런 이유 때문이다.

"저는 현실적인 인간관계를 이해하지 못하는 건지도 모릅니다. 키리노 씨, 좋아하는 것과 싫어하는 것 사이에는 어떤 감정이 있죠?"

우라이가 진지한 표정으로 물었다.

"그야 뭐… 중간 아닌가?"

"중간? 중간이 뭔데요? 좋아하는 겁니까? 아니면 싫어하는 겁니까?"

진지하게 되묻는 우라이를 보자 키리노는 '적당히'나 '대충' 같은 말의 의미를 이해하지 못하는 사람도 있다는 사실을 떠올렸다.

"저는 다크웹에서의 인간관계가 가장 이해하기 쉬웠습니다. 그곳 사람들과 대화할 때는 쓸데없는 말을 하지 않으니까요."

"하지만 다크웹에도 나쁜 사람은 있겠지. 오히려 현실적인 인간관계가 없을수록 극단적인 발상이 나오기 마련이야."

"그건 그것대로 이해하기 쉽지 않나요? 그런 녀석들은 제 적입니다. 만약 부주의하게 접촉해온다면 철저히 혼내주면 되니까요."

키리노는 우라이 미츠하루야말로 그 극단적인 발상의 집합체라고 생각했다. 이런 성격으로 현실적인 인간관계를 구축하기는 분명 어려울 것이다.

"저는 이미 다섯 명을 죽였으니 틀림없이 사형에 처해지겠죠. 하지만 죽기 전에 잠깐이라도 누군가와 이야기하고 싶었습니다. 그러려면 같은 부류인 키리노 씨가 가장 좋을 것 같았고요."

"그래서 나를 지명한 건가?"

"죄송합니다. 바쁘실 텐데."

우라이가 빙긋 웃어 보였다.

"키리노 씨는 아버지가 안 계시죠?"

키리노는 내심 철렁했다.

"누구에게 들었지? 고토 형사님인가?"

키리노는 매직미러 너머에 들리도록 말했다.

"아뇨. 저도 어린 시절부터 아버지가 안 계셔서 보면 대충 알거든요. 저는 아버지에 대한 기억이 전혀 없습니다."

우라이가 눈을 살짝 내리깔았다.

아버지는 키리노가 초등학교 4학년 때 돌아가셨다. 전혀 기억나지 않는 것은 아니지만 감수성이 예민할 무렵에 아버지가 안 계셔서 쓸쓸했다.

"만약 아버지가 살아 계셨다면 저도 이렇게 되지는 않았을지도 모르죠."

"과연 그럴까? 나도 아버지가 안 계셨어. 아버지가 안 계신다는 이유 하나만으로 네가 이렇게 됐다면 일본은 범죄자들로 넘쳐났겠지."

키리노의 말끝에 힘이 들어갔다.

"그런 뜻으로 한 말이 아닙니다. 아버지가 살아 계셨다면 어머니에게 무슨 일을 당해도 견뎌냈을 거라고 생각했을 뿐이죠. 키리노 씨의 어머니는 어떤 분인가요?"

"내 어머니는… 뭐, 지극히 평범한 어머니다. 조금 엄하셨지만 말이지."

어느새 몸이 긴장으로 딱딱하게 굳어 있었다. 키리노는 가볍게 심호흡하고 의식적으로 온몸의 힘을 풀었다.

"흐음, 구체적으로 어떻게 엄하셨죠?"

"지금 그게 중요하진 않은 것 같은데."

"가르쳐주세요."

키리노는 문득 눈앞의 연쇄살인마가 어떻게 탄생하게 됐는지 궁금해졌다. 부모, 특히 어머니의 영향이 컸으리라는 직감이 들었다.

"시간 엄수. 일찍 자고 일찍 일어나라. 거짓말은 하지 마라. 무슨 일이 있었는지 엄마에게 전부 보고하고, 자주 연락하고, 뭐든 상담하고. 대충 그런 식이었지."

"하하하, 어머니가 재미있으시네요."

우라이가 입을 크게 벌리고 웃었다. 그렇게 웃으니 싸늘한 미소만 지은 지금까지와는 인상이 전혀 달라졌다.

"한때 아버지가 안 계신다는 이유로 집단 괴롭힘을 당했는데, 그때도 남자라면 당당히 맞서라, 남자는 무슨 일이든 스스로 책임져야 한다면서 혼내셨지."

"흐음, 확실히 엄한 어머님이시네요."

우라이가 더욱 크게 웃으며 말했다.

"우라이, 네 어머니는 어떤 분이셨나?"

별 뜻 없이 꺼낸 질문에 우라이의 얼굴이 일그러졌다.

"방치하셨죠. 그것도 상당히 심하게 방치하셨습니다. 결국
에는 우울증으로 목을 매셨고요."

우라이가 어두운 눈빛으로 말했다.

대충 예상은 하고 있었다. 선천적인 연쇄살인마란 없다. 성
장 과정에서 주위에 있는 어른이 연쇄살인마를 만들어낸다는
것이 키리노의 생각이었다. 눈앞의 연쇄살인범을 다시 바라
보자 갑자기 그가 왜소하게 느껴졌다.

"그런 어머니 밑에서 자라면 키리노 씨도 한두 명쯤은 죽이
고 싶어질 겁니다."

갑자기 기분이 나빠졌다. 우라이의 말에 지나치게 영향을
받고 있었다. 이야기를 하면 할수록 우라이에게 동조해가는
것 같아 두려웠다. 솔직히 지금 당장 이 방에서 뛰쳐나가고 싶
었다.

"키리노 씨는 애인이 있으시죠?"

우라이가 갑자기 화제를 바꿨다.

"그래. …뭐, 일단은 있지."

키리노는 매직미러 너머를 의식했다.

"어떤 타입인가요?"

"뭐, 지금 그게 중요하진 않을 텐데."

"그러지 말고 가르쳐주세요."

즐겁게 묻는 우라이를 보니 지극히 평범한 20대 남성과 대화하는 것 같았다. 게다가 우라이가 부모에게 방치당했다는 사실을 알고 나니 그의 부탁을 차갑게 거절할 수도 없었다.

"뭐, 지극히 평범한 타입이야."

"저는 평범한 게 뭔지 모릅니다. 왜 있잖아요. 예쁘다거나, 귀엽다거나, 성격은 어떻고, 연예인과 비교하면 누구와 닮았다거나 하는 거요."

우라이가 입을 비죽 내밀었다.

"내 애인 이야기는 중요하지 않잖아. 그보다도 이제 슬슬 하세가와 쇼코에 대해 알려주지 않겠나."

"그러면 교환 조건을 제시하죠. 키리노 씨의 애인이 어떤 사람인지 알려주시면 저도 하세가와 쇼코에 대해 이야기하겠습니다."

우라이의 눈빛은 진지하기 그지없었다.

"어째서 그렇게까지 내 애인에 대해 알고 싶은 거지?"

"저와 키리노 씨가 닮았기 때문입니다. 키리노 씨가 좋아하게 된 여성이라면 저도 진심으로 사랑할 수 있지 않을까 싶어서요."

섬뜩한 소리였다. 하지만 우라이가 거짓말하는 것 같지는 않았다. 이 남자는 나름대로 어린 시절 잃어버린 인간적인 감정을 되찾고 싶은 게 아닐까? 그리고 거기에 이 연쇄살인마를 이해할 힌트가 있을 것 같다는 예감이 들었다.

"흑발은 아냐."

"그렇군요. 그렇다면 역시 좋아지지 않을 수도 있겠네요."

아쉬운 듯 고개를 가로젓는 우라이를 보자 키리노는 자신도 모르게 웃음이 나왔다.

"이봐, 우라이. 내 애인 이야기를 해주면 정말 하세가와 쇼코에 대해 가르쳐주는 거겠지?"

"네. 약속하죠."

이 연쇄살인범이 미노리를 알게 되는 것은 찜찜했지만, 대신 얻어낼 수 있는 정보를 생각하면 딱 잘라 거절할 수도 없는 노릇이었다.

"나이는 몇 살인가요?"

우라이는 뜸 들이지 않고 바로 물었다.

"…스물넷이지 아마."

"누가 먼저 고백했죠?"

"저쪽에서."

"같이 사나요?"

키리노는 말없이 고개를 저었다.

"그분은 어디 살아요?"

경계할 수밖에 없는 질문이었다. 눈앞의 연쇄살인마가 이곳을 탈출해 미노리를 노리진 않을까? 키리노는 순간적으로 그럴 가능성을 진지하게 고려했다. 게다가 매직미러 너머의 이목도 신경 쓰였다. 키리노는 미노리와의 교제를 아직 상관에게 알리지 않고 있었다.

"그 부분은 개인 정보니까 말할 수 없다. 자, 이제 슬슬 하세가와 쇼코에 대해 알려주는 게 어때?"

"안 됩니다. 그렇다면 어떤 타입인지라도 가르쳐주시죠."

"타입?"

"네. 그것만 가르쳐주시면 키리노 씨의 질문에 대답해드리겠습니다."

우라이가 진지한 눈빛으로 말했다.

"뭐, 미인이라기보다는 귀여운 쪽 같은데."

"우등생 타입이라는 건가요?"

키리노는 눈앞의 남자를 대충 이해할 수 있을 것 같았다.

"조금 달라. 좀 더 백치미 느낌이 난다고 해야 하나?"

"백치미요?"

눈앞의 남자는 현실적인 인간관계에 콤플렉스를 갖고 있다. 하지만 동시에 그런 관계를 갈구했다.

"아니, 진짜 백치는 아니지만 순수하고 귀엽다고 해야 할까? 착하기도 하고, 성실하기도 하고."

"아아, 분명 좋은 분이겠네요."

우라이가 기쁜 듯 미소 지었다. 다섯 여성을 살해한 사람의 미소로는 보이지 않았다.

"그러면 이제 하세가와 쇼코에 대해 말할 차례다."

우라이의 얼굴에서 웃음기가 사라졌다.

키리노는 그의 표정 근육을 주의 깊게 관찰했다.

"하세가와 쇼코는 M이 죽였을 겁니다."

처음 듣는 이름이었다.

"M? 그게 누구지?"

"다크웹에서 저의 멘토나 다름없었던 사람입니다. 암시장에서 멀웨어를 구하는 방법부터 그걸로 인터넷뱅킹에서 돈을 인출하는 방법까지 전부 M에게 배웠습니다. 아, M은 인터넷상의 닉네임입니다. 다크웹 사용자들 사이에서는 제법 유명하죠."

키리노도 이쪽 업계에 발을 담근 지 꽤 됐지만 토르Tor 같은 다크웹을 혐오했기에 크래커들의 흑막 같은 존재가 있다는 사실은 몰랐다.

"그자는 지금 어디 있지?"

우라이는 머리를 옆으로 살짝 기울였다.

"모릅니다. 요 몇 년 동안 다크웹에도 나타나지 않은 걸 보면 죽어버렸는지도 모르겠군요."

"너는 인터넷상에서 M과 자주 접촉했던 거냐?"

우라이는 고개를 가로저었다. 만약 그랬다면 조사했던 하드디스크에도 M이 보낸 메일이 남아 있을 만했지만 그런 것을 본 기억은 없었다.

"그 PC는 3년 전쯤 산 거고, M과 메일을 주고받던 시절에 쓰던 PC는 이미 폐기했습니다."

그 PC가 남아 있었다면 단서를 얻을 수 있었을 거란 생각에 키리노는 속으로 혀를 찼다.

"하지만 그게 지금 있다고 해도 과연 경찰이 M을 잡을 수 있을지는 모르겠군요."

"다크웹의 익명 통신이었나?"

익명 통신은 가상화폐 유출 사건에서 가장 큰 화제가 됐지만, 국가 규모의 스파이나 테러리스트, 뛰어난 크래커 사이에서는 그것을 사용하는 것이 상식이나 다름없었다. 그리고 그

안에서 벌어지는 일에 대해 일본 경찰은 팔짱을 끼고 지켜보는 것밖에 할 수 없었다.

"오히려 M이야말로 저 따위와는 비교도 안 될 만큼 엄청난 크래커, 블랙해커였으니까요."

키리노는 끝 모를 공포와 불안을 느꼈다. 눈앞의 우라이도 상당히 뛰어난 크래커인데, 그를 훨씬 능가하는 이가 배후에 있단 말인가?

"M이 다크웹에 마지막으로 나타난 게 언제지?"

"3년 정도 된 것 같네요. 그때까지는 꽤 활발히 활동했고, 다크웹에서는 모두가 동경하는 존재였습니다. M이 어나니머스(세계 최대 규모의 해커 집단) 같은 크래커 집단을 이끌고 있다는 소문이 돌 정도였죠. 아무튼 M은 언제나 엄청난 일을 해왔고, 4년 전 벌어진 100억 엔 상당의 가상화폐 유출 사건에 관여했다는 이야기도 있습니다."

최근 들어 가상화폐 유출 사건이 주목받고 있지만, 과거에도 비슷한 사건이 있었다. 우라이가 언급한 것은 2014년에 일본에서 발생한 대규모 가상화폐 유출 사건이었다. 키리노는 젊은 외국인 사장이 기자들 앞에서 고개를 숙이던 모습을 떠올렸다.

"그 사건은 사장의 부정 조작 때문이었을 텐데."

"보도는 그랬지만 진실은 모르는 거죠."

우라이는 고개를 가로저으며 말했다.

"그 M이란 인물이 하세가와 쇼코를 죽였다는 건가?"

"제 생각은 그렇습니다. 왜냐하면 그 산에 50센티미터 이상 구멍을 파고 시체를 묻는 방법을 가르쳐준 사람이 바로 M이거든요. 시체를 어떻게 옮기고 어떤 도구로 어디를 팔지 하나하나 정확하게 지시했습니다. 그러니 제가 그 산에 미야모토 마유를 묻었을 때 이미 하세가와라는 여자가 묻혀 있었을 거라 생각합니다."

키리노는 무심결에 숨을 멈췄다.

"게다가 M이 땅에 묻은 건 그 여자만이 아닐지도 모릅니다."

C

"미노리, 방탄 티켓 구할 수 있을 것 같아?"

"아니, 가망 없어. 너는 어때?"

미노리는 친구 유카와 만나, 카와사키 역 근처 대형 상업시설 라조나 카와사키의 커피 체인점에서 차를 마시고 있었다.

미노리와 유카는 같은 재단이 운영하는 중학교와 고등학교를 함께 나왔다. 둘 다 한국 문화를 좋아해 중학교 입학식 때 이미 친해졌다. 유카는 대학 졸업 후 대형 보험사에 취직해 카와사키 지점에서 근무했다. 미노리는 직장인 IT보안 회사가 요코하마 칸나이에 있지만, 츠루미에서 혼자 살았기에 지금도 일주일에 한두 번은 카와사키 역 근처에서 유카와 만났다.

"트위터도 확인해봤는데 사려는 사람이 압도적으로 많아서 힘들 것 같아. 플리마켓 어플을 뒤져봐야겠어."

두 사람은 경쟁하듯 스마트폰을 터치했다.

"세상에, 한 장에 2만 5000엔이래."

"으음, 2만 5000엔이라. 어쩌지? 고민되네. 하지만 다른 방법이 없잖아."

미노리는 엄두가 나지 않는 상황에서 유카가 사겠다는 식으로 이야기하자 놀랐다.

"너도 사지 않을래? 두 장을 세트로 사면 싸게 해준대."

유카가 세게 나와 놀랐다. 아무리 좋아하는 아티스트라도 한 장에 2만 5000엔은 너무 비싸다.

"유카, 아무리 그래도 너무 비싸. 그리고 이런 어플은 사기당할 수도 있잖아? 2만 5000엔이나 쓰고 공연 티켓이 안 오면 얼마나 허무하겠어.”

“여기는 구입자가 상품을 받고 나서 승인하는 시스템이라 티켓도 못 받고 돈만 날리는 일은 없을 거야.”

돈은 운영 회사가 갖고 있다가 상품에 문제가 없다고 승인이 나면 판매자에게 송금된다고 유카가 설명했다.

“너는 안 써봤어?”

미노리는 텔레비전에서 이 플리마켓 어플 광고를 봤지만, 이용해본 적은 아직 없었다.

“안 입는 옷이나 명품 같은 걸 팔 때 좋아. 가격이나 게시글 제목을 잘 정해야 팔리니까 이런 거래를 좋아하는 사람한테는 재미있을걸?”

“보내준 공연 티켓이 가짜면 어떡해?”

“그러면 어쩔 수 없지만, 이 어플은 구매자와 판매자가 서로를 평가하는 시스템이라 불량품을 팔거나 사기를 치는 유저는 결국 걸러지고 말아. 이 판매자는 평가가 나쁘지 않으니까 가짜 티켓은 아닐 거야.”

유카의 스마트폰을 보니 그 판매자의 평가는 별 다섯 개였다.

이 어플에서는 공연 티켓이나 헌옷 외에도 정말 다양한 물건이 팔리고 있었다. 그중에는 화장실 휴지 심 같은 것도 있었다.

"휴지 심은 학교 만들기 숙제에 필요하대."

"그러고 보니 현금도 판다던데 진짜야?"

미노리는 그게 가장 놀라웠다. 예전에 현금 5만 엔이 5만 8000엔에 팔린 적이 있다고 한다. 이 어플은 신용카드 결제가 가능해, 다중 채무자거나 암시장에서 입수한 신용카드를 악용한 사기일 거라는 소문이 돌았다. 신용카드는 현금 서비스보다 일반 결제 한도액이 높기 때문이다.

"그 밖에도 자금 세탁이나 범죄에 악용될 가능성이 있다고 지금은 금지됐어."

미노리는 캐러멜마키아토를 한 모금 마셨다. 쌉쌀한 에스프레소와 달콤한 바닐라 시럽이 입안에서 뒤섞였다.

"그런데 미노리, 사이버 형사 남자 친구랑은 잘돼가?"

셋이서 한 번 식사한 뒤로 유카는 키리노를 그렇게 불렀다.

"요즘에 너무 바빠서 별로 못 만났어. 지난번에는 내 생일 데이트까지 갑자기 바람맞혔다니까."

"뭐, 정말?"

미노리는 고개를 끄덕이며 힘없이 웃었다.

"일이 바쁜 건 사실이지만, 원래부터 여자에 별로 관심이 없고 인간관계에도 담백한 사람이야."

"흐음, 뭐, 확실히 쿨한 사람 같긴 했어."

"지금까지 사귄 남자들과는 근본적으로 뭔가 달라."

"혹시 게이 아냐?"

"설마."

지금까지의 성생활을 생각하면 키리노가 게이일 리는 없지만, 엔지니어라는 인종은 현실 여자보다 컴퓨터와 노는 것을 좋아하는지도 모른다. 예전에는 애인인 자신과 만나기로 한 약속도 잊고, 사장인 모리오카와 몇 시간이나 프로그래밍에 열중한 적도 있다.

게다가 최근에는 일까지 바빠지면서 그런 경향이 심해졌다.

"이러다가 조만간 차이는 거 아닌지 몰라."

미노리는 불쑥 중얼거렸다.

A

"어제 탄자와 현장에서 시체 두 구가 새로 발견됐다. 거의 백골 상태지만, 이번에 발견된 시체는 둘 다 남성일 가능성이 높아."

회의실에 모인 쉰 명 가까운 남자들이 사이토 수사본부장의 설명에 술렁거렸다. 우라이의 증언을 토대로 탄자와 범행 현장을 경찰견 스무 마리와 함께 수색한 결과, 정말 새로운 시체가 발견된 것이다.

"한 명은 신장 160~170센티미터. 추정 연령은 20~40세. 하세가와 쇼코가 묻힌 장소에서 2000미터 정도 동쪽에 묻혀 있었다. 그곳에서 500미터 동쪽에도 남자 한 명이 묻혀 있었는데, 키는 180~190센티미터에 추정 연령은 마찬가지로 20~40세였다. 두 사람 다 치아를 치료한 흔적이 있어서 실종 신고가 들어온 행방불명자와 대조해보는 중이지. 사망 시기는 두 구 모두 3~4년 전으로 추정되며, 감식반에 따르면 비슷한 시기에 살해당했을 가능성이 높다는군."

"둘 다 전라에 유류품도 없었습니까?"

고토가 바로 질문했다.

"유류품은 없다. 하지만 같은 탄자와 산중에 우라이가 유기한 여성 다섯 명과 달리 속옷을 입고 있었지."

남자였기 때문에 알몸으로 묻지 않은 걸까? 아니면 다른 목적이 있었던 걸까?

"우라이의 범행일 가능성은 없습니까?"

"그건 아직 알 수 없지만, 우라이 본인은 부정하고 있네."

사이토가 그렇게 말하며 자신을 봤기에 키리노는 고개를 크게 끄덕여 보였다.

"우라이가 살해한 여성들처럼 하복부를 난자당한 흔적은 없었습니까?"

그렇게 질문한 것은 부스지마였다.

"속옷의 배 부분에는 없었지만, 흉부에서는 혈흔이 확인됐네. 사인은 심장을 나이프 같은 예리한 흉기에 찔린 것으로 보이네."

"우라이의 수법과 다르다는 겁니까?"

부스지마가 신음하듯 말했다.

"뭐, 그렇게 봐야 할 테지. 우라이는 지금까지 다섯 여성을 살해했다고 인정했지만, 이번에 발견된 두 남성 피해자와 하세가와 쇼코에 관해서는 선입견을 버리고 수사해주기 바란다."

회의실이 가볍게 술렁였다. 이미 일단락된 것처럼 보였던 사건이 새로운 방향으로 움직이고 있었다.

"그리고 본청 사이버범죄대책과 키리노 수사관이 우리 수사본부에 새로이 참가하게 됐다. 키리노 수사관, 앞으로 나오도록."

키리노는 자리에서 일어나 앞으로 걸어갔다. 이번에도 마키타 경무부장의 특명으로 생활안전부 소속을 유지한 채 수사본부에 편입됐다.

"사이버범죄대책과의 키리노 료이치입니다. 잘 부탁드립니다."

고개를 숙이는 키리노에게 형사들의 호기심 섞인 시선이 집중됐다. 키리노가 무슨 이유인지 몰라도 우라이의 신뢰를 얻어 새로운 정보 몇 가지를 알아냈다는 사실을 이 자리에 모인 모두가 알고 있었다.

"키리노 수사관, 지난번 취조에서 우라이가 자백한 내용을 보고해주게."

사이토가 말하자 키리노는 주머니에서 검은색 수첩을 꺼냈다.

"우라이는 하세가와 쇼코에 대한 범행을 다시 한 번 부정하면서 다른 인물의 범행이라는 점을 밝혔습니다. 그 인물은 M이라는 닉네임을 사용하는 유명 크래커입니다. 우라이는 3년 전, 다크웹에서 M과 알게 돼 사이버 범죄와 현실 범죄 수법을 배웠다고 합니다."

키리노는 지난번 들었던 M의 정보를 간략히 설명했다.

"우라이의 증언은 믿을 만한가?"

부스지마가 그렇게 묻자 키리노는 대답이 궁해졌다. 키리노 본인도 우라이를 얼마나 믿어야 할지 확신이 서지 않았다.

"모르겠습니다. 하지만 M이 실제로 존재하는 인물이라면 이번 사건에서 중요한 열쇠를 쥐고 있는 것만은 분명합니다."

회의실에 모인 형사들의 시선이 일제히 키리노에게 날아와 박혔다. 다들 반신반의하며 반박하고 싶어 하는 표정이었지만 아무도 입을 열지는 않았다.

"본부에서도 새로 발견된 두 피해자와 하세가와 쇼코 살해에 M이라는 남자가 관계됐을 가능성을 고려하고 있다. 제군들도 그 전제 아래 수사를 진행하도록. 이상이다."

사이토 본부장의 말에 회의실에 모인 형사들이 한꺼번에 자리에서 일어나 삼삼오오 흩어졌다.

C

〔티켓값 깎아준다니까 살게. 괜찮지?〕

라조나 카와사키에 있는 커피 체인점에서 키리노를 기다리

며 차를 마시던 미노리의 스마트폰에 유카의 메시지가 도착
했다.

〔좋아. 잘 부탁해.〕

미노리는 메시지를 보내고 나서 그 플리마켓 어플을 확인해
봤다. 티켓 게시글에 〔구입하실 거면 할인해드립니다〕라는 댓
글이 추가돼 있었다. 그 위의 〔한 장에 2만 엔, 총 4만 엔에 주
실 수 없을까요?〕라는 댓글은 유카가 단 것 같았다.

손목시계를 보자 약속한 오후 7시에서 10분쯤 지났다. 키리
노는 일이 점점 바빠지는지 최근에는 데이트를 당일에 취소하
는 경우가 잦았다. 더 이상 나를 좋아하지 않는 걸까? 미노리
는 자꾸만 안 좋은 생각이 들었다.

그때 스마트폰이 울리고 화면에 키리노의 이름이 표시됐다.

〔여보세요, 미노리. 미안, 오늘도 못 만날 것 같아.〕

"그렇…구나."

미노리는 울어버리고 싶은 기분이었다.

〔게다가 당분간 아예 보지 못할 것 같아.〕

이어지는 말을 듣자 드디어 이별의 순간이 왔나 싶어 미노
리는 말문이 막혔다. 이런 일이 몇 번 이어지고 나서 결국 두
사람의 관계가 끝나버리는 것이 아닐까?

〔어떤 살인 사건의 수사본부에 편입됐어. 그래서 한동안은

휴가를 못 낼 것 같아.〕

미노리는 순간 그 말뜻을 이해하지 못했다.

"어, 아니, 저기, 료 짱은 생활안전부 아냐? 어째서 살인 사건 수사본부에 들어가야 하는 건데?"

미노리는 헤어지자는 이야기가 아닌 것을 알고 가슴을 쓸어내리면서도 의외의 전개에 당황했다.

〔범인이 뛰어난 크래커라서 상부 명령이 떨어졌어. 일반 형사들은 해킹에 대해 거의 모르니까.〕

그런 거였구나.

그렇다면 어쩔 수 없다. 하지만 수사본부에 편입돼 바람피우거나 다른 여자의 유혹을 받는 일도 없을 테니 그렇게 나쁘지만도 않은 것 같았다.

"하지만 살인 사건이라니, 위험하지 않겠어?"

〔뭐, 직접 범인을 잡는 임무도 아니니까 괜찮을 거야. 나도 일단은 경찰관이니까 어느 정도의 위험은 감수해야지.〕

신체를 단련하지 않고 실내에서 컴퓨터만 조작하는 것은 예전과 똑같았기에 미노리는 키리노가 경찰이 됐다는 실감이 나지 않았다.

〔그런데 미노리, 부탁할 일이 있어.〕

미노리는 별일이다 싶었다. 평소에 뭔가를 부탁하는 것은

언제나 미노리였다. 키리노가 이런 말을 꺼내는 것은 처음이
었다.

〔실은 어머니가 입원하셨대.〕

"어, 입원? 어머님이?"

키리노의 어머니는 미노리도 몇 번 만났는데, 병원과는 인
연이 멀어 보였다.

〔겉보기와 다르게 편찮은 데가 많으셔. 뭐, 이번엔 검사 때
문이라서 괜찮다고 하시는데, 일주일은 입원하셔야 하나 봐.〕

"무슨 병인데?"

〔그걸 분명히 말씀 안 해주시네. 바쁘면 문병도 오지 말라고
하시고. 어머니가 의외로 고집이 센 편이시거든.〕

키리노의 어머니는 결코 나쁜 사람이 아니었지만, 속엣말
을 거침없이 꺼내는 성격이었기에 미노리도 만날 때마다 긴장
을 놓을 수 없었다.

"그랬구나. 그래도 걱정되겠다."

〔원래는 내가 가서 돌봐드려야 하는데, 수사본부에 들어가
게 된 이상 잠깐 얼굴 보러 갈 틈도 없을 것 같아.〕

부모님 문병도 가지 못할 만큼 바쁜 모양이었다. 자신과는
더더욱 만나지 못할 것이라 생각하자, 미노리는 무심결에 한
숨이 나올 뻔했다.

〔그래서 말인데 미노리가 문병 겸 상태가 어떠신지 보고 와 줬으면 해.〕

"어, 나 혼자서?"

〔안 될까?〕

부담스러운 일이기는 했다. 하지만 남자 친구가 이렇게까지 부탁하는데 거절하는 것은 여자 친구의 도리가 아니었다. 그녀가 정말로 사랑하는 키리노의 부탁이 아닌가. 게다가 키리노가 바빠서 데이트하지 못하는 만큼 미노리는 시간이 남아 돌았다.

"알았어. 입원해 계신 병원이 어딘지 가르쳐줘."

A

"어라, 키리노? 이게 얼마만이야?"

키리노는 지방경찰청사 복도에서 자신을 부르는 소리에 뒤 돌아봤다.

"모리오카 씨. 별일이군요, 이런 곳에서 다 만나고."

모리오카가 붙임성 좋은 미소를 지으며 손을 내밀기에 키리노도 힘주어 악수했다. 두 사람이 마지막으로 손을 맞잡은 것은 키리노가 반년 전쯤 모리오카의 회사를 그만뒀을 때였다.

"새로운 랜섬웨어 백신이 완성돼서 생활안전부의 사쿠라이 부장님께 보여드리러 왔어."

랜섬은 몸값이라는 뜻으로, 랜섬웨어란 PC나 스마트폰을 먹통으로 만든 뒤 이를 해제시키는 조건으로 돈을 받아내는 수법을 말한다.

"2017년은 랜섬웨어의 해였죠. 일본은 그렇게 심하지 않았지만 해외에서는 상당히 많은 피해자가 나왔으니까요. 생활안전부 입장에서도 랜섬웨어는 눈앞에 닥친 위협이라고 할 수 있습니다."

"영국의 국민 보험 서비스도 워너크라이에 실컷 당했지."

워너크라이는 영문으로 표기하면 'WannaCry', 즉 울부짖는다는 뜻이다. 이것에 걸리면 울면서 단념할 수밖에 없다는 의미로 지어진 이름이라고 한다. 이 랜섬웨어는 미국 안전보장국NSA에서 유출된 코드를 썼는데, 북한에서 만들었다는 이야기가 있다.

"랜섬웨어는 계속 바뀌니까 그에 대응하는 소프트웨어를 만드는 것도 힘들겠네요."

"그렇지. 그 뒤로 러시아와 우크라이나를 공격한 배드래빗은 고도의 암호화 모듈을 사용해서 워너크라이의 백신 프로그램으로는 치료가 불가능했거든."

"정말 끝없는 술래잡기군요."

랜섬웨어는 IT보안 위협에 끝이란 없음을 시사해줬다. 새로운 백신 프로그램이 등장하면 그것을 뚫어내는 바이러스가 개발된다. 그 새로운 바이러스가 유행하면 이를 막는 새 백신이 개발된다.

"개발하는 입장에서 보면 바이러스를 만드는 쪽이 편하죠."

해킹이나 크래킹의 경우, 공격자가 압도적으로 유리했다. 게다가 랜섬웨어는 먹통이 된 PC와 스마트폰을 백신 구입에 드는 것과 비슷한 비용으로 해제시킬 수 있기 때문에 크래커의 요구에 순순히 응하는 편이 간편하기도 했다.

"하지만 이 소프트웨어는 지금까지 나온 배드래빗이나 워너크라이 같은 랜섬웨어의 아류라면 전부 복원할 수 있어. 약간의 AI 기술이 활용됐거든. 그 부분이 지금까지의 백신과 완전히 다르지. 경찰에서도 꼭 채택해줬으면 해."

모리오카는 간절히 빌듯 양손을 맞대며 말했다.

"알겠습니다. 저도 사쿠라이 부장님께 말해둘게요. 하지만 분기가 끝나기 전이라 예산이 아직 남아 있는지 모르겠네요."

"관청에서는 그게 가장 중요한 문제지. 하지만 어떻게 안될까? 우리 회사도 자네가 빠진 뒤로 사정이 좋지 않거든."

"죄송합니다."

키리노는 얌전히 고개를 숙였다. 모리오카가 그의 퇴사를 막으려 필사적으로 설득했던 기억이 떠올랐다. 그때 모리오카는 연봉을 세 배로 올려줄 테니 떠나지 말아달라고까지 이야기했다.

"지방경찰청 홈페이지에도 이 소프트웨어를 추천하는 글을 올려둘게요. 이런 새로운 랜섬웨어 백신이 있다고요."

지방경찰청 홈페이지에 이 랜섬웨어 백신을 소개하면 모리오카의 회사에도 조금은 도움이 될 것이다. 키리노가 할 수 있는 최소한의 보은이었다.

"고마워. 꼭 그렇게 해줘. 그런데 키리노, 미노리하고는 잘돼가?"

키리노가 모리오카의 비서인 미노리와 사귄다는 사실은 모리오카도 당연히 알았다.

"그게 요즘 너무 바빠서 좀처럼 못 만나요."

"역시 키리노는 민간 기업에서 일하는 게 나았어. 공무원, 하물며 경찰은 전혀 안 맞는다고."

"뭐, 사장님 밑에서 일하던 때와 비교하면 확실히 하늘과

땅 차이죠."

"어때? 우리 회사로 돌아올 생각은 없어?"

모리오카는 키리노의 어깨를 안으며 주위에 들리지 않도록 귓가에 대고 말했다.

"말씀은 감사하지만, 아직은 여기서 하고 싶은 일이 있어서 조금 더 노력해보겠습니다."

경찰이 되고 연봉은 많이 줄어들었지만, 민간 회사에서는 느낄 수 없는 자극을 받았다. 민간 회사에서 일할 때는 백신 프로그램을 아무리 많이 팔아도 사회에 공헌한다는 사실이 실감나지 않았다. 그보다는 우라이나 M과 대치하는 쪽이 훨씬 재미있는 것이 사실이었다. 게다가 경찰에서만 얻을 수 있는 정보도 잔뜩 있다.

"그런데 모리오카 씨, 혹시 M이라고 아시나요?"

"알지. 3~4년 전쯤에 유명했던 전설적인 크래커잖아."

별일 아니라는 투였다. 키리노의 주변 사람에게서 M 이야기를 들은 것은 모리오카가 처음이었다.

"나야 보안 쪽이 전문이니까 말이지. 가끔씩 익명 통신으로 다크웹의 위험한 게시판에 글을 올리곤 했어. 그때 M이 직접 쓴 게시글을 본 적도 있지."

"정말인가요? 그 이야기 좀 자세히 해주시겠어요?"

모리오카가 M의 게시글을 본 것은 3년 전쯤이라고 한다. 크래커들이 만든 멀웨어의 구조를 알아내 자사 백신 프로그램에 응용하려는 속셈에서였다.

"그해에 유행할 인플루엔자의 종류를 미리 알아내면 필요한 예방 백신을 많이 생산해놓을 수 있는 것과 비슷한 원리지. 아, 이런 이야기를 했다간 체포될지도 모르겠군."

모리오카는 옆을 지나가는 제복 경관을 보고 웃으며 말했다.

B

〔탄자와 산중에서 남성 시체 두 구 새로 발견.〕

〔탄자와 연쇄살인마와는 다른 인물일 가능성도.〕

인터넷 뉴스에 이런 기사들이 올라와 있었다.

남자는 그 내용을 휙휙 읽으며 하품을 참아냈다. 최근에 너무 바빠 제대로 잠을 자지 못한 탓이었다. 마츠다 미노리와 그 애인 료 짱도 신경 쓰였지만 지금은 어쨌든 이 긴박한 문제에 대처해야 했다.

〔범인을 몰아붙인 JK16. 인터넷상에서 벌어지는 혈전의 승자는 누구인가?〕

〔수수께끼의 화이트해커, 이미 범인 정체를 파악했나?〕

남자는 JK16이 누구인지 알고 싶었다.

인터넷을 샅샅이 뒤져봤지만 아무것도 나오지 않았다.

모든 정보망을 동원해도 JK16을 아는 사람이 없었다. 그때 남자는 생각했다. 만약 자신이 JK16이라면 어떤 행동을 취할까?

〔경시청 100명 투입. 민간에도 요청해 분산된 유출 가상화폐 추적 중.〕

경시청은 위신을 걸고 가상화폐를 쫓고 있었다. 2018년 봄, 경시청은 각 부서에 분산돼 있던 사이버 관련 수사관을 분쿄구에 있는 신청사로 불러 모아 체제를 강화했다. 사이버 빌딩이라는 별칭이 붙은 이 건물은 2020년 도쿄 올림픽과 패럴림픽 때 사이버 범죄를 막는 사령부로 기능할 예정이었다. 그런 와중에 가상화폐 580억 엔 유출 사건이 발생하자 경시청은 사이버 빌딩의 총력을 동원해 범인을 쫓고 있었다.

〔비트머니사, 고객의 현금 인출 중지.〕

〔전액 보증은 불가능? 비트머니사 경영 파탄 우려도.〕

가상화폐 유출로 문제가 된 비트머니사는 근래의 가상화폐 붐에 편승해 텔레비전 광고를 엄청나게 내보내면서 단숨에 성장했고, 최근의 월 거래액은 4조 엔이 넘었다. 20대 창업주 사장과 30대 부사장이 협력해 회사를 운영했고, 현재 사원 수는 81명, 자본금은 1억 엔이었다.

〔귀사와의 거래로 적지 않은 피해를 입었습니다. 차후의 원금 보장에 대해 문의하고 싶습니다. 첨부된 파일을 보고 닷새 안에 답장 바랍니다. 답장이 없으면 법적 조치를 검토하겠습니다.〕

남자는 비트머니사 홈페이지로 이런 메일을 보냈다.

해킹이나 크래킹은 흔히 IT 기술의 약점을 파고들지만, 사실 인간의 부주의와 공포를 이용하는 쪽이 훨씬 효과적이었다. 현재 이 회사의 클레임 전담 팀은 고객들의 맹렬한 항의에 전전긍긍하며 미친 듯이 바쁜 나날을 보내고 있을 것이다.

인터넷에 연결된 PC에 잠입하는 방법은 여러 가지가 있지만, 바이러스가 심긴 첨부파일이나 HTML 스크립트, 혹은 OS나 프로그램의 가짜 업데이트 파일을 열게 하는 방법이 일반적이었다.

남자가 보낸 메일을 담당자가 클릭하는 순간, 비트머니사 네트워크에 백도어가 만들어질 것이다. 남자는 메일을 보낸 뒤 비트머니사 홈페이지를 훑었다. 회사 개요에 두 경영자를 소개하는 글이 있었다.

사장 이름은 니와 슈이치.

초등학생 시절부터 컴퓨터를 만지기 시작해 중학생이 되자 컴퓨터에 너무 빠진 나머지 학교에도 잘 나가지 않았다. 그래도 퇴학하지 않고 초일류 이공계 단과대학에 입학했지만, 3년 만에 그만두고 스물한 살에 창업했다. 지극히 우수한 엔지니어였기에 직접 만든 서비스 시스템과 어플이 높은 평가를 받았고, 해커톤 같은 대회에서의 수상 이력도 화려했다. 뼛속까지 기술자였고, 지금 회사의 거래소 시스템도 직접 개발할 만큼 천재였다.

회사의 이인자인 부사장은 쿠보타 미노루였다.

시스템 개발에는 일절 관여하지 않지만, 가상화폐 같은 새로운 사업 아이템을 기가 막히게 찾아내는 전형적인 기업가라고 한다. 대학 졸업 후 일반 상사나 신흥 IT 회사에서 근무하다 4년 전에 비트머니사에 입사했다. 부사장이면서도 비트머니사 주식은 갖고 있지 않다고 한다.

남자는 두 사람 이름을 검색해 더 자세한 정보를 찾았다.

진위 여부는 분명치 않지만, 이미 2ch(일본의 대형 커뮤니티) 같은 사이트에서는 두 사람의 개인 정보가 나돌았다. SNS 사용

여부를 조사해보자, 두 사람 다 트위터와 페이스북 계정이 있었다. 그러나 사건이 발생한 뒤로는 완전히 방치돼 있었다. 일일이 삭제하기 힘들 정도로 악플이 달렸을 테고, 무엇보다 사건을 수습하느라 바빠 SNS를 들여다볼 여유가 없을 것이다.

남자는 SNS에 남은 과거 기록을 꼼꼼히 확인했다.

두 사람 모두 아직 독신인 것 같았다. 사장 쪽은 애인이 있다는 뉘앙스의 글이 있었지만, 어떤 여성인지는 어디에도 적혀 있지 않았다. 부사장은 밤 문화를 자주 즐기는지 롯폰기의 유흥업소에 출몰한다는 이야기가 있었다. 남자는 그 밖에도 두 경영자의 가족 관계, 출신 학교, 친구 관계, 사내 인간관계를 알아낼 만한 게시물이 없는지 시간을 들여 세심히 살펴나갔다.

C

키리노의 어머니가 입원한 종합병원은 요코하마 신야마시타에 있었다.

미노리는 약속 시간보다 20분 먼저 로비에 도착했다. 키리노의 어머니는 시간관념이 철저하다는 것을 잘 알았기에 특별히 신경 쓴 것이었다.

옷은 수수하면서도 청초한 느낌을 줬고, 화장도 자연스러웠다.

어제 유카와 꼼꼼하게 대책을 논의한 결과였다. 옅은 핑크색 원피스를 입을지, 흰색 셔츠에 무릎까지 내려오는 플레어 스커트를 입을지 고민하다가 결국 더 수수해 보이는 플레어스커트를 선택했다. 화장도 손톱도 요란하지 않았기에 겉모습은 거의 문제없었다. 선물은 전통 있는 화과자점에서 살까 했지만, 병문안인 만큼 과일이 적당한 것 같았다.

〔그런 것보다도 대화가 가장 중요해. 아버님의 장점을 칭찬하는 방법이 확실한데, 키리노 씨는 어머니밖에 안 계시니까 써먹지를 못하겠네.〕

남자 친구의 어머니를 직접 칭찬하는 경우, 생각지도 못한 말실수를 할 수도 있고 아부하는 느낌을 주기 마련이다. 반면 남자 친구의 아버지를 칭찬하면 그런 좋은 남자를 고른 어머니를 간접적으로 치켜세우는 효과가 있다고 유카는 설명했다.

〔아들을 연인처럼 생각하는 어머니들은 아들의 여자 친구를 연적처럼 여길 수도 있거든. 게다가 키리노 씨는 어머니밖

에 안 계시니까 솔직히 뭐가 정답일지는 잘 모르겠어.]

미노리는 유카의 말을 떠올리고 어깨를 크게 들썩이며 심호흡했다.

"어머, 미노리 양."

미노리가 뒤돌아보자 놀랍게도 병원 로비에 키리노의 어머니가 서 있었다.

"아, 어, 어머님. 이제부터 병실로 찾아뵈려던 참이었어요."

"나도 미노리 양이 온다길래 간식거리라도 사오려고 앞에 있는 편의점에 다녀오는 길이야."

키리노의 어머니가 하얀 봉지를 들어 보였다.

"그렇게 안 하셔도 되는데. 신경 써주셔서 감사합니다."

미노리가 죄송스러워하며 몇 번이고 고개를 숙이자 키리노의 어머니는 웃으며 앞장서 걷기 시작했다. 미노리도 바로 뒤따랐고, 두 사람은 병실을 향해 나란히 걷기 시작했다.

"미노리 양, 어때? 요즘 료이치하고는 자주 만나?"

"아뇨, 요즘 많이 바쁜 것 같아요. 이번에 수사본부에 새로 편입됐다고 하던데요."

"수사본부? 그랬구나."

"료이치 씨가 말씀드리지 않던가요?"

"원래 그런 이야기는 나한테 잘 안 하거든. 정말이지, 고등학생 무렵부터 나하고는 꼭 필요한 말밖에 안 한다니까.”

키리노의 어머니가 입을 크게 벌리고 웃었다.

두 사람이 엘리베이터 앞에 도착하자 미노리는 재빨리 위로 가는 버튼을 눌렀다. 곧 문이 열렸다.

“하지만 하는 일은 예전과 똑같아서 날마다 컴퓨터와 씨름하고 있다네요.”

키리노의 어머니가 먼저 엘리베이터에 올라타 4층 버튼을 눌렀다.

“그 애는 옛날부터 한번 컴퓨터를 만지기 시작하면 시간 가는 줄 몰랐어. 미노리 양도 그 아이 때문에 쓸쓸하지 않을까 걱정이네.”

“네, 뭐, 그게 말이죠….”

이럴 때는 대체 뭐라고 대답해야 좋을까?

“그런데 그 아이는 왜 뜬금없이 경찰이 되겠다고 한 걸까? 옛날에는 그렇게나 싫어했으면서. 미노리 양은 뭐 들은 이야기 없어?”

키리노가 경찰을 싫어했다는 이야기는 처음 들었다.

“아뇨. 어머님도 모르세요?”

4층에서 엘리베이터를 내린 두 사람은 그대로 복도를 쭉 걸었다. 어머니 병실은 복도 끝이라고 한다.

"몰라. 제 아버지 영향이라도 받았나?"

"아버님 영향요? 아, 아버님은 어떤 분이셨어요? 분명 멋지 셨겠죠?"

미노리는 예비 시아버지를 칭찬하라는 유카의 조언을 떠올 렸다. 이미 돌아가신 분이지만 써먹지 않을 수 없었다.

"전형적으로 일밖에 모르는 사람이었어."

"그러셨군요. 전혀 몰랐어요."

키리노는 아버지가 초등학생 때 돌아가셨다는 것 말고는 아 무 말도 해주지 않았다. 몇 번이고 자세한 이야기를 들어보려 할 때마다 자연스럽게 화제를 돌리곤 했다.

"언제나 일에만 열심이었어. 나쁜 사람은 아니었지만, 아 니, 오히려 나쁜 사람이 아니었던 탓에 항상 일에만 열중하고 가정을 소홀히 하게 됐지. 결국 그렇게 돼버리고. 그래서 료이 치가 경찰이 되겠다고 했을 때는 정말 깜짝 놀랐지 뭐니."

"그게 무슨 말씀이세요?"

미노리는 어머니가 하는 말을 도무지 이해할 수 없었다.

"어머, 몰랐니?"

키리노의 어머니가 걸음을 멈추고 의외라는 표정을 지었다.

"뭘요?"

"료이치 아버지 직업."

키리노의 아버지가 무슨 일을 하셨는지 들어본 적이 없다. 그래서 평범한 샐러리맨이었을 거라 추측하고 있었다.

"료이치의 아버지도 경찰관이었거든."

"네, 그러셨군요."

"미노리 양, 공안이 뭔지 알아?"

"공안 경찰 말이죠? 간첩 같은 걸 잡는…."

"으음, 뭐, 간첩만 상대하는 건 아니지만 말이지. 료이치의 아버지는 경시청 공안부 소속이었어. 그래서 엄청 바빴고, 집에도 좀처럼 못 들어왔지. 료이치도 그런 아버지를 보면서 저런 일은 절대로 안 할 거라고 했는데."

전부 처음 듣는 이야기였다.

"료이치 씨가 초등학생일 때 돌아가셨다죠."

"순직이었어. 어떤 사건에 말려든 것 같은데, 공안에서 하는 일이라 가족한테도 자세한 설명은 안 해주더라."

키리노의 아버지에게 그런 과거가 있을 줄은 상상도 못 했다. 충격을 받은 그녀는 더 이상 아무 말도 꺼내지 못했다. 유카의 조언 같은 것은 머릿속에서 날아가버린 지 오래였다.

병실에 들어가자 어머니는 침대에 걸터앉으며 녹색 둥근 의자를 꺼내 앉으라고 권했다.

"어쩐지 안 좋은 예감이 들어. 언젠가 료이치도 아버지처럼 위험한 사건에 말려들 것만 같아."

"설마요…."

미노리는 키리노가 죽는다는 생각 자체를 해본 적이 없었다. 하지만 실제로 경찰 남편을 잃은 미망인을 보고 있으려니 갑자기 불안한 감정이 솟구쳤다.

"어머, 미안. 내가 지금 료이치 애인한테 무슨 불길한 소리를 한 거람."

키리노의 어머니가 깔깔 웃으며 말했다.

"아 참. 어머님, 검사 결과는 괜찮았어요?"

미노리는 이곳에 온 목적을 떠올렸다.

"위에서 작은 암이 발견됐는데 검사 중에 내시경으로 제거했어. 의사 선생님도 아마 괜찮을 거라고 하셨으니까 너무 걱정하지 않아도 될 거야."

키리노의 어머니는 자신의 병 따위 전혀 신경 쓰지 않는 것처럼 웃었다. 하지만 미노리도 속마음까지 같으리라고는 생각하지 않았다.

A

"새로 발견된 두 남자 시체 중 키가 작은 남성의 신원이 파악 됐다."

아침 수사 회의에서 사이토 본부장이 새로운 정보를 전달 했다.

"이름은 요시미 다이스케. 하세가와 쇼코와 같은 회사에서 근무했고, 당시 30세로 프로그래머였지. 3년 전에 갑자기 퇴 사하겠다는 메일을 회사에 보냈고, 그 뒤로 가족들도 행방을 찾지 못해서 실종 신고를 했다는군."

화이트보드에 새로운 피해자의 사진이 붙었다. 은테 안경 을 끼고 피부가 흰 남자로, 딱 봐도 프로그래머라는 것을 알 수 있을 정도였다.

"하세가와 쇼코와 요시미 다이스케는 같은 회사에 다녔을 뿐 아니라 연인 관계였다. 자세한 내용은 탐문을 담당한 고토 형사가 설명하겠다."

고토가 앞으로 나오며 사이토의 말을 이어받았다.

"수개월 전 하세가와 쇼코의 신원이 확인됐을 때 요시미도 탄자와 연쇄살인 사건에 휘말렸을 가능성이 있다고 생각했습

　　　스마트폰을 떨어뜨렸을 뿐인데 : 붙잡힌 살인귀

니다. 하지만 그때는 가장 중요한 요시미의 시체가 발견되지 않았기 때문에 더 이상 수사가 불가능했습니다. 요시미의 치아 기록 등은 이미 입수해둔 상태였기 때문에 이번에 발견된 시체와 곧장 대조, 요시미가 틀림없음을 확인했습니다."

고토는 검은색 수첩을 넘기며 설명을 이어나갔다.

"요시미가 실종된 뒤 그가 살던 오타구의 아파트를 가족들이 정리했는데, 스마트폰은 없었습니다. 통신사에 문의한 결과, 마지막 위치 정보가 사건 현장 근처의 아유자와 휴게소였습니다. 애인 하세가와 쇼코의 스마트폰 위치 정보 역시 아유자와 휴게소에서 사라졌으므로, 두 사람의 스마트폰은 살해 전후 그곳에 버려졌을 가능성이 높습니다. 요시미가 개인적으로 사용하던 PC는 키타큐슈의 고향 집에 있다고 해서 현재 가지러 갔습니다. 갖고 오는 즉시 조사가 시작될 겁니다."

고토와 눈이 마주친 키리노는 말없이 고개를 끄덕였다.

사건 현장인 탄자와산에서도 새로운 목격 정보를 찾고 있지만, 3년이나 지난 일이라 막연한 내용밖에 없다고 한다.

"키리노, 그 뒤로 M에 관해 알아낸 건 없나?"

이렇게 되자 키리노에게 거는 기대가 더욱 커질 수밖에 없었다.

"현재 3년 전 다크웹 게시판을 조사하는 중입니다. M은 상당히 유명한 인물이지만, 그에 대해 알려진 내용 자체가 소문이나 도시괴담에 가까워서 실체는 수수께끼에 싸여 있습니다. 우라이에게 들은 정보를 토대로 M이 쓴 것으로 보이는 게시 글을 몇 개 찾아냈지만, 익명 통신으로만 접속할 수 있는 데다 게시된 지 너무 오래돼 그것을 통해 추적하기는 불가능합니다. 게다가 M을 자칭하는 가짜도 꽤나 많아서 현재 관련 정보를 꼼꼼히 확인하는 중입니다."

"하세가와 쇼코의 PC에서 알아낸 것은 없나?"

하세가와 쇼코가 회사에서 쓰던 PC가 있었지만, 디지털 포렌식 결과 이렇다 할 데이터는 나오지 않았다. 게다가 그녀는 개인 PC는 갖고 있지 않았다.

"아쉽게도 M과 연관된 것은 나오지 않았습니다."

회의실에 있던 형사들은 키리노의 보고를 조용히 듣고만 있었다. 체력이 강인한 베테랑 형사들도 인터넷상에서 도망치는 범인을 쫓을 능력은 없었다.

"그런데 M은 탄자와산이 시체 유기에 적합하다는 걸 어떻게 알았을까요?"

부스지마가 불쑥 중얼거렸다.

"부스지마, 생각난 게 있다면 말해봐."

"아니, 우라이를 체포하기 전부터 생각했습니다만, 갑자기 그런 산골짜기에 시체를 파묻으려는 사람은 없지 않나 싶어서요. M이 그 장소를 알고 있었다는 것은 원래 그 지역을 잘 아는 사람이란 뜻 아닐까요? 즉 M은 카나가와현 서부 출신, 혹은 일이나 취미로 그 근처에 자주 가던 인물일 것 같은데, 사이토 본부장님은 어떻게 생각하십니까?"

사이토가 고개를 크게 끄덕였다.

"키리노, 뛰어난 크래커라면 어린 시절부터 컴퓨터를 잘 만졌겠지?"

부스지마가 묻자 키리노는 잠시 생각했다.

"그렇겠죠. 저도 초등학생 시절부터 프로그래밍 흉내를 냈으니까요. M이라면 충분히 그랬을 겁니다."

"본부장님, 카나가와현 서부에 있는 고등학교 컴퓨터부 출신을 한 명씩 전부 조사해보는 건 어떨까요?"

부스지마가 오른손을 들며 제안했다.

"나쁜 아이디어는 아닌 것 같지만, 어떻게 M이라는 걸 알아낼 건가?"

"당시에도 재능이 뛰어났고, 현재 소재가 불분명하다면 후보로 봐도 되지 않을까요?"

"일리는 있지만 너무 비효율적인 방법 아닌가?"

사이토는 고개를 갸웃거리며 생각했다.

"하지만 지금은 다른 단서가 있는 것도 아니니까요."

"알았네. 뭔가 알아낼 수 있을지도 모르니 일단 부스지마는 고등학교 컴퓨터부를 조사해주게. 다른 의견은 없나?"

"M을 단독범으로 단정하지 않는 편이 좋을지도 모릅니다."

그렇게 발언한 것은 다름 아닌 키리노였다.

"그게 무슨 뜻이지?"

사이토 본부장이 검은색 테 안경을 치켜올렸다.

"M은 크래커들 사이에서 카리스마적인 존재였기 때문에 협력자가 상당수 있을 가능성이 있습니다. 그가 어나니머스 같은 범죄자 네트워크를 이끈다는 이야기도 나왔으니까 말이죠. 게다가 다크웹은 러시아나 중국 마피아들도 접속하기 때문에 프로 범죄자 집단이나 테러리스트와 연결됐을 가능성도 있습니다."

"그렇군. 흑발 여성 다섯 명을 살해한 우라이는 단독범이었지만, M은 큰 집단을 이뤄 조직적으로 행동했을 가능성이 있다는 건가."

C

"그래서 피해 총액은 어느 정도입니까?"

"언론에서는 580억 엔이라고 보도했지만, 실제로는 그 정도까진 아닙니다."

미노리는 사장 모리오카와 함께 비트머니사에 와 있었다. 세간을 떠들썩하게 만든 가상화폐 유출 사건의 피해자이기도 한 이 신흥 기업은 이케부쿠로 역 근처 건물 8층에 있었다. 엄청난 인텔리전트빌딩일 거라 생각했는데, 어디에나 있을 법한 흔한 사무실이었다. 사원들은 자유로운 차림으로 PC 앞에 앉아 작업에 몰두하고 있었다. 그 정도로 엄청난 사건에 휘말렸는데도 침울한 분위기는 전혀 없었다. 마치 학생 서클 같은 인상이었다.

"범인은 어떻게 서버에 침입한 겁니까?"

"중도 채용 모집 페이지를 통해서였습니다. 첨부한 전자 이력서에 바이러스를 심은 것 같습니다."

부사장 쿠보타 미노루는 그렇게 대답하며 한숨을 쉬었다. 쿠보타는 아직 서른 전후로, 정장만 입었을 뿐 록 뮤지션 같은 장발에 얼굴도 까맣게 태닝했다. 서핑이 취미라며 부사장실

벽에 서핑보드를 걸어놨다.

"전형적인 수법이군요. 귀사에서 사용하던 백신 프로그램은 그 잠입을 막아내지 못했고요."

"그렇습니다. 최신 버전을 사용하고 있었지만 범인 쪽이 한 수 위였습니다."

모리오카가 기존의 백신 프로그램으로는 위험하다고 비트머니사에 조언하자마자 발생한 일이었다.

"범인은 알아냈습니까?"

"경시청도 수사관 100명을 동원해 수사해주고 있지만, 암호화된 데다 해외 서버를 복수 경유했기 때문에 범인 특정이 쉽지 않은 모양입니다."

"익명 통신을 이용했나 보군요. 꽤나 성가시게 됐네요."

모리오카가 미노리 옆에서 신음하며 말했다. 미노리는 자세한 내용까진 알아듣지 못했지만, 범인이 쉽게 들킬 만한 수법을 사용했을 리는 없을 것이었다.

"그래서 저희가 뭘 해드리면 될까요? 그런 엄청난 크래커를 상대로 저희 회사의 기술이 도움이 될지 모르겠군요."

모리오카는 사건 발생 뒤 쿠보타의 급한 연락을 받고 오늘 이곳에 왔지만, 그가 뭘 원하는지는 전혀 몰랐다.

"범인 수사는 경시청에 맡겨둔 상태입니다. 모리오카 사장님은 저희 사원 몇몇의 메일을 조사해주셨으면 합니다."

"사원요? 범인은 해외 서버를 경유했잖습니까?"

"그렇습니다. 아마 사건을 계획한 주범은 외부의 뛰어난 크래커겠죠. 다만 내부에서 그 범인과 내통한 사람이 없는지, 그걸 알아봐주셨으면 합니다."

"그렇군요. 예전에 비슷한 가상화폐 유출 사건이 발생했을 때도 내부 범행이었던 적이 있으니까 말이죠."

모리오카가 고개를 끄덕이며 말했다. 2014년에 가상화폐 100억 엔이 유출돼 일본의 한 가상화폐 거래소가 파산한 적이 있다. 이때 사이버 공격을 받았다며 신고한 회사 사장이 거래소의 돈을 멋대로 인출해 사용했다는 것이 밝혀져 결국 업무상 횡령으로 체포됐다. 미노리도 모리오카에게 그 사건 이야기를 들은 적이 있어, 쿠보타의 의뢰도 지나친 것은 아니라는 생각이 들었다.

"이번 일이 저희 관리 실수 때문에 벌어졌다는 것을 부정하진 않겠습니다. 하지만 그렇다고 해도 타이밍이 너무 절묘했습니다. 외부 서버에서 접속할 수 있는 잠깐의 틈을 타서 범인이 공격해온 거니까요."

"확실히 회사 내의 누군가가 범인을 안내했을 수도 있겠네요."

"물론 저의 지나친 생각인지도 모릅니다. 하지만 경찰도 그 가능성을 지적했습니다."

쿠보타가 까맣게 탄 얼굴을 일그러뜨리며 말했다.

"사내 네트워크는 경시청 쪽에서 조사했겠죠?"

"물론입니다. 하지만 사건과 관련된 것은 나오지 않았습니다."

"개인적인 PC와 네트워크를 조사해달란 말씀이군요."

쿠보타가 말없이 고개를 끄덕였다.

"본인이 동의한다면 문제없지만, 그렇지 않을 경우에는 법률에 저촉될 수 있습니다."

순간적으로 방에 무거운 침묵이 내려앉았다.

"최종적으로 동의는 구하겠습니다. 하지만 그 전에 데이터가 지워지면 의미가 없습니다. 매우 무리한 부탁이란 건 잘 압니다만, 비용을 최대한 지불하겠습니다."

미노리는 두 사람의 대화를 잠자코 듣고 있었지만, 이런 위험한 이야기를 자신이 들어도 되는지 걱정스러웠다.

"이런 사태를 일으킨 입장에서 할 말은 아닌지도 모르지만, 가상화폐 기술 자체는 안전합니다. 이번 일을 반성해서 보안을 강화한다면 앞으로도 세계적으로 보급될 거라 생각합니다. 하지만 아무리 보안을 강화하더라도 그것을 다루는 인간이 나쁜 마음을 먹는다면 또 비슷한 사건이 벌어지겠죠."

A

요시미 다이스케의 개인 PC가 드디어 키리노에게 전달됐다. 키리노는 바로 하드디스크를 꺼내 복사본을 만든 뒤 내용물을 조사하기 시작했다.

일단은 메일 프로그램을 열고 받은 메일함을 확인했다.

주인을 잃은 최근 몇 년 동안은 실질적으로 주고받은 메일이 하나도 없었다. 키리노는 안내 메일이나 메일 매거진 그리고 수상한 스팸메일을 천천히 넘기며 과거의 기록을 되짚어갔다. 지인이 보낸 메일이 나타난 것은 3년 전 가을 무렵부터였다. 그리고 3년 전 6월까지 거슬러 올라가자 애인 하세가와 쇼코, 그리고 회사 동료나 친구의 메일도 보이기 시작했다.

하지만 'M'이 보낸 것으로 보이는 메일은 없었다. 키리노는 'M' 외에도 '엠', 'm', 'em' 같은 키워드로 받은 메일함을 검색했지만 역시 이렇다 할 결과는 나오지 않았다.

보낸 메일함도 확인해봤다.

〔교통비 정산, 내일까지 기다려주세요.〕

그가 마지막으로 메일을 보낸 것은 3년 전 10월 6일 오후 3시 23분이었다.

그 뒤로는 발송된 메일이 없으니, 이때 이후에 PC 주인인 요시미 다이스케는 살해당하거나 감금됐을 것이다. 발송된 메일을 쭉 확인해봤지만, 역시 'M'에게 보낸 것은 없었다. 'M', '엠', 'm', 'em' 같은 키워드로 검색해봐도 아무것도 나오지 않았다.

키리노는 더욱 과거로 거슬러 올라가 4년 전 메일까지 확인해봤다. 'M'으로 검색되지 않는다면 다른 이름으로 메일을 주고받았을 가능성도 있었다. 머리글자가 'M'으로 시작하는 인물의 메일을 주의 깊게 살폈지만, 역시 수상한 내용은 없었다. 이렇게 된 이상 모든 메일 내용을 확인해보는 수밖에 없었다.

키리노는 마지막 송신인 10월 6일 오후 3시 23분 메일부터 내용을 하나하나 읽어나갔다. 하지만 전부 30세 독신 프로그래머가 주고받을 만한 메일이었고, 적어도 범죄에 휘말린 흔적은 보이지 않았다.

받은 메일함도 마찬가지였다. 10월, 9월, 8월, 7월… 하나하나 전부 읽어봐도 수상한 메일은 전혀 없었다.

그럴 리가 없다.

요시미는 하세가와 쇼코와 함께 M에게 살해당했을 것이다.

키리노는 요시미가 살아 있을 때 보낸 마지막 메일을 다시 한 번 확인했다.

[내일 미팅은 오후 6시로 변경해주세요. 그리고 문제가 생겨서 회식 중간부터 참석하게 될지도 모릅니다.]

여기서 말하는 문제가 M과 관련된 일일까?

[내일 7시에 항상 가던 카페에서 기다릴게요.]

하세가와 쇼코가 마지막으로 보내온 메일도 지극히 평범한 내용이었다. 물론 애인과는 스마트폰 메신저를 이용했을 가능성이 높기 때문에 이것이 하세가와 쇼코와의 마지막 연락인지는 알 수 없다.

드디어 키리노의 복원 프로그램이 나설 차례였다.

FBI에서도 사용하는 프로그램을 직접 개량한 특제 소프트웨어가 요시미의 PC에서 삭제된 메일을 복원할 것이다. 실행 버튼을 누르자, 프로그램이 즉시 하드디스크 내용물을 샅샅이 뒤지기 시작하면서 화면에 스캔 상황을 나타내는 대화 상자가 표시됐다.

이 작업이 언제 끝날지, 그리고 뭐가 발견될지는 천운에 맡기는 수밖에 없었다.

c

"좋은 아침입니다. 어머, 사장님. 어제도 댁에 안 가셨어요?"

미노리가 출근하자 모리오카가 책상 옆 소파에서 몸을 일으켰다.

"그래, 미노리. 좋은 아침. 납기일이 얼마 안 남아서 말이야. 집에 가기 귀찮아서 그냥 회사에서 잤어."

모리오카는 졸린지 눈을 비비고 크게 하품하며 대답했다.

"힘드시겠네요. 사장님도 이제 슬슬 결혼하시는 게 어때요? 회사 대표니까 제법 인기도 많으실 텐데요."

사장이라고 해도 모리오카는 아직 서른 살 정도로 젊었다. 요코하마 고지대의 테라스 딸린 고급 저택에 살면서 포르쉐를 타고 다녔다. 외모도 나쁘지 않았기에 꽤나 인기 있을 법한데 이상하게도 여자관계에 대한 소문을 들어본 적이 없었다.

"너무 바빠서 결혼 같은 걸 할 틈도 없다고."

모리오카는 벗어뒀던 은테 안경을 쓰며 소파에서 일어났다.

"확실히 그러신 것 같아요. 하지만 건강도 생각해서 이제 슬슬 결혼 상대를 찾아보시는 게 좋을 거예요."

모리오카가 에스프레소 머신 앞에 서서 버튼을 누르자 원두를 가는 기계음이 사무실에 낮게 울리며 실내에 은은한 커피 향이 감돌았다. 미노리는 책상에 앉아 데스크톱 PC 전원을 켰다.

"난 여자들한테 그렇게 인기가 많지는 않아. 아니면 미노리, 네가 나하고 결혼해줄래?"

농담인 줄 알면서도 미노리는 살짝 가슴이 철렁했다.

"저한테는 키리노 씨가 있잖아요."

미노리는 밝게 웃어 보이려 노력했다.

"그러면 키리노하고 셋이서 사는 건 어떨까?"

모리오카도 웃으면서 대답했다.

"그러면 제 친구도 껴서 넷이 셰어하우스를 하는 건 어때요? 사장님의 그 넓은 집이라면 의외로 가능할지도 모르잖아요."

유카까지 함께 넷이 한 지붕 아래서 산다면 그것도 나름 재미있을 것 같았다.

"텔레비전 프로그램처럼 떠들썩해서 괜찮을 것 같은데."

모리오카는 김이 피어오르는 에스프레소를 들고 미소 지었다.

"농담은 이쯤 해두고, 그 뒤로 어떻게 됐어? 키리노하고는 잘돼가?"

키리노가 이곳을 그만둔 뒤로 사장인 모리오카에게 자주 이런 질문을 받는 것 같았다.

"음, 뭐, 나름대로 괜찮아요. 키리노 씨도 사장님처럼 상당히 바쁘니까요."

〔오늘 오후, 금융청이 자금결제법을 근거로 비트머니사에서 현장 검사를 실시했습니다. 가상화폐 580억 엔 유출 이후 금융청은 업무 개선 명령을 내리고, 사실관계와 고객 대응 방침을 서면으로 제출하도록 요구했습니다만….〕

그때 텔레비전에서 뉴스가 흘러나왔다.

"사장님, 이번 가상화폐 유출 사건은 결국 어떻게 될까요? 범인이 가상화폐를 여러 군데로 분산시켰다던데요."

미노리는 마침 잘됐다고 생각하며 화제를 바꿨다.

"가상화폐 유출이라는 건 사람을 유괴해서 몸값을 받아내는 범죄와 좀 비슷하거든."

"그게 무슨 뜻이에요?"

모리오카는 김이 피어오르는 에스프레소를 한 모금 마셨다.

"사람 대신 가상화폐 580억 엔이 유괴당했다고 생각해봐. 하지만 이 580억 엔은 진짜 돈이 아니기 때문에 어딘가에서 실제 돈, 즉 몸값과 교환해야만 하지."

"유괴 사건이라면 보통 인질과 몸값을 교환할 때 범인을 체포하잖아요?"

"맞아. 그리고 그게 이번 사건에서 어려운 부분인데, 인질이 인터넷상에 존재하는 가상화폐다 보니까 전 세계 어디서든 몸값을 받아낼 수 있거든. 경찰도 인터넷상에서 벌어지는 거래를 통제할 방법은 없으니까 말이지."

미노리도 속으로 고개를 끄덕였다.

"하지만 범인도 마음을 놓을 수는 없어. 어쨌든 보통 사람이라면 이번 몸값, 즉 도난당한 가상화폐를 교환하려고 들지는 않을 테니까."

"어째서요? 가상화폐도 유통되기 시작하면 똑같은 돈이잖아요."

"JK16이라는 화이트해커가 도난당한 가상화폐에 표시를 해뒀거든. 범인도 그런 전개는 예상하지 못했겠지. 몸값은 전부 받아냈지만, 모든 지폐의 일련번호가 기록돼 추적당하게 된 셈이야. 아니, 그보다도 한 차원 높군. 비유하자면 그 지폐에 '몸값이에요'라는 낙서가 돼 있는 셈이야."

"확실히 그런 돈은 쓸 수 없겠네요."

"그런 몸값을 좋다고 받아든다면 당연히 머리가 좋은 녀석은 아닐 테지. 게다가 상당히 나쁜 조건으로 교환해야 할 테니 범인 입장에서도 내키지 않을 거야."

즉 범인은 인질 교환에 성공했지만, 아무도 원하지 않는 몸값을 쥐게 된 셈이라고 모리오카는 설명했다.

"그러면 범인은 이제 손쓸 도리가 없겠네요?"

"아니, 아직 방법은 있어. 몸값이라고 낙서된 그 돈을 다른 깨끗한 돈으로 바꿔버리면 돼. 하지만 JK16이 거기에도 또 낙서해버린다면 계속 똑같은 일이 반복될 거야."

A

다음 날 아침, 키리노가 요코하마시 나카구 해안 도로에 있는 지방경찰청사에 출근하니 밤새 작동시킨 요시미 다이스케의 하드디스크 복원이 끝나 있었다.

〔제법 괜찮은 일거리가 있는데 안 해볼래? M.〕

복원된 메일 중 하나에 그런 내용이 있었다.

〔보수는 네가 제시한 금액으로 괜찮아. 선금으로 절반을 네 가상화폐 계좌에 입금했어.〕

M이 제의한 위험한 일에 요시미가 가담한 모양이었다.

〔꽤 잘해줬어. 또 기회가 있으면 부탁할게.〕

복원 프로그램은 그 일주일 뒤에 받은 메일도 발견해줬다. 아무래도 M과 요시미는 다크웹에서 만나 컴퓨터 바이러스를 함께 만든 모양이었다.

〔대체 뭐 하자는 거야? 나를 화나게 하지 않는 게 좋아.〕

그런 메일도 있었다. 두 사람 관계는 한동안 괜찮다가 살해당하기 한 달 전부터 틀어지기 시작한 것 같았다.

〔내 정체를 밝히려면 100년은 더 필요할 거야, 요시미 군.〕

실력에 자신 있었던 요시미는 M의 정체를 파악하려 했을 것이다. 요시미는 평소에도 자신을 화이트해커라고 이야기하고 다녔기에 처음부터 그것이 목적이었는지도 모른다.

〔나를 만만하게 보지 않는 게 좋아.〕

〔후회하게 될걸.〕

M은 협박 메일을 연이어 보냈다.

키리노는 복원된 M의 메시지를 보며 어째서 이런 메일들을 삭제했는지 생각해봤다. 위험한 일에 가담한 요시미가 M과 접촉한 증거를 지우려 했던 걸까? 하지만 그렇다면 이 협박 메일까지 지울 필요는 없었다. 오히려 나중을 위해 증거로 갖고 있는 편이 나았다.

〔쇼코라는 여자, 제법 귀엽던데?〕

M은 이런 메일도 보냈다.

〔어제는 두 번이나 섹스했지? 쇼코는 겉보기와 다르게 제법 잘 느끼는 타입이더군.〕

아마도 M은 하세가와 쇼코의 스마트폰을 원격조작해 두 사람의 정사를 감청한 것이리라.

〔그렇게 젊고 싱싱한 여자애와 섹스할 수 있다니, 요시미 군이 부러워. 나도 끼워주지 않을래?〕

〔쇼코의 섹시한 사진을 잔뜩 갖고 있어. 요시미 군에게도 조금 보내줄게.〕

그 메일에는 하세가와 쇼코로 보이는 여성의 벌거벗은 모습이 찍혀 있었다.

〔이걸 인터넷에 퍼뜨리면 너도 쇼코도 분명 곤란하겠지?〕

그 메일에는 젊은 남녀가 성행위를 하는 동영상이 첨부돼 있었다.

M은 요시미 다이스케 대신 보안에 취약한 애인 하세가와 쇼코를 공략한 것이다. 그리고 M은 서서히 싸움의 주도권을 쥐기 시작했다.

〔다이스케 씨, 스마트폰을 잃어버렸다면서? 큰일이네. 한동안은 이 PC 주소로 메일을 보낼게.〕

그 뒤로 갑자기 애인 하세가와 쇼코와 주고받은 메일이 이어졌다. 어째서 이런 평범한 메일까지 굳이 삭제했을까?

〔갑자기 만나자니, 무슨 일 있어?〕

〔어째서 헤어지자는 거야?〕

〔너무해. 이렇게 갑자기….〕

〔알았어. 지금 당장 그 호텔로 갈게.〕

이 메시지 네 통이 온 것은 10월 6일 오후 6시 21분이었다. 삭제되지 않은 요시미의 마지막 메일이 발송된 지 약 3시간 뒤였다. 거기까지 보고 나자, 키리노는 이 메일들이 삭제된 이유를 알 수 있었다. 이때는 이미 요시미의 PC와 스마트폰도 M이 원격조작하고 있었던 것이다. 그리고 M은 두 사람을 살해한 뒤 증거를 인멸하기 위해 이 메일들을 삭제했다.

모니터에 M이 보낸 마지막 메일이 표시됐다.

〔그래서 내가 말했잖아. 만만하게 보지 말라고. 자, 요시미 군. 마지막은 대화로 해결하자고. 네가 가진 내 정보를 넘겨주면 그녀의 신변과 섹시하기 그지없는 사진을 넘겨주겠어. 지금 당장 이 러브호텔로 와.〕

B

남자는 늘 하던 식으로, 비트머니사 네트워크에 잠입했다.

백도어를 만들어놓은 덕분에 숨어드는 것쯤은 식은 죽 먹기였다.

해커나 크래커는 한번 네트워크 잠입에 성공하면 그곳에 백도어를 남겨두는 경우가 많다. 백도어란 직역하면 '뒷문', '비상구'라는 의미인데, 범죄학에서는 '정당한 수속을 거치지 않고 내부에 들어갈 수 있는 침입구'라는 뜻으로 쓰인다.

남자는 일단 사장 니와의 PC에 잠입해 최근 메일을 확인했다.

〔기자회견 예상 질의응답.〕

〔가상화폐 가치 하락에 대한 손실 보전 회피의 법적 근거.〕

이번 주말 예정된 기자회견 관련 메일이 많았다. 비트머니사가 정말 보상할지, 재원은 어디서 충당할지에 대한 논란이 많았는데 어제 정식으로 전액 보상이 발표됐다.

남자는 다음으로 부사장 쿠보타의 PC에 잠입했다.

이 회사에서는 천재 프로그래머 사장 니와가 시스템을 도맡아서 관리했다. 그러나 가장 중요한 경영은 부사장 쿠보타가 전부 담당했다.

〔다음 주 월요일에 세 번째 경찰 사정 청취가 있습니다.〕

〔내부 범행 가능성이 있는 사원 목록을 보내드립니다.〕

〔보안 컨설턴트 회사와의 미팅은 다음 주 이후로 연기됐습니다.〕

남자는 사장 니와보다 쿠보타의 PC에 유용한 정보가 많을 것 같다고 생각했다.

〔경찰 쪽에서도 아직 J를 파악하지 못한 것 같습니다.〕

〔다시 한 번 조사했지만 역시 J와 접촉한 사원은 없었습니다.〕

〔J의 트위터에 메시지를 보냈지만 아직 답장이 없습니다.〕

남자는 처음에 메일에서 말하는 J가 무슨 의미인지 몰랐다.

〔J가 범인을 특정했다는 게 사실인가?〕

부사장의 보낸 메일함에 있는 메일을 보고서야 J가 유출된 가상화폐를 쫓는 JK16의 은어라는 것을 알 수 있었다. 비트머니사의 쿠보타 부사장은 100명을 동원하고도 범인의 꼬리를 잡지 못하는 경찰보다 화이트해커 한 명에게 기대를 거는 것 같았다.

〔무슨 수를 써서라도 경찰보다 먼저 J와 접촉해. 경비가 얼마나 들든 상관없어.〕

제2장   123

〔J의 답장이 와서 보내드립니다. J는 도쿄에 사는 27세 여성 프로그래머였습니다.〕

어제 자 메일이었다.

부사장 쿠보타의 특명을 받은 IT 보안 담당자가 JK16과 접촉한 모양이었다.

〔J의 연락처는 알아냈나?〕

〔그게 비밀이 많은 인물이라 메일로밖에 접촉할 수 없었습니다.〕

JK16은 인터넷상에서도 화제였지만 정체에 대해서는 밝혀진 바가 없었다. 그러나 그 인물이 실제로 존재하고, 단순한 도시괴담이 아니라는 것만은 확실했다.

〔J는 경찰과 연계하고 있는 건가?〕

〔아직은 아니지만, 요청을 받았기 때문에 머지않아 접촉할 거랍니다.〕

〔가능하면 경찰보다 먼저 J와 접촉하고 싶군. 경찰에 이야기하기는 껄끄러운 내용도 있어. J와 접촉할 수 있도록 모든 노력을 다 해주게. 금전적인 부분을 포함해서 회사에서도 최대한 지원을 아끼지 않겠네.〕

〔그녀는 철저히 정의감 때문에 움직이고 있어서 돈에 흔들리지는 않을 것 같습니다.〕

화이트해커는 본업으로 충분한 수입을 얻어서 돈에 무관심한 경우가 많았다. 애초에 쉽게 돈에 넘어갈 만한 인물이라면 블랙해커가 됐을 것이다.

〔J는 범인에 대해 얼마나 알고 있지?〕

〔범인이 움직이면 결국엔 반드시 정체를 밝혀낼 수 있다고 말했습니다. 참고로 경찰과는 다음 주에 만날 예정이랍니다.〕

〔우리 쪽에서 파악한 범인의 정보도 공유하고 싶으니까 오늘내일 중에 빨리 만나고 싶다고 연락해주게.〕

이 메일을 보낸 것이 어제였다. 그 뒤에 따로 연락이 있었던 걸까?

다시 한 번 부사장이 최근에 받은 메시지를 일일이 확인하니 오늘 18시 34분에 메일 한 통이 도착해 있었다.

〔일시는 내일….〕

제3장

A

"어제 탄자와에서 또 다른 여성의 전라 시체가 발견됐다. 제1
발견자는 길을 잃은 등산객이었다. 지금까지의 시체 유기 현
장과 상당히 떨어져 있는 데다 제대로 묻히지도 않고 풀숲에
그대로 방치된 상태였다. 키는 160센티미터. 마른 체형이며,
머리카락은 흑발이 아니라 웨이브가 들어간 갈색이다. 감식
반에 따르면 사후 2~3일 정도 경과했다는군."

아침 수사 회의는 사이토 본부장의 충격적인 통보와 함께
시작됐다. 사인은 끈 같은 것에 목을 졸린 질식사라고 한다.

"우라이가 시체를 묻은 현장에서 얼마나 떨어져 있었습
니까?"

고토가 손을 들고 질문했다.

"20킬로미터 정도다. 게다가 도로에서 수십 미터 떨어진

곳에 버려진 것으로 봐서 범인은 차량으로 시체를 운반한 다음 현장을 떠난 것으로 보인다."

"하세가와 쇼코와 요시미 다이스케 그리고 아직 신원 미상인 남성의 사건과는 범인이 다르다고 봐야 할까요?"

"그럴 가능성도 충분하겠지. 같은 탄자와 산중이지만 우라이와 M은 시체를 땅속 깊이 묻었으니까. 하지만 이번에는 단순히 유기했을 뿐이네."

회의실에 있는 형사들 모두 고개를 갸웃거렸다. 범인의 의도를 도무지 알 수 없었다.

"모방범일까요?"

부스지마가 그런 말을 꺼냈다.

"모르겠군. 하지만 이 사건도 우리 수사본부에서 담당하게 됐네."

동일범이라면 상관없겠지만 만약 모방범이라면 목격 정보도 엇갈릴 테고, 수사에 혼란이 빚어질 것이라고 키리노는 생각했다.

"시체가 차로 운반됐을 가능성이 높은 만큼 일단 며칠 동안의 CCTV와 N시스템에 수상한 차량이나 사람이 찍히지 않았는지 조사해주게. 그리고 물론 주변 탐문도 빠뜨리지 말도록. 지금까지와 달리 불과 2~3일 전에 발생한 사건이야. 분명 뭐가 나올 걸세."

형사들이 힘 있게 고개를 끄덕였다. 인터넷상의 범인 찾기라면 몰라도 현실 수사는 자신들에게 맡겨두라는 표정이었다. 참고로 N시스템이란 자동차 번호판 자동 인식 장치로, 주요 도로와 원자력발전소 같은 중요 시설 주변에 설치돼 있다.

"현재 피해자의 신원을 행방불명자와 대조하고 있는데, 확인되지 않는 경우에는 바로 몽타주를 공표할 걸세. 이번에는 반백골 시체가 아니라 얼굴을 충분히 알아볼 수 있을 만큼 상태가 좋아. 신원을 밝혀내는 건 시간문제일 테지."

확실히 맞는 이야기였다. 하지만 오히려 키리노는 범인의 의도를 점점 알 수 없게 됐다. 마치 시체를 발견해달라는 듯한 조잡한 수법이지 않은가.

"그 뒤에 하세가와 쇼코와 요시미 다이스케에 대해 더 알아낸 사람 없나?"

아무도 손을 들지 않았다.

요시미의 PC에서 메일 내용이 복원된 이후, M이라는 인물이 요시미 다이스케와 하세가와 쇼코를 살해했을 가능성이 높다는 것이 수사본부의 공통된 의견이었다. 하지만 인터넷상에서 활동하는 유명 크래커를 현실 세계에서 추적할 방법이 없었다.

"180센티미터가 넘는 다른 시체의 신원은 아직도 밝혀지지 않은 겁니까?"

부스지마가 당돌하게 물었다. 요시미 다이스케의 신원이 밝혀지고 새로운 여성 시신이 발견된 가운데 아직도 신원 미상인 시체에는 아무도 관심을 가지지 않았다. 부스지마가 이야기하기 전까지는 키리노도 존재 자체를 잊고 있었을 정도였다.

"유감스럽지만 아직 유력한 정보가 없군."

"그 남자도 요시미 같은 화이트해커로, 하세가와 쇼코처럼 애인의 시신도 그 산에 묻혀 있는 걸까요?"

누가 뒤쪽에서 중얼거렸지만 그 말에 대답하는 사람은 없었다.

"부스지마, 카나가와현 서부에서 천재 소년 해커는 찾아냈나?"

"아직 조건에 들어맞는 인물은 발견하지 못했습니다. 하지만 최근에는 어느 고등학교든 컴퓨터부가 있기 때문에 그곳 담당 교사나 졸업자에게 문의해 컴퓨터 천재 소년 몇 명을 찾아냈습니다. 그중에서 현재 행방이 묘연한 인물을 조사하는 중입니다."

이 중년 형사는 화려하진 않지만 찰거머리처럼 끈질기게 수사했다. 이 중에서 가장 먼저 M을 찾아내는 사람은 의외로 부스지마일지도 모른다.

"어쨌든 M이 살해한 시체 중에서 두 사람의 신원이 밝혀졌네. 피해자들의 신원이 판명되지 않았던 우라이 때와는 다르다고 할 수 있지. 범인과 피해자 사이에 분명 어떤 접점이 있을 거야. 새로 발견된 시체와의 인과관계는 알 수 없지만, 지금 주어진 정보를 하나하나 꼼꼼하게 조사해나가다 보면 반드시 범인에게 닿을 수 있을 걸세."

이 말을 끝으로 수사 회의가 끝나는 분위기였다. 그런데 바로 그때 사이토의 가슴 주머니에 든 휴대폰이 요란하게 울렸다.

"마키타 부장님이군."

사이토는 휴대폰 액정에 표시된 이름을 보고 한 손을 들어 회의실에 모인 형사들을 조용히 시켰다. 그리고 형사들의 흥미진진한 눈빛을 받으며 검은색 휴대폰을 귀에 갖다 댔다.

"뭐라고요?"

무심결에 나온 사이토의 한마디가 회의실의 긴장감을 고조시켰다. 사이토는 거북한 표정으로 목소리 낮춰 계속 이야기하느라 좀처럼 전화를 끊지 못했다.

"아니요, 하지만…."

이따금 들려오는 사이토의 대답이 시원치 않았다.

"알겠습니다. 해보죠."

사이토는 그렇게 말하며 전화를 끊더니 회의실에 모인 형사들을 돌아봤다.

"방금 본청에 M이라고 자칭하는 인물의 범행 성명 메일이 도착했다. 내용은 이렇다."

사이토는 회의실 화이트보드에 글을 쓰기 시작했다.

〔JK16을 살해하고 탄자와 산중에 버렸다. 불쌍하니까 빨리 찾아내주길. M.〕

"아니, 우라이를 수사에 협력시킨다고요?"

키리노는 수사 회의 직후에 사이토 본부장에게 이끌려 좁은 취조실로 향했다. 그곳에서 들은 엉뚱한 의견에 놀라지 않을 수 없었다. 남자의 섬뜩한 미소를 떠올리자 말로 표현하기 힘든 우울한 기분에 휩싸였다.

"괜찮은 겁니까? 연쇄살인마를 수사에 협력시키다뇨."

"현재 M을 가장 잘 아는 사람은 분명 우라이야. 그리고 오늘 아침 새로운 시체가 발견됐지. 우리 경찰은 이대로 피해가 커지는 걸 두고 볼 수만은 없네."

가뜩이나 좁은데, 사이토가 취조실 문을 닫아버리자 엄청난 압박감이 느껴졌다.

"하지만 그 범행 성명을 정말 M이 보냈다고 단정할 수 있을까요? 인터넷에서 M을 자칭하는 모방범은 차고 넘칠 만큼 많습니다."

"가상화폐 유출 사건을 추적하던 경시청이 JK16과 접촉하려 했는데 사흘 전에 갑자기 연락이 끊겼다는군. JK16의 본명은 진구지 사야코, 스물일곱 살이었네. 그쪽 업계에서는 유명한 화이트해커였던 모양이야. 그리고 그 여성의 신체적 특징이 산에서 새로 발견된 시체와 일치하네."

키리노는 무심결에 마른침을 삼켰다.

"경시청은 M을 가상화폐 유출 사건의 중요 참고인으로 추적하고 있었네. 참고로 경시청도 M을 다크웹에서밖에 포착하지 못하고 있었다는군."

키리노는 팔짱을 끼며 생각에 잠겼다.

간부급에서 우라이를 수사에 협력시키라는 초법규적 지시를 내리는 것도 무리가 아니었다. 가상화폐 580억 엔 유출에 홀로 맞선 정의의 화이트해커가 살해당했다는 사실이 알려질 경우 그 충격은 이루 말할 수 없다. 경찰에 대한 비판도 더욱 거세질 것이다.

"이건 마키타 부장님이 직접 제안하신 일이기도 하네. 우라이는 곧 기소될 테니 녀석의 취조는 이걸로 일단 종료되겠지. M의 수사에 협력하는 것도 물리적으로는 문제가 없네."

우라이의 용의는 하세가와 쇼코를 제외하고 흑발 여성 다섯 명 살해로 좁혀졌다. 며칠 내로 우라이의 기소가 확정될 것이다.

"하지만 어떻게 해야 우라이를 수사에 협력시킬 수 있을까요?"

"개정된 형사소송법을 이용하면 되지 않겠나? 이제 일본에서도 사법 거래가 가능해졌네. 이것을 미끼로 우라이의 협력을 끌어내는 거지."

2018년 여름부터 보이스피싱이나 마약 수사에 협력한 용의자를 감형해주는 사법 거래가 시행됐다.

"사법 거래는 살인죄에는 적용되지 않잖습니까? 애초에 다섯 명이나 죽인 우라이가 사형을 면할 수 있을 리 없죠."

"그건 나도 잘 아네. 하지만 그만큼 긴박한 상황이라는 걸 이해해주게, 키리노."

미간에 깊은 주름이 잡힌 사이토를 보며 키리노는 무심결에 한숨을 내쉬고 말았다.

"어떻게든 자네가 우라이를 설득해줬으면 하네. 무슨 이유인지 몰라도 자네는 우라이의 신뢰를 얻고 있지 않은가. 생각해보게. M이 살해했을지 모르는 피해자가 벌써 네 명이야. 그런데도 우리 경찰은 익명 통신이라는 벽에 가로막혀 녀석의 꼬리조차 잡지 못하고 있단 말일세."

확실히 이대로 가다간 M은 다크웹의 심연으로 도망쳐 두 번 다시 나타나지 않을지도 모른다.

"우라이와 직접 이야기해보면 무슨 방법이 나올지도 모르네. 뭐든 좋으니 현실 공간에서 M을 쫓을 만한 단서를 찾아내주게."

키리노는 취조실에서 우라이와 나눈 대화를 떠올렸다.

〔과연 경찰이 M을 잡을 수 있을지 모르겠군요.〕

우라이 자신이라면 경찰이 잡지 못하는 M을 잡을 수 있다는 뜻이었을까? 다만 그가 M에 대해 아는 사실을 자신에게 전부 털어놓지 않은 것만은 분명했다.

"키리노, 어쨌든 우리 경찰은 이대로 수수방관하고 있을 수는 없어."

사이토가 책상을 주먹으로 내리쳤다. 유유자적하던 평소 모습은 간데없고, 지금은 눈이 붉게 충혈돼 있었다. 키리노도 각오를 굳혀야만 했다.

"알겠습니다. 해보죠."

제3장

"오랜만에 오셨다 했더니 그런 부탁을 하시는 건가요?"

키리노는 우라이를 취조실로 불러내 수사 협력을 요청해봤다. 우라이는 잠시 입을 다물고 생각하더니 예상대로 시큰둥한 반응을 보였다.

"경찰은 무슨 수를 써서라도 M을 체포해야 한다."

취조실에는 우라이와 키리노 두 사람뿐이었다. 피의자를 취조실에 불러냈을 때는 문을 닫으면 안 됐기에 살짝 열어놓은 상태였다.

"그야 그렇겠죠. 하지만 저는 전혀 내키지가 않는데요."

우라이는 등받이에 몸을 기대며 천장을 올려다봤다. 키리노와는 시선을 마주치려 하지도 않았다.

"너는 M에 대해 내게 아직 하지 않은 이야기가 있을 테지."

순간적으로 우라이와 눈이 마주쳤다.

"그럴 리가요. 저도 그렇게 많이 아는 건 아니라고요."

우라이가 시선을 왼쪽으로 돌리며 시치미를 뗐다.

그 모습을 보니, 우라이가 아직 뭔가를 털어놓지 않았다는 의혹이 점점 깊어졌다. 하지만 뭔가를 알고 있다 해도 우라이가 입을 열지 않으면 아무 의미가 없었다.

"별로 도움이 못 돼 죄송하군요."

우라이가 시선을 외면하며 말했다. 역시 안 되나 싶어 포기하려던 키리노의 뇌리에 혈안이 된 사이토 본부장의 얼굴이 스쳤다.

"하지만 이대로라면 네가 그 산에서 살해당한 모든 피해자를 죽인 게 돼버릴 텐데. 우라이, 그래도 좋은 거냐?"

"음, 확실히 그건 곤란하지만 누명을 벗는다고 사형선고가 바뀌는 건 아니잖아요."

관심 없다는 투였다. 그의 시선이 잠시 허공을 맴돌다가 이윽고 천천히 내려오며 키리노의 얼굴을 똑바로 응시했다.

"애초에 쓸데없는 짓이라고 생각하는데요."

우라이가 느닷없이 그렇게 말했다.

"쓸데없다고? 뭐가 쓸데없다는 거냐?"

"M은 이미 죽어버렸거든요."

"그걸 어떻게 알지?"

우라이의 시선이 다시금 허공을 맴돌았다. 우라이가 천장을 올려다보며 뭔가를 생각하고 있다.

"역시 아직 내게 이야기하지 않은 M의 비밀이 있는 거로군."

우라이는 고개를 가볍게 가로저었다.

"한때 M이 죽었다는 소문이 다크웹에서 떠돌았거든요. 게다가 요 몇 년 동안 인터넷상에서 M이 나타난 적이 단 한 번도 없죠."

우라이는 평소의 냉담한 표정으로 돌아와 있었다.

"그럴 리가. 다크웹 게시판에서 M의 글을 본 적이 있는걸."

"그건 전부 가짜입니다."

우라이가 확신에 찬 표정으로 말했다.

"어째서 그렇게 단언할 수 있지?"

"M은 쓸데없는 행동을 일절 하지 않으니까요. M이 인터넷에 글을 쓸 때면 거기엔 반드시 어떤 의미가 있었습니다."

키리노는 JK16을 살해했다는 범행 성명을 떠올렸다. M이 정말 그런 성격이라면 한번 꺼낸 말은 반드시 지킬 것이다.

"실은 어제 자신이 M이라고 밝힌 인물이 경찰에 범행 성명을 보냈다."

키리노의 말에 우라이가 눈을 크게 떴다.

"호오, 그것 참 흥미롭군요. 무슨 범행 성명이었나요?"

"탄자와에서 새로운 살인 사건이 있었다. 게다가 그 피해자는 가상화폐 유출 사건을 홀로 추적하던 뛰어난 화이트해커였어."

"어, 가상화폐와 관련된 일입니까?"

우라이의 눈이 더욱 커졌다. 키리노는 고개를 살짝 끄덕였다.

스마트폰을 떨어뜨렸을 뿐인데 : 붙잡힌 살인귀

"언제 살해당했죠?"

"바로 며칠 전이다."

"그자가 정말 자신이 M이라고 밝힌 겁니까?"

우라이의 눈빛이 바뀌어 있었다.

"메일로 보내온 범행 성명 마지막에 'M'이라고 적혀 있었다. 참고로 살해당한 화이트해커는 스물일곱 살 여성이었어. 'JK16'이란 닉네임을 쓰며 유출된 580억 엔 상당의 가상화폐를 마킹한 인물이지. 그것 때문에 M의 분노를 샀을 거야."

"580억 엔? 보통 일이 아니로군요."

"경찰이 사건을 발표하기 전에 범행 성명 메일이 왔어. 진짜 M이 보냈는지는 알 수 없지만, 그 인물이 JK16이라는 화이트해커 살해에 관련된 것만은 틀림없겠지."

우라이가 크게 숨을 들이마신 뒤 입을 굳게 다물었다.

"너는 M에 대해 뭘 알고 있지?"

취조실에 침묵이 내려앉았다. 우라이는 진지하게 뭔가를 생각하는 듯했다. 키리노는 참을성 있게 우라이의 다음 이야기를 기다렸다.

"실제로 살인 사건이 발생한 뒤에 그 범행 성명을 보냈다면, M이라고 자칭한 그 인물이 매우 흥미롭긴 하네요."

우라이는 대화 내용과 달리 무표정한 얼굴로 말했다. 어떻게든 우라이의 심리를 읽어내려 했지만, 그가 이런 표정을 지을 때는 무슨 생각을 하는지 도저히 알 수 없었다.

"경찰은 더 이상 피해자가 늘어나는 것을 용인할 수 없다. 우라이, 수사에 협력해주지 않겠어? 너도 모방범 같은 녀석이 설치고 다니는 건 마음에 들지 않잖아."

"키리노 씨, 저는 어떤 보상을 받죠?"

"보상?"

키리노는 무심결에 우라이의 말을 되뇌었다. 이제 와서 우라이는 무슨 보상을 원하는 것일까?

"이건 사법 거래죠? M을 찾아내는 일에 협력하면 어떤 보상을 받는 겁니까?"

"그, 그건…."

"혹시 대폭 감형돼 무기징역 정도로 끝날까요?"

그건 네가 얼마나 협력하느냐에 달렸다. 범인이 체포되면 특별한 배려가 있을지도 모른다. 그 정도 말은 얼마든지 해줄 수 있었다. 일개 수사관이 밀실에서 구두 약속을 하더라도 꼬투리 잡힐 일만 만들지 않으면 어떻게든 빠져나갈 수 있다. 우라이가 녹음기를 가졌을 리도 없다. 사이토 본부장 역시 내심 그것을 바라고 있을 것이다.

"그건 해보기 전에는 몰라."

스마트폰을 떨어뜨렸을 뿐인데 : 붙잡힌 살인귀

"정말인가요?"

우라이가 심장이 얼어붙을 만큼 차가운 눈빛으로 물었다.

사법 거래는 변호사 입회하에서만 이루어진다. 하지만 살인범인 우라이는 애초에 사법 거래가 불가능하다. 기껏해야 경찰의 비위를 맞춰 재판 때 유리한 증언을 얻어내는 정도일 뿐이다.

고작 그 정도로 극형을 뒤집을 가능성은 전혀 없었다.

"현실적으로는 힘들겠지. 네가 경찰에 조금 협력한다고 해서 다섯 명이나 죽인 죄가 무기징역으로 끝날 리는 없어. 네 사형은 틀림없다. 그렇지만 수사에 협력해주지 않겠어?"

우라이는 아무 보상도 받지 못한다. 순수하게 수사에 협력하는 것뿐이었다.

"후, 후, 하, 하하하."

갑자기 우라이가 웃기 시작했다.

"형사님은 역시 제가 생각한 그대로네요. 후, 하하하…."

우라이는 섬뜩하게 계속 웃어댔다.

처음에는 등줄기가 오싹했다. 하지만 자세히 보자 우라이는 단지 유쾌하게 웃고 있는 것 같기도 했다. 자신에게는 감정이 없다고 한 이 남자는 웃는 것마저 서툴다.

"마음에 드네요, 키리노 씨. 제가 할 수 있는 사법 거래가 있다면 전기의자에 앉을지 교수대에 매달릴지 고르는 정도 겠죠."

박장대소하는 우라이를 따라 키리노도 쓴웃음을 지어 보였다.

"좋습니다. 협력하죠, 키리노 씨. 하지만 몇 가지 조건이 있습니다."

"조건?"

"M을 쫓으려면 최고의 인터넷 환경이 필요합니다. 고사양 PC를 한 대 사용하게 해주십시오. 그리고 유선 랜이 연결된 회의실에서 작업하게 해주세요. 통신하기 편한 것도 있지만, 철창 안에서 작업하면 좀처럼 진전이 없을 테니까요."

우라이의 말도 일리가 있었다. 인터넷 없이는 M을 추적하기 힘들다.

"그리고 또 한 가지, 이게 가장 큰 조건입니다."

우라이는 그렇게 말하며 검지를 세워 보였다.

또 어떤 무리한 조건을 꺼내려는 걸까? 키리노는 자신도 모르게 잔뜩 긴장했다.

"키리노 씨가 아직 누구에게도 이야기한 적 없는 가장 큰 비밀을 한 가지만 가르쳐주세요."

"내 비밀?"

"네. 저는 그 비밀을 누구에게도 말하지 않을 겁니다. 그것만은 굳게 약속할 수 있어요. 그리고 저는 머지않아 사형당할 테니, 제게 비밀을 말한다 해도 누군가에게 새어 나가지는 않을 겁니다. 그러니 키리노 씨의 가장 큰 비밀을 알려주세요."

어째서 우라이는 자신의 비밀을 알고 싶어 하는 것일까? 그런 것을 안다고 무슨 이득이 있단 말인가?

"목숨이 보장되지 않는 상황에서 저는 더 이상 지킬 것이 없습니다. 당신의 성의가 느껴지지 않았다면 이번 수사를 돕기로 하지도 않았을 거예요. 만약 가장 큰 비밀만 가르쳐주신다면 당신에 대한 우정의 증표로 앞으로의 수사에 협력하겠습니다."

"우정의 증표로?"

"네. 키리노 씨에게는 폐가 될지도 모르지만, 저는 이곳에 들어와 당신과 만나고 나서야 친구라는 게 뭔지 알게 된 것 같습니다. 친구를 위해서라면 이해득실을 따지지 않고 수사에 협력할 수 있습니다. 그러니 키리노 씨도 친구로서 제게 비밀을 가르쳐주면 기쁠 겁니다."

우라이가 진지한 얼굴로 말했다.

이건 대체 무슨 함정일까? 그런 비밀 따위는 얼마든지 꾸며낼 수 있고, 그것을 우라이가 확인할 방법도 없다.

"일에 대한 것이 아니라도 상관없습니다. 애인이나 가족 이
야기도 괜찮습니다."

사적인 비밀이라면 꾸며낼 수 있는 범위가 훨씬 넓었다.

키리노의 뇌리에 순간적으로 미노리와 어머니의 얼굴이 스
쳤다. 두 사람에 관한 비밀을 털어놔도 수사에는 아무 영향이
없다. 어쩌면 우라이는 정말 자신을 신뢰하고 우정을 느껴서
수사에 협력하겠다고 나선 것인지도 모른다.

"하지만 이야기할 때는 매직미러와 감청 마이크가 없는 곳
에서 부탁드립니다."

C

"료 짱, 역시 간을 잘못 맞춘 걸까?"

미노리는 그렇게 말하며 직접 만든 소고기 감자 조림을 우
물거렸다. 결코 요리를 잘하는 편은 아니었지만, 가끔 집에 키
리노를 초대해 직접 만든 음식을 대접하는 일이 많아지다 보
니 솜씨도 느는 것 같았다.

하지만 이 소고기 감자 조림은 뭔가 이상했다.

"아니야. 맛있어. 맛있다니까."

아무리 미노리라도 키리노의 본심이 담긴 말이 아니라는 것쯤은 알았다.

대체 무슨 실수를 한 걸까?

미노리는 어딘가 심심한 소고기 감자 조림을 음미하며 필사적으로 생각했다.

"다음번엔 맛있게 만들어줄게."

미노리는 최대한 밝게 웃으며 말했지만, 키리노는 여전히 떨떠름한 표정으로 음식을 먹고 있었다.

"그렇게 맛없어?"

미노리는 키리노의 눈치를 살폈다.

"아니, 소고기 감자 조림은 괜찮아. 이렇게 개성적인 요리도 가끔은 먹을 만한 것 같아."

"그러면 무슨 걱정거리라도 있어?"

"음, 그냥."

키리노는 억지웃음을 지으며 맥주를 마셨지만, 여전히 마음은 딴 데 가 있는 것 같았다. 음식 때문만은 아닌 것 같았다.

"어머님 때문에 그래?"

병문안 갔을 때 일은 이미 키리노에게 말해줬다. 종양은 벌써 절제해 건강은 이상 없는 듯하지만, 암이라는 병명에 충격을 받은 것 같았다.

"그것도 있긴 한데…."

솔직히 미노리는 이들 모자 관계를 이해하기 힘들었다. 둘이서 지내온 만큼 서로에 대한 신뢰가 강했지만, 때로는 남 같은 거리감이 느껴졌다. 미노리는 자신이 어머니에게 키리노보다 친근한 존재가 됐을 거라고 멋대로 생각하고 있었다.

"저기, 미노리. 미노리의 가장 큰 비밀은 뭐야?"

"응? 갑자기 그런 건 왜 물어?"

"아니, 어떤 사람이 그런 질문을 했거든. 내 가장 큰 비밀을 가르쳐달래. 하지만 남들에게 말할 수 없으니까 비밀인 거잖아. 그렇다고 별것 아닌 비밀을 이야기하면 상대가 나를 신뢰하지 않을 거야. 남에게 말할 수 있는 최대한의 비밀을 생각해내기가 꽤 어렵네."

"글쎄, 상대에 따라서도 꽤나 달라질 수 있지 않을까? 그 사람은 남자야? 아니면 여자?"

"남자야."

미노리는 그 말을 듣고서야 안심했다. 키리노가 다른 여자와 그런 비밀을 공유한다면 못 견딜 것 같았다.

"동성끼리는 말할 수 있는 게 꽤 많지 않아? 나에 대한 것도 그렇고."

"뭐, 그렇긴 하지. 보통은 여자 친구 이야기를 할 거야."

덧붙이자면 키리노는 미노리와 사귄다는 사실을 직장에 밝히지 않았다. 경찰은 조금 특수한 세계였기에 애인이 생기면 상사에게 신고서를 제출해야만 한다. 범죄자 혹은 정치적으로 위험한 인물과 사귀는 것을 막고, 나아가 경찰관이 불미스러운 일에 휘말리는 것을 예방하기 위해서였다. 신고서에는 교제 상대는 물론 그 가족이나 함께 사는 사람의 이름과 직업까지 기입한다. 그 뒤에는 교제 상대의 신변 조사가 이루어진다.

범죄를 저지르거나 유흥업소에 종사한 적은 없는지, 특정 종교에 가입했는지 등을 조사한다. 경찰은 지금까지의 모든 범죄에 대한 데이터베이스를 갖고 있기 때문에 이름만 알면 과거 기록을 모조리 알아낼 수 있다. 철없던 시절에 가게 물건을 슬쩍했다든가, 유흥업소에서 잠깐 아르바이트한 것조차 업소가 조사를 받은 적이 있다면 전부 데이터에 남는다.

"연애 이야기를 별로 재미있어할 성격은 아니거든."

키리노는 대체 누구에게 비밀을 이야기해야 한다는 걸까?

"그런데 미노리의 가장 큰 비밀은 뭐야?"

키리노와는 의외로 비밀이 적었다. 그렇다고 사적인 이야기를 전부 한 것은 아니다.

"가장 큰 비밀이라."

키리노의 말에 미노리는 새삼 진지하게 생각해봤다. 하지만 첫 경험이나 전 남자 친구 이야기를 할 수는 없는 노릇이다.

"적당한 비밀을 찾기가 쉽지 않네."

키리노가 젓가락질도 멈추고 생각에 잠긴 것을 보고 미노리도 머리를 쥐어짰다.

미노리는 키리노와 사귄 뒤로 당연히 바람피운 적은 없다. 굳이 찾자면 사장 모리오카가 한 번씩 추파를 던지는 것 정도였다. 이 이야기를 하면 키리노의 질투심을 적당히 자극해 자신을 소중히 대해줄지도 모른다. 하지만 지금까지 친하게 지내온 모리오카와 키리노의 사이가 틀어질 수도 있어 말하기 애매했다.

"뭐, 한류 아이돌을 좋아하는 것 정도?"

미노리는 키리노의 눈치를 살폈다. 키리노에게는 처음 털어놓는 이야기였다. 엄연히 애인이 있는데도 한류 아이돌을 보고 설레는 것이 사소하지만 배신 같았기 때문이다.

"그런 취미가 있었구나. 하지만 그 정도 비밀은 의미가 없어."

걱정한 것이 무색할 만큼 키리노는 전혀 관심을 보이지 않았다.

"임팩트가 약하다는 거야?"

"역시 상대에게 신뢰를 얻으려면 비밀에서 더욱 위험한 느낌이 나야 하지 않을까? 상대에게 칼자루를 쥐여주면서 모든 것을 까발려 보여야 할 것 같아. 운명 공동체로 느껴지거나 공범 의식이 생길 만한 파격적인 비밀이 필요해. 미노리, 네가 가진 가장 큰 비밀은 뭐야?"

이야기가 엄청난 방향으로 흘러가고 있었다.

이렇게 되자 어지간히 중요한 비밀을 말하지·않으면 자신이 키리노를 신뢰하지 않는 꼴이 될 것 같았다. 자신의 민낯을 드러내 상대의 신뢰를 얻어내면서도 나쁜 인상은 주면 안 된다. 그런 적당한 비밀이 과연 있긴 한 걸까?

"…료 짱, 혹시 조금 야한 이야기라도 괜찮아?"

A

"고성능 PC 한 대와 유선 랜으로 인터넷을 할 수 있는 환경이
필요하답니다."

키리노는 수사본부 회의실에서 우라이가 제시한 조건을 사
이토 본부장에게 보고했다. 마지막 조건인 비밀 이야기에 대
해서는 일단 밝히지 않았다.

"본청에서도 유선 랜을 사용할 수 있지 않나?"

"네."

"정말 그 정도로 우라이가 수사에 협력해준다는 건가?"

키리노가 당시 상황을 설명하자 사이토가 흡족한 표정을 지
었다. 하지만 키리노에게는 한 가지 의문점이 남아 있었다.

"그런데 그 정도로 뛰어난 크래커에게 인터넷을 쓰게 해줘
도 괜찮을까요? 인터넷상이라고 해도 뭔가 엄청난 일을 저지
를까 봐 걱정입니다."

키리노의 말에 사이토도 진지한 얼굴로 생각에 잠겼다.

"키리노, 그건 자네가 잘 감시해줄 수 없겠나?"

키리노도 같은 생각을 하고 있었다.

"방법은 있습니다. 우라이의 PC를 원격조작 바이러스에 감

염시켜서 상시 녹화하는 겁니다. 그리고 거기에 분석 프로그램까지 심어두겠습니다."

"좋아. 꼭 그렇게 해주게."

상대가 아마추어라면 이 정도로도 완벽할 것이다.

"하지만 상대는 우라이니까요. 이런 상황을 이용해 우리를 기만하려 들지도 모릅니다."

사이토는 팔짱을 끼며 생각했다.

"뭐, 그렇게 돼도 어쩔 수 없지. 애초에 우라이를 수사에 끌어들이는 것만도 충분히 위험하네. 그런 건 이미 각오하고 있어. 어쨌든 지금의 교착상태를 타개해야만 해."

"최악의 경우, 탈옥하지 않을까요?"

키리노는 줄곧 가장 크게 우려해온 점을 이야기했다.

"탈옥? 일본에서 말인가?"

"네."

"우라이가 뛰어난 해커라는 건 알지만, 혹시 신체 능력도 뛰어난가?"

"본부장님, 해커가 아니라 크래커입니다. 그리고 우라이의 신체 능력에 관해서는 특별히 보고된 바가 없습니다."

우라이는 키만 컸지 체구가 특별히 우람하지는 않다. 조서를 읽어봐도 몸을 잘 쓴다는 내용은 적혀 없었다.

"그렇다면 괜찮을 걸세. 그리고 만약 우라이가 탈옥한다 쳐도 경찰은 이미 그자의 지문과 DNA 그리고 얼굴 사진까지 확보하고 있네."

누구든 체포하면 첫 취조 전에 DNA 같은 개인 신체 정보를 채취한다. 물론 우라이도 마찬가지여서 이미 경찰 데이터베이스에 기록됐을 것이다.

"만에 하나 탈옥하더라도 금방 붙잡힐 거야. 탈옥범이 요코하마 중심가마다 설치된 감시 카메라를 피해 계속 도주할 수 있을 리가 없네."

"감시 카메라의 안면인식 기술도 비약적으로 발전하긴 했죠."

사이토가 고개를 크게 끄덕였다.

"그리고 일본은 해외와 근본적으로 달라. 해외에서 탈옥이 많이 발생하는 곳은 전부 치안이 나쁘네. 탈옥하자마자 마피아 같은 지하조직의 도움이라도 받지 않으면 끝까지 도망칠 수 있을 리가 없어. 오히려 정말 탈옥할 생각이라면 해외로 도망치는 편이 낫겠지. 하지만 밀항을 시도하지 않는 이상 일본 세관에서 체포될 걸세."

확실히 맞는 말이었다.

탈옥은 튼튼한 철창을 만든다고 막을 수 있는 것이 아니었다. 힘들게 탈옥하더라도 끝까지 도망칠 수는 없다는 인식이 의욕 자체를 꺾는 법이다. N시스템은 말할 것도 없고, 도시에는 경찰이나 민간의 감시 카메라가 다수 설치돼 있다. 게다가 파출소도 있고, 많은 경찰관이 순찰도 돈다. 무슨 사건이 벌어지면 과민하게 보도해대는 언론도 있다. 아무리 우라이라도 탈옥은 불가능하다.

"그리고 아무리 우라이라도 인터넷 없이 M을 추적할 순 없겠지. 애초에 인터넷상에서 M을 붙잡아달라고 그자에게 요청한 것 아닌가."

"맞는 말씀입니다."

지금까지는 인터넷상에서 M의 발자국을 발견해도 결국 익명 통신의 벽에 가로막히고 말았다. 솔직히 키리노도 다크웹은 그리 잘 알지 못했다. 다크웹에서 같이 활동했던 우라이라면 자신이 모르는 돌파구를 찾아내줄지도 몰랐기에 키리노도 내심 기대하고 있었다.

"좋아. 우라이가 기소되는 즉시 그자가 말한 대로 인터넷 환경을 정비해주게. 키리노, 앞으로도 이 일은 계속 자네에게 맡기겠네."

키리노는 진지한 얼굴로 고개를 숙였다.

"그런데 JK16, 즉 진구지 사야코의 자택을 수색했지만 역시 PC나 스마트폰은 나오지 않았다는군. 범인이 가져갔을 가능성이 높겠지."

그것만 있으면 사건이 해결될 거라 생각했는데, 역시 범인도 그 정도로 허술하지는 않았다.

"하지만 스마트폰은 마지막으로 켜져 있던 위치 정보를 알아낼 수 있지 않습니까? 진구지 사야코의 스마트폰이 마지막으로 확인된 위치가 어디죠?"

"토메이 고속도로의 아시가라 휴게소네."

"네가 말한 대로 인터넷 환경을 준비해뒀다."

키리노가 PC 앞에 앉은 우라이에게 말을 건넸다. 우라이를 위해 이 회의실에 고속 랜을 끌어오고, 최신형 PC도 새로 구입했다. 우라이는 방금 전부터 기쁜 표정으로 키보드를 정신없이 두드리고 있었다.

"경찰 취조나 유치장 생활도 제법 신선해서 즐거웠지만, 체포돼 인터넷을 못 해서 정말로 힘들었거든요. 마약을 해본 적은 없지만, 마약중독자가 갑자기 재활 시설에 들어가면 이런 느낌일 것 같네요."

키리노도 우라이의 심정을 잘 이해할 수 있었다. 자신도 비슷한 상황에 처하면 손발이 잘려 나간 기분일 것이다.

"살해당한 화이트해커의 PC를 디지털 포렌식 해보니 애인과 함께 M에게 협박당했더군. 이게 그 내용이야."

키리노는 자신의 PC에 표시된 M의 메시지를 보여줬다.

"확실히 이 문체는 M 같네요. 저도 비슷한 메시지를 받아본 기억이 있거든요."

우라이의 허리는 취조 때처럼 포박돼 있고, 포승줄 끝은 근처 테이블에 묶여 있었다. 게다가 회의실 출입구에는 경비과 소속 경관이 상시 대기하며 우라이가 수상한 행동을 하지 못하도록 감시하고 있었다.

"그렇다면 요시미 다이스케와 하세가와 쇼코를 죽인 건 네 멘토였던 M이라고 봐도 되겠지?"

"두 사람의 시체가 그 산에 묻혔다면 M이 죽였을 테죠. 오히려 M은 그 산에 묻은 두 사람의 시체가 아무에게도 발견되지 않자 제게 산의 위치를 알려준 것 같습니다."

"어째서지?"

"직접적인 이유는 제가 M에게 돈을 지불했기 때문이죠. 다크웹에서는 그런 정보 교환이 일상다반사니까요."

키리노의 질문에 대답하면서도 우라이의 손가락은 쉴 새 없이 키보드를 두드리고 있었다.

"하지만 어쩌면 M은 저까지도 죽이려 했던 건지도 모르겠네요. 그 화이트해커는 M의 정체를 너무 많이 알아버린 탓에 죽은 거잖아요? 그러니 저도 결국에는 죽여버리면 된다고 생각했던 것 같은데요."

우라이는 남의 일처럼 말했다. 여성 다섯을 차례차례 살해한 것과 마찬가지로, 자신이 죽는 것 또한 그에게는 중요한 문제가 아닌 것 같았다.

"그런데 키리노 씨는 다크웹 게시판을 사용해본 적이 있으신가요?"

우라이가 갑자기 물었다.

"이번 사건으로 많이 알게 됐지만, 은어가 많아서 아직 익숙하진 않아. 멀웨어도 곳곳에 심겨 있고. 일 때문이 아니라면 별로 이용하고 싶지 않은 네트워크더군."

다크웹 중에서 가장 유명한 것이 토르란 프로그램을 사용한 익명 네트워크였다. 이것이 세상에 알려진 계기는 2012년에 발생한 'PC 원격조작 사건'이었다. 당시 경찰은 다른 사람의 PC를 발판 삼아 다수의 습격 예고를 한 범인에게 완전히 농락당하고 말았다.

이때는 범행 현장 근처 감시 카메라에 부주의하게 찍힌 진범을 끈질긴 수사로 간신히 체포했다. 즉 PC 원격조작 사건은 경시청이나 지방경찰청의 사이버 수사관이 인터넷으로 해결한 것이 아니었다. 경찰은 무고한 시민 네 명을 오인 체포해 거짓 자백을 강요했을 만큼 토르에 대해 무지했고, 범인의 진보적인 수법을 전혀 따라가지 못했다.

그 뒤로 경시청뿐 아니라 각 지방경찰청까지 사이버 대책 부서를 강화했을 만큼 PC 원격조작 사건은 사이버 범죄에 대한 경찰의 인식을 백팔십도 바꿔놨다.

"일단 이 토르 네트워크의 숨겨진 게시판에서 그 뒤의 M에 관한 정보를 조사해보죠."

"그래. M의 범행 성명도 이 익명 통신을 통해 보내졌으니까 말이지. 그리고 미리 말해두는데, 이 PC는 별실에서 고스란히 모니터링되고 있어."

우라이의 얼굴에서 웃음기가 사라졌다.

"저를 못 믿으신다는 건가요?"

뛰어난 크래커이자 연쇄살인마인 이 남자를 곧이곧대로 믿어줄 수는 없는 일이었다.

"뭐, 어쩔 수 없잖아."

"그럴 거면 처음부터 협력해달라고 부탁하지 말든가요."

우라이가 불쑥 중얼거렸다. 정말로 화난 걸까? 아니면 단지 심사가 뒤틀린 것뿐일까? 여전히 그의 감정을 읽어내기가 힘들었다.

"어쩌겠어. 너는 우리의 상상을 초월하는 인간이라고."

"크래킹의 기본은 소셜 엔지니어링입니다. 저는 인터넷상에서 온갖 거짓말을 합니다. 법률에 저촉되는 일도 하고요. 그걸 일일이 감시당하면서 어떻게 수사에 협력하겠어요?"

소셜 엔지니어링이란 인간의 공포심이나 사행심 같은 심리적 약점을 파고드는 크래킹 기술이었다. 그러니 대부분 수법이 법률에 저촉될 수밖에 없었다.

"목적만 정당하다면 웬만한 건 그냥 넘어갈 거다. 우리의 최종 목적은 M을 체포하는 거니까."

"그 우리 안에 저도 포함되는 겁니까?"

"물론이지."

우라이의 얼굴에 미소가 돌아왔다.

"그런데 키리노 씨, 제 마지막 조건을 아직 들어주지 않으셨는데요."

우라이가 히죽 웃었다.

"가장 큰 비밀 말인가?"

우라이는 자신을 시험하고 있다.

흔해빠진 비밀로는 이 남자의 마음을 열 수 없을 것이다.

눈앞의 남자가 진심으로 협력하도록 만들려면 특별한 뭔가를 내줘야만 한다. 하지만 상대는 뛰어난 크래커였다. 자칫 잘

못하면 그 비밀이 인터넷에 퍼져 인생이 끝장날 수도 있다.

"뭘 알고 싶지?"

"일에 대한 비밀은 됐습니다. 키리노 씨가 지금 어떤 사건을 쫓든 저는 아무 관심도 없으니까요. 그보다는 좀 더 개인적인 비밀을 알고 싶군요."

"그것만 알려주면 수사에 전면적으로 협조해주는 건가?"

"네. 약속드리죠. 만약 그 비밀이 굉장하다면 저는 친구로서 키리노 씨를 믿겠습니다."

미노리가 옆에서 잠든 것을 확인한 키리노는 조용히 PC를 켰다. 이 PC는 항상 미노리의 방에 뒀지만, 그녀의 것은 아니었다. 복잡한 비밀번호로 관리되는 키리노의 비밀 PC였다.

미노리는 항상 깊이 잠들었고, 한번 자면 아침까지 깨지 않았다. 반면 키리노는 만성적인 불면증이었고, 옆에 누가 있으면 도저히 깊이 잠들지 못했다.

키리노는 PC가 실행되자 미노리가 깊이 잠든 것을 한 번 더 확인한 뒤에 예전 침입 때 만들어놓은 백도어로 네트워크에 잠입했다.

지금 키리노가 잠입한 곳은 경시청의 데이터베이스였다.

일본의 수도 도쿄를 관할하는 경시청과 키리노가 소속된 카나가와현 지방경찰청은 같은 경찰이면서도 기본적으로는 별개의 조직이었다. 경찰청이 가장 높은 곳에서 경시청과 전국의 지방경찰청을 총괄하면서 지문과 DNA, 안면인식 정보 같은 범죄자 데이터가 공유되고는 있지만, 카나가와현 지방경찰청 사이버 담당 형사가 경시청의 데이터베이스를 자유롭게 열람할 수는 없었다.

지금 키리노가 벌이는 일이 들통나면 면직은 물론이고 부정접속 금지 위반법으로 체포될 것이다. 3년 이하의 징역 혹은 100만 엔 이하의 벌금형에 해당되는 혐의다.

하지만 키리노는 그런 위험을 감수하고서라도 반드시 알아내야 할 것이 있었다.

아무리 그래도 이런 작업을 지방경찰청 PC로 할 수는 없었다. 자택 PC도 물론 불가능했다.

개인적인 해킹에 사용하는 이 비밀 PC를 경찰에 들키는 순간 끝장이었다. 키리노는 이 PC로 최신 익명화 프로그램을 사용해 해킹을 하고 있었다.

갑자기 미노리가 잠꼬대했다.

키리노는 심장이 덜컥 내려앉았지만, 미노리는 아무 일도 없었던 것처럼 무방비한 얼굴로 잠들어 있다.

키리노는 다시 키보드를 두드리기 시작했다.

그의 목표물은 공안경찰의 과거 자료였다.

공안경찰은 테러, 좌익, 우익, 과격한 종교 집단을 감시하며 스파이처럼 활동한다. 게다가 수도 도쿄를 관할하는 경시청의 공안은 일본 경찰 중에서도 가장 베일에 싸인 부서라고 할 수 있었다.

그런데 그런 공안경찰 자료가 인터넷에 유출되는 사건이 있었다.

바로 경시청 국제 테러 수사 정보 유출 사건이다.

2010년 10월, 파일 공유 프로그램 위니의 네트워크에 공안부 외사 제3과의 것으로 보이는 내부 자료가 업로드됐다.

유출된 것은 주로 이슬람권의 테러 정보로, 중동 대사관 감시 기록, 경계 대상 인물의 개인 정보, FBI의 요청으로 청취한 협력자의 기록, 여기에 테러가 발생했을 때 출동할 경시청 대원들의 개인 정보까지 있었다. G8 정상회담을 앞두고 테러에 대비하던 공안부의 기밀이 그대로 유출돼버린 것이다. 내부 범행설이 도는 등 진실은 아직까지 밝혀지지 않았지만, 그 뒤로 공안은 기밀을 더욱 엄중히 관리했다.

몇 번이나 경시청 데이터베이스에 숨어들어 놀라운 정보를 발견했지만, 아직도 키리노가 찾는 공안경찰 정보에는 도달하지 못했다. 전혀 다른 데이터베이스에서 관리되고 있고, 인터넷이 차단된 PC에서만 열람할 수 있는지도 몰랐다. 왜냐하면 키리노는 경시청 공안 담당자가 사용하는 PC를 직접 해킹하고 있기 때문이다. 그것을 통해 간부를 포함한 경시청 공안 부원들의 PC에도 잠입해봤지만 원하는 자료를 찾아내지는 못했다.

키리노는 직장에 밝히지 않았지만, 해킹 기술도 나름 자신 있었다. 카나가와현 지방경찰청은 물론이고 경시청에도 자신의 해킹 실력을 능가하는 수사관이 없을 것이라 생각했다.

그래서 지난번에 이 PC로 경시청 네트워크에 숨어든 것이 들켰을 때는 꽤 놀랐다. 흔적을 남기지 않았으니 추적당하지는 않았을 테지만, 경시청도 뛰어난 사이버 수사관을 채용했는지도 모른다.

그때 또 침대에서 미노리가 몸을 뒤척였다.

더 이상의 잠입은 위험할지도 모른다. 세심한 주의를 기울이고는 있지만, 만에 하나 자신이 모르는 방법으로 추적당한다면 이 PC의 소재마저 들키고 만다.

그러나 키리노는 키보드에서 손을 뗄 수 없었다. 지금 잠입한 서버 너머에 자신이 찾는 정보가 있을지도 모른다. 시계를 보자 오전 3시였다. 어떻게든 날이 새기 전에 그 정보를 찾아내고 싶었다.

제4장

A

"우라이, 예전에 다크웹에서 몇 번이나 M과 접촉했지?"

"열 번 정도?"

우라이는 모니터만 보고 키보드를 두드리면서 키리노의 질문에 대답했다.

"M은 어떤 사람인 것 같아?"

"천재 크래커로 알려져 있지만, 실은 노력가에 가까운 것 같습니다. 그자가 뭔가를 꾸밀 때는 상대를 철저히 조사한 뒤에 실행에 옮깁니다. 게다가 매우 신중하기도 하죠. 자신의 신원이 밝혀지는 것을 극단적으로 경계했으니까요."

"그건 꼭 M이 아니더라도 모든 해커와 크래커에게 해당될 텐데."

키리노는 미노리의 방에 둔 PC 외에도 비밀 PC와 비밀 스마트폰을 몇 대나 갖고 있었다.

"그건 그렇지만, M의 경계심은 도를 넘었습니다. 요시미라는 살해당한 화이트해커는 아마 재미 삼아 M과 접촉해 꼬리를 밟았던 게 아닐까요? 당시에 실력에 자신 있는 해커들 사이에서는 전설의 M 찾기가 유행이었거든요."

키리노도 다크웹 게시판에서 비슷한 글을 본 것 같았다.

"M은 앞으로 어떻게 행동할 것 같아?"

우라이는 손가락을 멈추고 생각했다.

"이대로라면 아무것도 하지 않겠죠. JK16도 죽여 자신의 정체가 탄로 날 위기가 사라졌으니 그냥 가만히 있는 게 제일이잖아요."

"역시 그렇게 생각하는군."

우라이가 협력해주더라도 M이 움직이지 않으면 손쓸 도리가 없다.

"하지만 그렇게 되면 키리노 씨는 곤란하겠죠?"

"뭐, 나보다도 경찰 전체가 곤란해지겠지. 익명 통신의 벽을 뛰어넘지 못하는 상황에서 M도 움직이지 않는다면 경찰로서도 어쩔 도리가 없어."

"키리노 씨가 중요한 비밀까지 가르쳐주셔서 저도 어떻게든 M의 정체를 밝혀내고 싶거든요."

우라이가 진지한 얼굴로 말했다. 여전히 종잡을 수 없는 남자였지만, 그의 얼굴을 보니 거짓말이나 농담을 하는 것 같지는 않았다. 그 비밀을 털어놓은 뒤로 어느 정도 우라이의 신뢰를 얻게 됐는지도 모른다.

"그런데 키리노 씨, 저한테 그런 비밀을 이야기해도 괜찮은가요? 들통나면 경찰에서 잘릴 텐데요."

"그걸로 끝나면 다행이지. 잘못하면 체포될 가능성도 있어. 하지만 그건 이미 각오한 일이야. 상황에 따라서는 전국의 25만 경찰관을 적으로 돌리고 혼자 싸우게 될지도 모르지."

경시청 네트워크에 잠입했다는 사실을 우라이에게 이야기한 것은 확실히 무모한 짓이었는지도 모른다.

"지금 저는 이렇게 인터넷을 자유롭게 사용할 수 있습니다. 제가 그 비밀을 게시판 같은 곳에 퍼뜨릴 가능성은 생각하지 않으셨나요?"

당연히 고려했다. 그럼에도 키리노는 굳이 그 비밀을 우라이에게 털어놨다. 우라이라면 그런 치졸한 짓은 하지 않을 것이라고 생각했기 때문이다.

"저를 그렇게 믿어도 괜찮겠습니까?"

"너는 괜찮아."

"어째서요?"

"너는 나와 약속했어. 죽을 때까지 누구에게도 비밀을 이야기하지 않겠다고."

"확실히 그렇게 말하긴 했죠."

"나와 처음 만났을 때 우리는 비슷한 구석이 있다고 말했지. 그리고 나도 너와 이야기해보면서 확실히 그렇다고 느꼈어. 그래서 알 수 있다. 너는 나를 배신하지 않아."

해커와 크래커, 그리고 경찰관과 범죄자. 서로 정반대 위치에 있지만, 자신과 우라이에게는 같은 종류의 피가 흐른다. 이런 종류의 인간은, 믿을 만하다고 느끼는 것만으로는 상대를 신뢰하지 않는다. 반면 자신을 높이 평가해주는 사람에게는 무방비하게 마음을 열기 마련이었다.

인정 욕구.

해커나 크래커가 되는 사람은 타인에게 인정받고 싶어 하는 욕망이 가장 강하다고 할 수 있다.

"M에게 함정을 파뒀습니다."

"어떤 함정이지?"

우라이가 히죽 웃으며 PC 화면을 보여줬다.

"카나가와현 지방경찰청의 키리노라는 수사관이 탄자와 연쇄살인마의 증언을 통해 M의 중요한 비밀을 파악했다고 다크웹 가장 깊숙한 곳에 적어놨어요. M은 반드시 그 글을 볼 겁

니다. 그러면 가만있지 못하겠죠. 무슨 행동을 해올 게 틀림없
어요."

C

"그러고 보니 사이버 형사 어머님은 어떠셨어? 병원에 병문
안 간다고 했잖아."

미노리는 퇴근 후 유카와 만나 라조나 카와사키에 있는 커
피 체인점에서 차를 마시고 있었다. 최근에 유카의 일이 바빠
져 둘이서 차를 마시는 것도 제법 오랜만이었다.

"실은 위암이었는데 조기 발견이라 일단 괜찮다나 봐."

위암이나 대장암은 조기 발견할 경우 5년 생존율이 상당히
높다고 키리노의 어머니가 말했다.

"키리노 씨는 뭐래?"

"걱정하긴 해도 일단 안심한 것 같아. 그보다는 지금 하는
일이 너무 바빠서 다른 데 신경 쓸 틈이 없는 것 같아."

미노리는 캐러멜 마키아토를 마시고 입술에 묻은 하얀 거품

을 혀로 핥았다.

"흠, 그래서 어땠어? 어머님하고 잘 이야기했어? 네가 마음에 드신 것 같아?"

"음, 뭐, 잘한 편인 것 같아. 네가 도와준 덕분이야."

"잘됐다. 나도 도움이 돼서 기뻐."

유카는 빙긋 웃으며 녹차 크림 프라푸치노를 마셨다.

"그런데 어째서 그렇게나 결혼하고 싶어 하는 거야?"

"결혼 못 해서 안달이 난 건 아냐. 그냥 료 짱하고 결혼하고 싶은 거지. 그런데 료 짱이 나하고 결혼할 생각을 전혀 안 해줘서 조금 걱정되는 것뿐이야."

"아직 사귄 지 2년밖에 안 됐잖아. 키리노 씨는 지금 스물아홉이니까 서른 살이 되면 생각이 바뀔지도 몰라."

미노리는 유카의 말이 맞을지도 모른다고 생각했다. 키리노와 같은 회사에서 근무할 때만 해도 결혼 생각은 해본 적도 없었다.

"저기, 유카, 경찰관은 애인이 생기면 직장에 신고서를 제출해야 하는 거 알아?"

"어, 정말이야?"

"나도 처음 이야기 들었을 때 깜짝 놀랐어. 경찰은 우리가 생각하는 것보다 훨씬 엄격한 직장이라 애인이 범죄나 유흥업에 얽혀 있지 않은지 꼭 확인한대."

경찰의 그런 규칙이 두 사람의 불협화음을 야기했는지도 모른다.

"경찰 데이터베이스로 검색하니까 어떤 흥신소보다도 빠르고 정확하잖아. 거기서 문제가 발견되면 정말로 헤어지게 만들거나 출세에 지장을 주기도 한다나 봐."

"와, 전혀 몰랐어."

유카가 눈을 동그랗게 뜨며 말했다.

"그리고 그 신고서를 제출하고 나면, 경찰관은 사회의 모범이 돼야 하니까 당연히 바람도 피우면 안 돼. 결국 신고서는 그 사람과 결혼하겠다는 혼인신고나 다름없는 거지."

"어머, 굉장하다. 그러다 차이면 어떻게 해?"

"그럴 때는 그냥 차였다고 보고한대."

"와, 엄청 비참하겠다. 그래서 키리노 씨는 그 신고서를 제출했대?"

"아직 안 냈어. 아니, 제출할 생각이 전혀 없는 것 같아."

"왜?"

"경찰에 들어가기 전부터 사귀었으니까 굳이 신고할 필요를 못 느꼈을 수도 있고…, 무엇보다 나하고 결혼할 생각이 없는 것 같아."

미노리도 당장 결혼하고 싶은 것은 아니었지만, 키리노가 자신과 결혼할 마음이 없다는 것을 알고 꽤 충격을 받았다.

"키리노 씨가 그렇게 말했어?"

"그런 말을 직접 들었다면 나는 이미 죽었을 거야. 저기, 유카, 남자는 어떨 때 결혼하고 싶어질까?"

키리노에게 결혼 생각이 없는 것만 빼면 두 사람 사이에 별다른 문제는 없었다. 다만 미노리는 결혼 생각을 하기 시작한 이후로 남자라는 생물을 이해할 수 없었다.

"글쎄, 아무래도 그건 사람마다 다르지 않을까?"

"하지만 너는 남자 친구가 결혼하자고 했다며."

"그랬지. 하지만 너무 이르다고 거절했잖아."

키리노와 만나기 전만 해도 미노리 역시 같은 생각이었다. 하지만 사람은 가지지 못할수록 더욱 집착하게 되는지도 모른다.

"역시 속도위반 결혼이라도 노려봐야 하나?"

"또 그런 과격한 소리를⋯."

그때 미노리의 스마트폰이 작게 진동했다. 그녀는 액정 화면에 표시된 기묘한 문자에서 눈을 떼지 못했다.

"미노리, 왜 그래?"

"이게 무슨 뜻일까? 새로운 수법의 피싱인가?"

스마트폰을 떨어뜨렸을 뿐인데 : 붙잡힌 살인귀

미노리는 처음 그 문자를 봤을 때 그것이 무슨 의미인지 이해하지 못했다.

"요즘 피싱 문자가 정말 많이 와. 그것도 아마존이나 아이튠즈 같은 로고를 똑같이 달고 있어서 무심코 클릭할 뻔한다니까."

미노리는 유카의 말에 대답하지 못했다. 키리노가 지금 하는 일을 떠올리자 문자의 의도를 희미하게나마 짐작할 수 있었기 때문이다.

"무슨 일이야? 뭐라고 왔는데?"

미노리는 말없이 문자를 유카에게 보여줬다.

〔키리노, 손을 떼라. 그러지 않으면 미노리를 산에 파묻어주마. M.〕

A

"M이 움직였어."

키리노는 그렇게 말하며 미노리가 전송해준 M의 메시지를 우라이에게 보여줬다. 오늘도 본청 회의실에서 우라이와 함께 인터넷에서 M의 흔적을 추적하는 중이었다.

"키리노 씨가 아니라 애인인 미노리 씨에게 보냈군요."

"그래. 내게는 아무 접촉도 하지 않았어."

"카나가와현 지방경찰청에서 M을 추적하는 사람이 키리노 씨라는 걸 알았다면 당연히 키리노 씨의 교우 관계를 조사하겠죠. 소셜 엔지니어링의 기본 중 기본이니까요."

크래커는 상대의 약점부터 공략하는 법이다. 화이트해커인 요시미 다이스케의 경우도 먼저 함정에 빠진 것은 그의 애인이었다.

"미노리 씨에게 보낸 문자도 익명 통신인 토르를 경유했네요."

우라이가 지적한 대로였다. 미노리가 문자를 전송해주자마자 확인했지만 M이 쉽게 신원을 드러낼 리 없었다.

"지금까지의 패턴으로 보면 다음은 키리노 씨의 PC와 스마트폰을 장악해 미노리 씨를 유인하는 문자를 보내겠죠."

"미노리의 스마트폰을 조사해봤더니 예상대로 원격조작 바이러스에 감염돼 있었어. 미노리의 스마트폰에서 그 원격조작 바이러스를 제거하는 편이 낫겠지?"

우라이는 잠시 생각했다.

"아니, 이대로 미노리 씨는 모른 척하라고 하세요. 지금 원격조작 바이러스를 제거하면 상대는 더욱 교활한 수단을 쓸 겁니다. 차라리 미노리 씨를 예전과 똑같이 행동하게 한 다음 M이 직접 미노리 씨에게 접촉해올 때까지 기다리죠."

"그렇게 잘될까? 지난번 사건 이후 3년이나 지났고, 이번엔 경찰을 상대해야 하는데."

"그러면 다른 좋은 아이디어라도 있나요?"

그런 말을 들으니 대답이 궁해졌다.

"그보다도 키리노 씨의 PC와 스마트폰이 원격조작 바이러스에 당하진 않았나요?"

"그건 괜찮을 거야. 나는 시판되는 백신 프로그램을 사용하지 않거든."

"그러면 뭘 쓰시는데요?"

"IT보안 회사에 근무할 때 직접 개발한 프로그램을 깔아뒀어. 제아무리 M이라도 이걸 뚫어내진 못하겠지."

크래커는 시판되는 백신 프로그램을 연구해 새로운 컴퓨터 바이러스 등의 멀웨어를 만든다. 키리노가 민간에서 일할 때 모리오카와 함께 만든 그 백신 프로그램의 성능은 발군이었다. 너무 뛰어난 탓에 다른 소프트웨어가 팔리지 않을까 봐 발매를 단념해야 했을 정도다.

"키리노 오리지널이군요. 당연히 강력하겠네요. 그렇다면 M은 고전적인 방법을 사용할 가능성이 있습니다. 키리노 씨, 모쪼록 미행을 조심해주세요."

"경찰학교에서 기본적인 사항은 배워뒀어."

우라이는 고개를 가로저었다.

"미행하는 기술을 안다고 반드시 남의 미행을 알아채는 건 아니죠. 뒤쫓는 건 쉽지만, 못 쫓아오게 하는 건 훨씬 어렵습니다."

상대는 M이었다. 그가 어떤 교묘한 수법을 쓸지 예측할 수 없었다. 그렇다면 상대의 움직임을 기다리는 것만으로는 충분하지 않을 것 같았다. 어떻게든 이쪽이 주도권을 잡고 M을 몰아붙일 방법은 없을까?

"미노리에게 이 문자를 보낸 인물의 얼굴 사진을 입수할 수는 없을까?"

사진 같은 현실적인 단서만 있다면 경찰의 조직력이 힘을 발휘할 수 있다. 전국에 지명수배를 할 수도 있고, N시스템을 비롯한 각지의 감시 카메라를 확인하다 보면 분명 어디선가 발견될 것이다.

"이 문자를 보낸 사람의 얼굴 사진이 있으면 됩니까?"

"입수할 수 있겠어?"

"음, 못 할 것 없죠."

"꼭 부탁해. 얼굴 사진만 있으면 사건이 절반 정도 해결된 거나 마찬가지야. 성형수술을 받아도 얼굴 골격은 바뀌지 않으니까 맨얼굴을 드러내는 순간 끝나는 거지. 분명 어디선가 방범 카메라에 찍힐 거야."

방범 카메라에 잡히면 안면인식 기능을 통해 범인을 계속 추적할 수도 있다.

"경찰 카메라가 그 정도로 발전한 건가요?"

우라이가 의외라는 얼굴로 말했다.

"경찰에 한정된 이야기가 아냐. 카메라 기술 자체가 향상돼 방범 카메라의 성능이 좋아진 거지. 그래서 민간에서도 저렴한 가격에 고성능 방범 카메라나 감시 카메라를 대량으로 설치하는 추세지. 그러니까 너도 도망칠 생각은 접는 게 좋아."

"명심해두죠."

우라이가 얌전한 얼굴로 대답했다.

"그건 그렇고 M은 나를 얕보고 있는 것 같군."

〔키리노, 손을 떼라. 그러지 않으면 미노리를 산에 파묻어주마. M.〕

키리노는 범인이 미노리에게 보낸 메시지를 다시 한 번 읽었다. 일반인이라면 몰라도 카나가와현 지방경찰청 사이버

범죄 담당 형사의 애인에게 이런 문자를 보내올 줄은 몰랐다.

"키리노 씨 개인이 아니라 일본 경찰 전체를 얕보는 거겠죠. 현실 범죄는 세계적인 수사력을 자랑하지만, 사이버 범죄는 상당히 뒤처졌으니까요. 저도 FBI면 모를까 일본 경찰에게 잡힐 줄은 몰랐거든요."

틀린 말은 아니었기에 키리노도 뭐라 반박할 수 없었다.

"580억 엔 상당의 가상화폐가 유출된 사건만 해도 경시청은 아직 아무 단서도 잡지 못했겠죠. 토르를 이용하면 경찰이 아무 대응도 못 한다는 걸 다들 알았을 겁니다."

경시청의 가상화폐 유출 사건 수사는 좀처럼 진전이 없는 것이 사실이었다. 일본 최고의 사이버 수사 집단이 그런 꼴이니 M이 거만하게 구는 것도 무리가 아니었다.

"하지만 M이 미노리 씨를 협박한 이상 경호원을 붙이는 게 좋지 않을까요?"

키리노는 우라이의 말에 대해 잠시 생각했다.

"왜 그러시죠? 키리노 씨."

"그러면 경찰에 내가 미노리와 사귄다는 걸 신고해야만 하거든."

"호오, 그런 규칙이 있었군요. 그런데 그걸 신고하면 뭐 곤란한 일이라도 있나요?"

"경찰은 상당히 보수적인 직장이야. 어쩌면 이대로 미노리와 반드시 결혼해야 할지도 몰라."

"키리노 씨는 그분과 결혼하실 마음이 없는 겁니까?"

"음, 뭐, 글쎄⋯."

진구지 사야코의 집에서 그녀 소유의 PC, 스마트폰은 발견되지 않았지만 회사 PC는 확보할 수 있었다. 그러나 거기에는 JK16으로 활동한 흔적이 없었고, M에 관한 단서도 발견할 수 없었다. 가상화폐 유출 사건을 수사하던 경시청도 단서에 대한 희망이 사라지면서 크게 낙담하는 분위기였다.

"진구지 사야코를 유괴한 놈들의 차량을 알아냈다는군."

수사본부에서 키리노가 커피를 손에 들고 생각에 잠겨 있을 때 부스지마가 그렇게 말을 건넸다. 진구지 사야코 살해에 관해서는 키리노의 디지털 포렌식보다 발로 뛰는 수사가 훨씬 빨랐다.

"현장 부근에 주차된 수상한 남색 왜건이 도쿄에서 현장까지 N시스템에 찍혔다나 봐."

"번호판도 알아냈답니까?"

"물론이지. 하지만 유감스럽게도 도난 차량이었네. 차량 주인은 사건과 아무 접점도 없었어."

부스지마가 키리노 옆에 앉았다.

"하지만 용의자 사진은 찍었다고 해. 운전자와 조수석에 앉은 사람의 얼굴이 정확히 찍혔다는군."

N시스템은 번호판뿐 아니라 운전자와 동승자의 사진까지 깨끗이 촬영할 수 있었다.

"집단 범행인가요?"

"세 명이었다고 하네."

"얼굴 사진이 찍혔다면 사건 해결 가능성이 높네요."

"실행범은 금방 밝혀질 테지."

부스지마가 팔짱을 끼며 허공을 올려다봤다.

"실행범요? 그게 무슨 뜻입니까?"

"N시스템에 찍힌 녀석들은 딱 봐도 일본인이 아니었네. 본부에서는 아랍계 외국인일 거라고 하던데. 이봐, 키리노. 어째서 그자들은 JK16을 습격한 걸까?"

키리노는 고개를 갸웃거리며 생각했다. 아랍계 외국인들이 JK16을 살해할 이유가 과연 있을까? 중동에서 가상화폐 거래가 활발히 이루어진다는 이야기는 아직까지 들어본 적이 없었다.

"이건 어디까지나 제 추측이지만, 외국인 범인들은 익명 네트워크에서 M에게 돈을 받고 고용됐는지도 모릅니다."

"그래. 그렇게 생각할 수도 있겠군."

토르는 이슬람 국가 테러리스트들에게도 널리 이용되고 있었다.

"다크웹에는 적은 금액에 대신 사람을 죽여주는 인간들이 있습니다. 해외에서는 불과 수만 엔을 받고 청부 살인을 해준 사례도 있죠."

키리노는 쓸쓸한 커피를 마시며 익명 네트워크에서 본 게시글을 떠올렸다. 마약, 무기, 아동 포르노, 인신매매 등 온갖 것들이 태연히 거래되고 있었다. 그중에는 분명 살인 청부도 있었다.

"범인이 해외로 도주하지 못하도록 국제공항이나 항구에 통보했지만 과연 어떻게 될지 모르겠군."

실행범들은 당연히 해외 도주를 꾀할 것이다. 국내에 숨어 있다가는 붙잡히는 건 시간문제였다.

"그자들이 이미 해외로 도주했다면요?"

"뭐, 할 수 있는 일이라곤 인터폴에 협력을 요청하는 것 정도겠지."

인터폴은 프랑스 리옹에 본부를 둔 국제형사경찰기구ICPO의 약칭이다. 국제 범죄 방지를 위해 190개국 이상의 경찰이 가맹한 세계 유수의 국제조직이다. 〈루팡 3세〉에 등장하는 제니가타 경부도 그곳 소속이지만, 인터폴에는 범인을 쫓기 위해 필사적으로 뛰어다니는 형사는 없다. 사실 인터폴은 수사 조직도 없을뿐더러 체포권조차 없다. 할 수 있는 일이라고는 가맹국이 보낸 수배서를 발행하는 정도였다.

C

"유카, 드디어 료 짱이 나를 경찰에 신고해준대."

미노리는 퇴근 후 중요하게 보고할 일이 있다며 항상 만나던 커피 체인점으로 유카를 불러냈다.

"어, 뭐? 미노리, 뭐 나쁜 짓이라도 한 거야?"

"아니. 교제 신고서 말이야. 료 짱이 정식으로 나와 사귀고 있다는 서류를 경찰에 제출할 거래."

"아, 그거 잘됐네. 축하해."

유카는 미노리의 손을 잡고 기뻐했다.

"고마워. 경찰에 보고서를 낸다는 건 나와 료 짱이 연인이라는 가장 공식적인 증거잖아."

"확실히 상대가 경찰이니까 말이지. 바람이라도 피우면 체포될 것 같아."

"응. 이제 의외로 빨리 결혼하게 될지도 모르겠어. 이것도 네가 조언해준 덕분이야. 유카, 고마워."

미노리가 양손을 모으고 고개를 숙였다.

"그런데 방금 전부터 신경이 쓰여서 말인데 저기 입구에 서 있는 남자, 아는 사람이야?"

유카가 양복 차림의 젊은 남자를 보며 말했다.

"맞아. 내 보디가드야."

"보디가드? 왜 그런 사람이 너를 따라다녀?"

"료 짱이 붙여줬어. 아, 지난번에 이상한 문자가 왔던 것 기억하지? 혹시 모르니까 조심하래. 그래서 회사에서 집까지 오갈 때는 경찰이 내 보디가드를 해줘."

사복 경찰이 미노리의 출퇴근길을 경호해주기로 했다. 또한 집 주위도 파출소에서 자주 순찰해주는 등 VIP 대우였다.

"그랬구나. 조심해."

하지만 그 뒤로 수상한 문자는 오지 않았기에 평범하게 생활하다 보면 그런 커다란 사건에 말려들었다는 실감이 나지 않았다. 하지만 자신의 스마트폰이 원격조작 바이러스에 감염됐다고 생각하자 섬뜩하기는 했다.

제4장

"사칭할지 모르니까 문자 내용은 바로 믿지 말래."

"그게 무슨 말이야?"

미노리는 핸드백에서 또 하나의 검은색 스마트폰을 꺼냈다.

"료 짱이 빌려준 거야. 중요한 문자나 전화는 전부 이 스마트폰으로 하라고 했어. 너한테도 정말로 중요한 순간에는 이 스마트폰으로 전화할 테니까 기억해줘."

"응, 알았어."

"그리고 료 짱 문자는 다른 사람이 사칭해서 보낸 걸 수도 있으니까 문자를 받으면 그때마다 이 스마트폰으로 본인이 보낸 건지 확인해야 해."

"와, 꽤나 철저하구나."

"하지만 그럴 거면 처음부터 이 스마트폰으로 전화하면 될 텐데."

"그러게."

"여전히 쉬는 날도 없어. 경찰관 애인은 너무 불편한 것 같아."

A

"진구지 사야코 살해에 관여한 것으로 보이는 외국인은 아흐마드 이브라힘, 사지다 알라위라는 이라크인으로, 지난주 칸사이 국제공항을 통해 귀국한 것이 판명됐다. 그 외에 압둘아지즈 살림이라는 인물도 동시에 출국했는데, 세 사람은 갑자기 큰돈이 생겨 귀국한다고 주변에 이야기했다는군."

오늘 아침 수사 회의는 사이토 본부장의 그런 통보로 시작됐다.

이라크라는 말을 듣고 키리노가 부스지마의 안색을 살피자 그는 얼굴을 잔뜩 찡그리고 있었다. 그 이라크인들이 정세가 혼란한 고국으로 돌아가버리면 그들의 흔적을 얼마나 추적할 수 있을지 몰랐다.

"해부 결과, 진구지 사야코가 살해된 것은 시체가 발견되기 이틀 전으로, 직접적인 사인은 끈 같은 것으로 목이 졸린 질식사라는 사실이 판명됐다. 그리고 피해자의 질에서 복수의 DNA형 정자도 발견됐다. 현재 과학수사연구소에서 그 정자와 출국한 이라크인들의 DNA 감정을 서두르는 중이다."

침통한 통보에 회의실이 침묵에 휩싸였다.

"참고로 다크웹의 익명 네트워크에서는 돈을 받고 살인해 주는 자들이 있다는군. 키리노, 만약 M이라고 자칭한 인물이 다크웹에서 이 이라크인들을 고용했다면 그 발신지를 특정할 수는 없겠나?"

"이미 주요 다크웹 게시판을 확인했지만 M을 자칭한 인물의 글은 없었습니다. 만약 다크웹에서 그들을 고용했다면 고용한 시점에 글을 삭제했을 테고, 만약 글이 남아 있다 해도 익명 통신을 사용한 경우 발신지를 알아내기는 힘들 겁니다."

사이토가 가벼운 한숨을 쉬었다.

"우라이와 진행 중인 미끼 수사에서는 M의 움직임이 없었나?"

"제 애인에게 협박성 문자가 도착했습니다. 하지만 그것도 익명 통신을 이용했기에 추적은 불가능했습니다."

키리노는 겸연쩍은 심정으로 대답했다. 자신에게 기대를 걸고 있는 줄은 알지만, 익명 통신에 가로막혀 좀처럼 수사에 공헌하지 못하고 있었다. 일본 경찰의 사이버 기술만으로는 제아무리 키리노라도 그 벽을 무너뜨릴 수 없었다.

"키리노, 어떻게든 M의 꼬리를 잡을 방법이 없겠나?"

"현재 우라이와 함께 그걸 고민하는 중입니다."

M을 더욱 도발해 현실 세계에 모습을 드러낼 때까지 기다

린다는 방침은 있었다. 하지만 그 경우, M은 키리노 대신 미노리를 먼저 노릴 것이다. 그녀를 위험에 빠뜨리는 것은 솔직히 내키지 않았다.

"부스지마, 카나가와현 서부 고등학교에서 M의 단서를 찾아냈나?"

"고등학교에서는 성과가 없었습니다. 그래서 이번에는 중학교를 조사하고 있습니다."

"효율이 너무 떨어지는 것 같네만."

중학교는 고등학교보다 수가 많다. 게다가 이 지역 학생 대부분이 동네 중학교에서 그대로 동네 고등학교로 진학했다.

"하지만 어느 학교나 컴퓨터부 활동이 활발해서 탐문 자체는 생각보다 쉬웠습니다."

"M은 카나가와현 서부 출신이 아니라 성인이 된 뒤에 탄자와의 현장을 알았을지도 모르네."

"물론 그럴 수도 있겠죠. 하지만 어쩌면 그 장소를 카나가와현 컴퓨터부 출신자를 통해 알았을 가능성도 있습니다. 컴퓨터 전문가들 사이에는 독특한 네트워크가 있으니까 뭔가 단서가 있을지도 모릅니다. 키리노, 안 그래?"

부스지마가 갑작스레 묻자 회의실에 모인 사람들의 시선이 키리노에게 집중됐다.

제4장

"확실히 마니아들끼리 연결되는 부분이 있으니까 뭔가 알아낼 수 있을지도 모릅니다."

컴퓨터 천재 소년이 있으면 반드시 주변에 소문이 나기 마련이다. 부스지마의 작업도 전혀 소용없지는 않을 것이다.

"알았네. 부스지마는 그 탐문을 계속해주게. 또 할 말 있는 사람 있나?"

"산에서 발견된 키 180센티미터가 넘는 남자의 신원은 아직도 밝혀지지 않았습니까?"

부스지마가 물었다.

"아직 모르네. 화이트해커였던 요시미 다이스케는 실종 신고가 돼 있었지만, 다른 피해자는 아닌 것 같군. 일본인치고는 제법 키가 큰 편인데, 그런 특징이 있는 남자의 실종 신고가 있었다면 놓치진 않았을 걸세."

그 남자의 가족은 뭘 하고 있는 걸까? 3년이나 연락이 되지 않았다면 경찰과 상의 정도는 해야 하지 않나 하고 키리노는 생각했다.

"다른 질문 있는 사람?"

"사이토 본부장님, 우라이가 제안한 일이 있습니다."

다름 아닌 키리노가 손을 들었다.

"페이스북과 트위터로부터 접속 기록을 받을 수는 없을

까요?"

사이토는 고개를 갸웃거리며 생각했다.

"그걸 받아서 뭘 조사하려는 건가?"

"진구지 사야코는 JK16이라는 이름으로 트위터 활동을 했습니다. 그리고 본명으로 페이스북도 하고 있었죠. 그 두 SNS에 누가 접속했는지 알아보고 싶습니다. 상당히 상투적인 방법입니다만, 크래커와 해커는 타깃이 정해지면 먼저 그 인물의 주변 정보부터 철저히 조사합니다. 그때 페이스북이나 트위터는 정보의 보물 창고나 다름없기 때문에 몇 번이고 반복해서 접속했을 겁니다. 즉 집요하게 진구지 사야코의 개인 정보를 확인한 인물이 있다면, 그자가 범인이거나 범인과 관련된 사람일 가능성이 큽니다."

"그렇군. 그렇게 되면 M의 IP 주소를 알아낼 수도 있다는 건가?"

사이토가 검은색 안경테를 치켜세웠다.

"그렇습니다. 진구지 사야코와 JK16의 SNS를 집요하게 방문한 인물이 있다면, 그자야말로 M일 가능성이 가장 높다고할 수 있습니다."

"그렇겠군. 일리가 있어."

"그 두 회사에 접속 기록 제공을 요청해주시겠습니까?"

"하지만 페이스북과 트위터란 말이지. 양쪽 모두 미국과의 교섭이 필요하겠군."

사이토가 떨떠름하게 중얼거렸다.

"해외 SNS도 정식 요청이 있으면 개인 계정 정보를 제공할 겁니다."

SNS에서도 사칭이나 범죄 방지를 위해 경찰의 요청에 따라 계정 정보를 제공하고 있었다.

"그렇긴 하지만, 자네가 지금 말하는 건 접속 기록이잖나. 지금까지 그걸 제공한 사례는 없는 걸로 아는데. 데이터의 양도 엄청나지 않겠나?"

키리노에게 필요한 것은 개인 SNS 계정에 접속한 모든 기록이었기에 정보량도 막대할 수밖에 없었다.

"뭐, 그래도 일단 요청은 해보겠네."

키리노는 자연스레 고개를 숙였다.

"감사합니다. 그때까지 저는 일단 국내 인터넷 제공 업체를 통해 접속 기록과 IP 주소를 입수해보겠습니다."

"국내의 무슨 접속 기록 말인가?"

"트위터와 페이북에 비하면 정확도가 많이 떨어지지만 진구지 사야코, 요시미 다이스케, 하세가와 쇼쿄, 그리고 저와 제 애인에 관한 홈페이지를 모두 방문한 IP 주소를 찾아보겠습니다."

"구체적으로 무슨 홈페이지 말이지?"

"저에 대한 건 이곳 카나가와현 지방경찰청 홈페이지입니다. 제 애인은 현재 근무하는 IT보안 회사에 홈페이지가 있습니다. 그리고 진구지 사야코는 본명으로 블로그를 운영했습니다. 화이트해커인 요시미 다이스케와 그 애인 하세가와 쇼코도 함께 근무하던 회사의 홈페이지가 있겠죠."

진구지 사야코는 트위터나 인스타그램이 유행하기 전부터 개인 블로그를 운영했다. 그곳에서 자신이 JK16임을 밝히지는 않았지만, M이 그 블로그를 확인했을 가능성은 충분했다.

"양이 너무 많지 않겠나?"

"분석 소프트웨어를 만들어 사용할 테니 괜찮습니다. 진구지 사야코의 개인 블로그와 카나가와현 지방경찰청은 나름대로 접속자 수가 많을 테지만, 제 애인이나 요시미 다이스케의 회사는 그 정도로 유명하진 않습니다. 이곳들에 모두 방문한 적이 있는 IP 주소가 하나라도 있다면 뭔가 힌트가 나올 겁니다."

"그렇군.《쿠로코의 농구》협박 사건을 해결할 때도 그런 방법이 사용됐지."

"그렇습니다. 2012년부터 2013년에 걸쳐《쿠로코의 농구》

라는 인기 만화에 관련된 시설과 회사를 차례차례 협박하는 사건이 있었습니다. 실제로 치사량이 넘는 황화수소를 발생시키려 하는 등 상당히 악질적이었기 때문에 경찰은 이 협박 사건을 철저히 수사했습니다. 그때 사용된 것이 제가 말씀드린 수사 방법입니다."

"확실히 그때는 협박당한 시설과 회사의 홈페이지를 열람한 접속 기록을 철저히 분석했다지?"

사이토의 질문에 키리노는 고개를 끄덕였다.

"그 결과, 범인이 오사카 시내에 있는 인터넷카페에서 접속한 사실을 밝혀냈습니다. 즉시 인터넷카페 주변의 방범 카메라를 확인한 끝에 범인을 검거할 수 있었죠."

"키리노, 바로 시작해주게."

키리노는 오히려 이 방법이 미국의 SNS 회사에 의존하는 것보다 빠르고 효과적일지도 모른다고 생각했다. 개인 SNS라면 조금은 경계했을 테지만, 평범한 블로그와 홈페이지를 들여다보는 것뿐이라면 범인도 방심했을 수 있다.

"홈페이지 네 곳을 모두 방문한 IP 주소가 있었어."

카나가와현 지방경찰청, 진구지 사야코의 개인 블로그, 요시미 다이스케와 하세가와 쇼코의 회사 그리고 미노리가 다니는 IT보안 회사까지, 이 네 곳의 홈페이지 접속 기록을 분석 소프트웨어로 확인한 결과, 네 곳 모두에 빈번하게 방문한 IP 주소가 발견됐다.

"몇 개나 있던가요?"

"하나뿐이었어."

우라이가 가벼운 한숨을 쉬었다.

"키리노 씨, 그건 저희 IP 주소인데요."

"아, 그렇군."

"그 외엔 없었습니까?"

키리노는 고개를 끄덕였다.

접속 기록을 얻어내는 일은 국내 인터넷 제공 업체도 간단하지 않았다. 접속 기록이 몇 주 단위로 갱신되는데, 그때마다 과거의 기록은 사라진다.

"모든 홈페이지를 봤을 거란 틀에서 벗어나보죠. 요시미 다이스케와 하세가와 쇼코가 다니던 회사의 최근 접속 기록은 의미가 없으니까 말이죠. 카나가와현 지방경찰청, 진구지 사야코의 개인 블로그, 그리고 키리노 씨의 애인이 근무한다는 회사로 좁혀보죠."

"해보지."

키리노가 검색 조건을 변경해 키보드를 두드리자 이번에는 많은 주소가 표시됐다.

"세 곳 모두에 중복된 주소가 있나요?"

키리노는 눈을 가늘게 뜨며 깨알 같은 글자들을 확인했다.

"의외로 많군. 검색봇 같은 기계적인 접속인지도 몰라. 이것들을 하나하나 조사해도 범인이 나오리란 보장은 없겠어."

"같은 PC나 스마트폰으로 접속해도 IP 주소가 달라질 수 있으니까요."

PC를 들고 다니며 다양한 장소에서 접속하면 IP 주소가 매번 달라진다. 스마트폰의 경우는 그때그때 달라진다 해도 과언이 아니었다.

"역시 이 방법으로는 무리였나?"

"발상은 좋았지만 정확도가 너무 떨어지네요. 가장 최근에 매우 빈번하게 접속한 IP 주소를 찾아내지 못하면 의미가 없어요."

"그렇겠지. 만약 나를 감시하고 있다고 해도 카나가와현 지방경찰청 홈페이지에 나에 대한 정보가 있는 건 아니니까. 미노리도 마찬가지고."

진구지 사야코의 개인 블로그는 M이 집요하게 열람했을 테지만, 카나가와현 지방경찰청과 미노리의 회사 홈페이지에 자주 접속했을 가능성은 낮아 보였다.

"역시 해외 SNS의 접속 기록을 받을 수밖에 없겠네요."

"하지만 해외 SNS의 접속 기록은 보관 기간이 짧아서 이미 지워졌을 가능성이 높다고 해. 일본과 달리 해외는 인터넷상의 사생활 보호가 엄격하니까 기업 측에서도 되도록 보관하고 싶지 않겠지."

"비용도 많이 들 테고요."

"뭔가 다른 좋은 방법은 없나?"

두 사람은 말없이 생각에 잠겼다. 회의실 입구에는 여전히 경비 경관이 서 있었고, 우라이의 허리는 포박돼 포승줄 끝이 책상에 묶여 있었다. 하지만 현재 우라이는 키리노에게 없어서는 안 될 파트너였고, 수사본부가 가진 비장의 카드이기도 했다.

"아, 그렇지."

그때 우라이가 갑작스레 목소리를 높였다.

"왜 그래? 생각난 게 있어?"

"데이터가 부족하면 늘리면 되잖아요."

우라이의 눈빛이 날카롭게 빛났다.

"다른 홈페이지의 접속 기록을 검색에 포함시키자는 말인가?"

"그건 너무 비효율적이죠."

"그러면 어떻게 할 거지?"

"키리노 씨, 지금 바로 지방경찰청 홈페이지에 '사이버 형사 키리노 료이치의 보안 일기'라는 블로그를 만들어주세요."

C

"료 짱이 블로그를 한다는 건 알겠는데, 어째서 나까지 블로그를 시작해야 해? 트위터나 인스타그램은 안 돼? 내 트위터 팔로워는 500명 넘는데."

키리노가 검은색 스마트폰으로 전화를 걸어와 지금 당장 만나자고 하기에 미노리는 기쁜 마음으로 카나가와현 지방경찰청사 근처 카페로 갔다. 그런데 그곳에서 갑자기 블로그를 개설하라는 부탁을 받았다.

"트위터나 인스타그램은 안 돼. 오히려 그건 한동안 방치하는 게 좋겠어."

"어, 왜?"

"트위터와 인스타그램은 미국 회사잖아."

미노리는 도무지 이해할 수 없었다. 어차피 비슷한 내용을 올릴 텐데 왜 미국 회사의 SNS는 안 된다는 걸까?

"애초에 내가 블로그를 개설하는 것하고 경찰 수사가 무슨 상관인데?"

키리노는 주위를 둘러보고 나서 미노리 쪽으로 몸을 바싹 붙였다.

"미노리, 잠깐 귀 좀 빌려줘."

미노리는 몸을 앞으로 내밀며 키리노에게 귀를 내줬다.

"M을 유인할 거야."

"M이라니, 그 기분 나쁜 문자를 보낸 M 말이야?"

키리노는 검지를 입에 갖다 댔다.

미노리는 얼마 전에 받은 협박 문자를 떠올렸다.

"그래. 너를 사건에 끌어들여서 미안하지만 이번 한 번만 도와줄 수 없겠어?"

키리노가 진지한 얼굴로 고개를 깊이 숙였다. 그렇게 나오자 미노리도 더 이상 투덜거릴 수 없었다.

"JK16이었던 진구지 사야코를 살해한 범인이 지난번 협박 문자를 보낸 M이라면, 그자는 반드시 나와 네 블로그를 보러 올 거야. 그리고 그 접속 기록을 분석하면 범인이 사용한 PC나 스마트폰의 IP 주소를 알아낼 수 있어. 그걸로 사건이 단숨에 해결될 수 있다고."

설명을 듣자 미노리도 키리노의 의도를 이해할 수 있었다.

하지만 동시에 갑자기 불안한 마음도 들었다.

상대는 다름 아닌 천재 크래커 M이었다. 게다가 JK16과 탄
자와에서 새로 발견된 피해자들을 살해한 범인일지도 모른다.

"솔직히 말하면 위험한 일이야. 하지만 이대로 가만히 있는
다고 네가 안전해지는 건 아니잖아. 너는 이미 M에게 감시당
하고 있으니까 반대로 이렇게 꾀어낼 수도 있는 거지."

"그야 그렇지만…."

미노리는 지금도 원격조작 바이러스에 감염된 스마트폰을
기분 나쁘지만 갖고 있었다.

키리노가 잘 때는 그 스마트폰의 전원을 꺼두라고 했지만,
습관이 무섭다고 손에 들고 화장실에 가거나 인터넷 쇼핑을
할 뻔한 적도 있다.

"경찰로서도 지금은 아주 작은 단서라도 필요한 상황이야.
미노리, 부탁할게. 도와줘."

키리노가 미노리의 눈앞에서 양손을 맞댔다. 미노리는 이
정도로 간절하게 부탁하는 키리노를 본 적이 없었다.

미노리가 느끼기에 키리노는 요즘 조금씩 바뀌어가는 것 같
았다.

모리오카의 회사에 다닐 때는 혼자서 뭐든 해내는 슈퍼맨이었다. 그런데 경찰이 된 뒤로는 잘 풀리지 않는 일이 많았다. 그래서인지 미노리에게도 지금처럼 무리한 부탁을 쉽게 꺼낼 수 있게 됐다. 일이 마음대로 풀리지 않으면 본인은 답답할 테지만, 결국 다른 사람에게 부탁할 수밖에 없다. 하지만 그 덕분에 지금까지 키리노에게 부족했던 뭔가가 채워지는 듯한 느낌이 들었다.

"M의 수법은 알고 있어. 내 이름을 사칭해서 보내는 문자만 조심하면 돼. 그리고 그런 문자가 오면 바로 나나 그 보디가드 형사에게 검은색 스마트폰으로 연락해줘."

키리노는 카페 밖에 서 있는 보디가드 형사를 내다봤다. 그날 이후로 미노리는 계속 그 경호원과 동행하고 있었다. 그의 듬직한 얼굴을 보자 미노리의 마음도 조금 가벼워졌다.

"알았어. 그런데 어떤 블로그를 만들면 돼?"

게다가 이렇게까지 부탁하면, 사랑하는 사람의 일이 잘되도록 도와주는 것이 애인의 의무기도 했다.

"나는 지방경찰청 홈페이지에 IT보안에 대한 이야기를 쓸 건데, 너는 되도록 평범한 직장인이 쓸 만한 내용을 올리면 될 것 같아."

"어, 그런 블로그면 되는 거야?"

"그래. 괜히 재미있는 블로그를 만들어서 접속자가 많아지면 분석 시간도 늘어나니까 말이지. 흔해빠진 블로그일수록 좋아."

"재미없으면 되는구나. 재미없는 블로그, 알았어."

미노리는 혼자 중얼거리더니 무슨 내용을 올릴지 생각하면서 눈앞에 놓인 카페라테를 한 모금 마셨다.

"재미없는 블로그…. 하지만 일부러 그렇게 만들려고 하니까 오히려 어려운 것 같아."

"뭐, 굳이 재미없게 만들려고 노력할 필요까지는 없어. 포스팅만 자주 해주면 돼. 다만 개인 정보를 밝히면 위험하니까 얼굴 사진 같은 건 절대로 올리지 마."

키리노가 진지한 표정으로 말했다.

"그러면 콘서트를 보고 오거나 레스토랑에서 맛있는 거 먹었다는 내용이면 돼?"

"음, 그것도 네 위치가 드러나니까 별로 좋진 않아."

"어, 그러면 뭐가 좋은데?"

"글쎄… 책을 읽은 감상 같은 건 괜찮지 않을까? 그거라면 개인 정보가 드러날 일은 없겠지."

미노리는 할 말을 잃고 말았다.

올해 들어서 책을 아직 한 권도 읽지 않았기 때문이다.

A

우라이는 카나가와현 지방경찰청 홈페이지에 키리노의 블로그가 개설됐다는 정보를 다크웹 게시판에 흘렸다. 한편 미노리도 블로그를 시작했다는 소식을 트위터에 올렸다.

키리노와 우라이는 늘어가는 블로그 접속 기록 가운데 살해당한 JK16, 즉 진구지 사야코의 개인 블로그에 접속한 IP 주소가 없는지 조용히 기다렸다.

이윽고 빈번히 접속하는 IP 주소가 네 개 정도 발견됐다. 인터넷 제공 업체에 문의한 결과, 그 정체가 드러났다.

그중 한 명은 약간 의외의 인물이었다.

바로 비트머니사 부사장인 쿠보타 미노루의 IP 주소였던 것이다.

하지만 모리오카의 회사가 비트머니사 IT보안 컨설턴트를 맡고 있고, 미노리도 쿠보타를 몇 번 만났다고 했기에 그가 미노리의 별것 아닌 블로그를 본다 해도 이상할 것은 없었다. 또한 비트머니사의 쿠보타라면 당연히 JK16에 대해 궁금해할 테고, 카나가와현 지방경찰청에서 새로 개설한 보안 관련 블로그를 열람하는 것도 자연스러웠다.

다른 IP 주소 하나는 도쿄 경시청이었다.

가상화폐 유출 사건은 현재 경시청의 가장 중요한 수사 대상이었기에 JK16이었던 진구지 사야코의 개인 블로그는 당연히 체크하고 있을 것이다. 카나가와현 지방경찰청의 사이버 범죄 담당 형사인 키리노의 블로그를 방문해도 이상할 것은 없다. 하지만 미노리의 별것 아닌 블로그까지 감시할 줄은 예상하지 못했다. 경시청도 미노리가 M의 타깃이 됐다는 사실을 파악했는지도 모른다.

그리고 또 한 사람은 키리노도 잘 아는 인물이었다.

모리오카 하지메.

키리노와 미노리를 잘 아는 모리오카가 두 사람의 새로운 블로그를 방문하는 것은 지극히 자연스럽다. 게다가 모리오카의 회사가 비트머니사의 보안을 담당하고 있으니, 모리오카라면 진구지 사야코의 개인 블로그도 꼼꼼히 확인할 것이다.

진구지 사야코의 개인 블로그, 키리노의 사이버 일기, 미노리의 별것 아닌 독서 감상 블로그에 빈번하게 접속한 IP 주소가 또 있었다.

미야조노 나오키.

인터넷 제공 업체는 그런 이름을 알려줬다.

"이자가 M일까요?"

우라이의 말에 키리노는 고개를 끄덕였다.

키리노는 인터넷 제공 업체가 알려준 미야조노의 개인 정보를 본부에 전달하며 신원 확인을 부탁했다. 하지만 미야조노 나오키라는 인물은 현실에 존재하지 않았다. 아무래도 가명으로 인터넷에 가입한 모양이었다.

하지만 메일 주소만은 가짜가 아니었고, 지금도 자주 이용된다고 한다.

"여기에 원격조작 바이러스를 보내볼까요? 제 바이러스는 직접 만든 거라 백신 프로그램에 잡히지 않을 텐데요."

우라이가 그렇게 제안했다.

다크웹 등지에서 싸게 파는 기존의 멀웨어는 대부분 보안 소프트웨어에 가로막힌다. 하지만 아직 대처법이 알려지지 않은 새 자작 바이러스라면 쉽게 숨어들 가능성이 높았다.

"경찰은 M의 얼굴 사진이 필요하다고 했죠?"

키리노는 전에 우라이에게 그런 이야기를 한 것을 떠올리고 고개를 끄덕였다. 아무리 IP 주소를 알아냈다고 해도 그 PC를 조작하는 인물을 알아내지 못하면 아무 의미가 없다.

"물론 필요해. 뭔가 좋은 방법이 없을까?"

그 얼굴 사진만 손에 넣으면 사건이 단숨에 해결될 수도 있다.

"최근에 제 원격조작 바이러스를 개량해서 클릭한 순간 상대의 PC 카메라를 작동시키는 기능을 추가했거든요. 이거라면 상대의 얼굴 사진도 확실하게 얻을 수 있겠죠."

우라이가 하얀 이를 드러내며 히죽 웃었다. 섬뜩하게 반짝이는 눈빛에 키리노의 등줄기가 오싹해졌다. 이 남자의 손에 걸리면 아무리 우수한 사이버 담당 형사라도 쉽게 개인 정보를 유출당할 것이다.

"어떻게 할까요?"

"하지만 쉽게 걸려들진 않겠지. 모르는 사람이 보낸 메일을 M 정도의 남자가 열어볼 리 없어."

"확실히 그렇겠네요. 그럼 가짜 홈페이지로 유도해볼까요?"

"그것도 상당히 교묘하게 움직이지 않으면 어려울 거야."

"키리노 씨만 도와주면 간단해요."

우라이가 대담하게 웃으며 말했다.

"내가? 내가 뭘 도우면 되지?"

"키리노 씨가 블로그에 글을 올리면서 링크를 거는 거죠. 카나가와현 지방경찰청 홈페이지에 바이러스가 링크돼 있으리라곤 누구도 상상하지 못할 테니까요."

확실히 그 방법이라면 걸려들지도 모르겠다.

　　　스마트폰을 떨어뜨렸을 뿐인데 : 붙잡힌 살인귀

하지만 만약 발각되면 엄청난 논란을 불러일으킬 것이다.

키리노는 이 일의 위험성을 생각했다.

"도저히 상부에 말할 수 없겠군."

우라이는 잠시 생각하다 이내 다시 섬뜩한 미소를 지었다.

"알겠습니다. 이건 제가 독단적으로 실행한 걸로 하죠. 아니, 처음부터 저는 아무 이야기도 안 한 겁니다. 제가 키리노 씨의 블로그를 멋대로 크래킹해서 수정한 거예요."

키리노는 아무 대답도 하지 않았지만, 정말 이래도 되는지 자문했다.

C

"다시 조사한 결과를 봐도, 귀사 사원들 중 이번 가상화폐 유출 사건의 범인과 내통한 사람은 없었습니다."

모리오카와 미노리는 이케부쿠로에 있는 비트머니사를 다시 방문했다. 긴 흑발의 미인 비서가 커피를 가져다주고 부사장실을 나서자, 모리오카가 조사 결과를 보고했다.

"이게 그 보고서입니다."

모리오카는 수십 페이지에 달하는 보고서를 쿠보타에게 건네며 자세한 조사 결과를 이야기했다.

"그 말을 들으니 마음이 놓이는군요. 결코 저희 사원들을 의심한 건 아니지만, 그렇게나 절묘한 타이밍에 당하고 보니 아무것도 믿을 수가 없어서 말이죠."

실은 이미 오래전에 내부 범행자가 없다는 사실을 보고한 상태였다. 하지만 쿠보타가 다시 한 번 전 사원을 조사해달라고 의뢰했기에 꽤나 오랜 시간이 걸린 것이었다.

"이해합니다. 좀 더 빨리 알려드리고 싶었지만 최대한 신중을 기했습니다."

말은 그렇게 해도, 항상 바빠 보이는 모리오카가 언제 전 사원을 조사했을까? 미노리는 그게 더 신기했다.

"감사합니다. 조사비는 얼마나 지불하면 될까요?"

"여기 청구서가 있습니다."

모리오카가 얇은 봉투를 건네자 쿠보타가 재빨리 내용을 확인했다.

"쿠보타 부사장님, 귀사에서 유출된 가상화폐를 전액 보상하겠다고 발표했는데, 자금 사정은 괜찮은 겁니까?"

모리오카가 머뭇거리다 그렇게 말을 꺼냈다. 이번 조사비는 어쩌면 대폭 할인해야 할지 모른다며 오는 도중에 택시에서 한탄한 그였다.

"실은 어떻게든 될 것 같습니다."

"정말인가요?"

미노리도 무심결에 말이 튀어나왔다.

"괜찮습니다, 미노리 씨."

쿠보타의 까만 얼굴에서 하얀 이가 빛났다.

"언론에서는 말이 많지만, 어쨌든 지금은 공전의 가상화폐 붐이니까요. 피해액은 확실히 엄청나지만 지금까지 모아둔 유보 자금도 있습니다. 피해자들께는 최대한 폐가 되지 않게 조치할 수 있을 겁니다."

"그 말을 들으니 저도 안심이 되는군요."

모리오카가 말하자 세 사람이 함께 웃었다. 무려 580억 엔이라는 피해를 입고도 전혀 침울함이 느껴지지 않았던 것은 이 회사가 그 정도로 돈을 많이 벌었기 때문이라고 납득했다. 미노리도 가슴을 쓸어내리며 테이블에 놓인 커피를 마셨다.

"그런데 쿠보타 부사장님, 혹시 미야조노 나오키라는 이름을 들어본 적이 있으십니까?"

"미야조노 나오키요? 아니요, 처음 듣는 이름인데요. 그 사람이 누군가요?"

쿠보타가 의아한 표정으로 물었다.

"그게 이번 일로 다시 한 번 귀사의 네트워크를 조사했습니다만, 방금 말씀드린 인물이 귀사 네트워크에 침입해 원격조작 바이러스를 감염시켰더군요."

그것은 미노리도 처음 듣는 이야기였다.

"정말입니까? 사건 이후에 보안을 충분히 강화했는데요."

"표적형 메일 공격을 사용했는지도 모릅니다. 거래처나 고객으로 위장해 메일을 보내면 진짜와 구분해내기가 어려우니까 말이죠. 그 메일은 제 판단으로 삭제했습니다만, 혹시 실수한 건 아니겠지요?"

"물론입니다."

쿠보타는 고개를 크게 끄덕였다.

"귀사는 지금 좋은 의미든 나쁜 의미든 많은 주목을 받고 있으니 크래커들의 좋은 표적이 됐는지도 모릅니다. 단지 자기 능력을 시험해보기 위해 잠입을 시도하는 사람도 있으니까 말이죠."

"참 성가시군요. 그런데 그 미야조노란 사람은 언제부터 저희 회사 네트워크에 잠입했던 겁니까?"

"글쎄요. 확실하진 않지만 그 인물이 이번 가상화폐 유출과 관련이 있을지도 모릅니다."

스마트폰을 떨어뜨렸을 뿐인데 : 붙잡힌 살인귀

B

남자는 집으로 돌아와 PC를 켜고 마츠다 미노리의 블로그를
확인했다.

미노리의 행동은 스마트폰에 심어둔 원격조작 바이러스로
상시 체크 중이지만, 최근에는 전원이 꺼져 있을 때가 많았다.
혹시 바이러스를 들킨 게 아닐까? 남자가 그런 걱정을 하는
동안 미노리의 블로그가 화면에 나타났다.

남자는 PC를 여러 대 갖고 있지만, 지금 쓰는 이 PC는 누
구에게도 보여줄 수 없었다. 이 PC로 위법적인 해킹을 여러
번 시도했기 때문이다. 남자에게는 비밀에 부쳐야 하는 것이
많았는데, 키리노와 미노리를 감시한다는 사실도 그중 하나
였다.

미노리의 블로그에는 최근에 읽기 시작한 미스터리 소설에
대한 감상이 올라와 있었다. 일반적인 독서 감상 블로그는 책
을 전부 읽고 난 뒤에 포스팅을 하는 반면 그녀는 특이하게도
그날 읽은 부분까지의 중간 감상을 적었다. 하루에 한 번씩은
꼭 갱신되는 이 블로그를 보다 보면 마치 그녀와 함께 소설을
읽는 것 같아 신선하긴 했다.

그런데 어째서 갑자기 이런 블로그를 시작했을까?

남자는 그것을 이상하게 여기고 있었다.

남자는 다음으로 카나가와현 지방경찰청 홈페이지로 넘어가 키리노의 블로그를 확인했다.

키리노의 '사이버 형사 일기'는 다크웹에서도 화제가 되고 있었다. 이 블로그를 담당하는 사이버범죄대책과 소속 키리노 료이치는 탄자와 연쇄살인마 우라이 미츠하루와 함께 일하며 탄자와에서 시체로 발견된 JK16의 살인 사건에도 관여하고 있다고 한다. 그리고 JK16 살해와 580억 엔 가상화폐 유출 사건의 흑막으로 지목된 M의 정체를 밝혀내기 직전이라는 소문도 돌았다.

〔탄자와 연쇄살인 사건에 관해 카나가와 지방경찰청이 드리는 부탁.〕

블로그에 이런 링크가 달려 있었다.

지금까지 이 블로그는 피싱 메일이나 랜섬웨어의 피해 사례와 함께 이를 어떻게 예방하는지에 대한 계몽적인 내용을 포스팅했다. 그런데 갑자기 개별 사건 이야기가 나오자 기묘하다는 생각이 들었다.

게다가 탄자와 연쇄살인 사건에 관한 이야기였다.

이제 와서 일반인에게 협력을 구할 일이 뭐가 있을까? 게다가 그것이 지방경찰청 홈페이지의 메인 페이지도 아닌 사이버 담당 형사의 블로그에 올라와 있다는 것도 이상했다.

남자는 그 텍스트 링크를 클릭했다.

〔탄자와에서 벌어진 연쇄살인 사건에 관한 정보를 보내주십시오. 범인은 인터넷에 정통하며, 3년 전에는 M이라는 이름을 사용했습니다. 아무리 사소한 정보라도 상관없습니다. 메일의 경우는 하기된 형식에 맞춰 보내주십시오. 많은 협조 부탁드립니다.〕

남자는 팔짱을 끼고 생각에 잠겼다.

고작 이런 정보를 모집하기 위해 링크까지 달아놨다고?

지방경찰청을 가장한 가짜 홈페이지로 유도된 걸까?

남자는 순간 그렇게 생각했지만, 해당 사이트가 확실히 카나가와 지방경찰청 홈페이지임을 확인하고 다시 깊은 고민에 빠졌다.

C

〔미노리, 오늘 어머니가 구급차에 실려 가셨나 봐. 걱정되니까 보러 가주지 않겠어? 병원은 지난번에 갔던 곳이래.〕

미노리의 핑크색 스마트폰으로 키리노의 문자가 왔다.

과연 이 문자는 진짜일까?

키리노는 자신을 사칭한 메시지를 조심하라고 계속해서 이야기했다. 그래서 문자를 읽으면서도 바로 믿을 수는 없었다.

"료 짱, 어머님이 구급차에 실려 가셨다는 문자가 왔어."

미노리는 곧장 검은색 스마트폰으로 키리노에게 연락했다.

〔그래. 갑자기 현기증이 나서 역 계단에서 넘어지셨대.〕

키리노의 걱정스러운 목소리가 들려왔다.

아무래도 키리노의 어머니가 구급차에 실려 간 것은 사실인 모양이었다. 미노리는 문자 내용을 의심한 것에 약간의 죄책감을 느꼈다.

"그렇구나. 걱정되겠다."

〔미노리, 부탁할게. 나는 여전히 수사가 바빠서 짬을 전혀 못 내겠어. 미안하지만 병원에 가서 어떠신지 보고 와주지 않겠어?〕

스마트폰을 떨어뜨렸을 뿐인데 : 붙잡힌 살인귀

키리노는 정말로 바쁜 것 같았다. 카페에서 만나 블로그를 개설해달라고 부탁한 뒤로 아직 한 번도 만나지 못했다.

"알았어. 오늘이라도 병문안 갈게."

〔고마워. 전화로는 크게 안 다쳤다고 하시지만, 어머니도 이제 나이가 있으시잖아. 아들에게 약한 모습을 안 보이려고 하시는 것 같아서 조금 걱정돼.〕

"지난번에 입원하셨을 때도 그러셨지."

미노리도 암이라는 단어는 피해서 이야기했다.

〔그래. 나한테 걱정 끼칠까 봐 그러시는 것 같아.〕

미노리는 이 모자의 특수한 관계를 점점 이해하게 됐다. 가족이라고는 둘뿐이라 서로를 깊이 생각하면서도 지나치게 배려하느라 부모 자식 간의 살가운 느낌이 부족했던 것이다. 넘치는 사랑을 받으며 평탄하게 자라온 미노리에게는 그런 두 사람의 관계가 답답해 보였다.

"알았어. 자연스럽게 살펴보고 올게. 그런데 료 짱, 내 블로그 말인데 계속 그런 식으로 포스팅해도 괜찮은 거야? 일부러 재미없게 쓰고 있긴 하거든."

키리노의 부탁으로 블로그를 개설한 지도 2주가 넘어가고 있었다.

〔아니야. 제법 재미있던데.〕

"그래?"

〔뭐, 적어도 참신하긴 해. 미노리, 수사에 협력해줘서 정말 고마워.〕

수사를 돕고 있다는 실감은 전혀 나지 않았지만, 사랑하는 키리노에게 그런 말을 듣자 미노리의 입가에 미소가 맺혔다.

"그러면 오늘도 열심히 포스팅해볼게."

〔고마워. 그런데 주변에서 뭔가 위험한 일은 없었어?〕

키리노가 보디가드를 붙여준 것 말고는 아무 변화도 없었다. 그래서 최근에는 약간 맥이 빠지는 기분이었다.

"아무 일도 없어. 지극히 평범한 일상을 보내고 있는걸. 왠지 미안해서 경호원도 꼭 필요할 때만 부르고 있어."

〔그렇게 하지 않아도 돼. 지난번에 협박 문자를 받은 건 사실이잖아. 그 뒤로 이상한 문자가 오진 않았어? 다른 사람을 사칭해서 말이야.〕

"음, 온라인 쇼핑이나 피싱 사기 같은 문자라면 매일 몇 통씩 오지."

〔그런 문자는 괜찮지만 부모님이나 가족, 친구인 척해서 M이 접촉해 올지도 모르니까 늘 명심해둬. 수상하다 싶으면 바로 전화해.〕

A

"칸사이 공항을 통해 시리아로 출국한 아흐마드 이브라힘, 사지다 알라위, 압둘아지즈 살림의 DNA가 JK16, 즉 진구지 사야코의 질에 남아 있던 정자 DNA와 일치했다. 바로 그 세 사람을 강간 살인 혐의로 인터폴에 수배했다."

사이토 본부장의 이야기와 함께 수사 회의가 시작됐다.

"주변 탐문 결과, 그 세 명과 살해당한 진구지 사야코 사이에 직접적인 접점은 아무것도 없었다. 세 사람은 인터넷을 통해 고용된 것으로 보인다. 우리는 그 세 명에게 진구지 사야코의 살해를 의뢰하고, 경찰에 범행 성명 메일을 보낸 인물을 계속 수사해야 한다."

실행범의 정체는 파악했지만 이미 해외로 도주하고 말았다. 결국 수사본부는 원점으로 돌아와 국내에서 M을 찾아야 했다.

"JK16을 살해한 것으로 보이는 세 이라크인 말입니다만, 그들이 입국한 건 반년 전이었습니다. 세 사람을 잘 아는 관계자에 따르면, 최근에는 주로 마약을 매매했답니다. IT 기술이 제법 뛰어나 주로 인터넷에서 물건 확보와 고객 유치를 한 것 같습니다."

고토가 수첩을 보며 보고했다.

"키리노, 그자들에게 접촉한 인물의 IP 주소는 아직 못 알아냈나?"

갑자기 사이토가 그런 질문을 꺼냈다.

"실행범의 PC와 스마트폰이 있다면 알아낼 수 있을지도 모릅니다. 하지만 거기서도 익명 통신을 이용했다면 어려울 겁니다."

"그런 일반인들도 토르의 익명 네트워크를 사용할 수 있다는 건가?"

"프로그램 자체는 위법이 아니라서 충분히 가능합니다. 요령만 알면 일반인들도 충분히 사용할 수 있죠. 하지만 그 세 이라크인은 단순한 외국인 범죄자로 생각하지 않는 게 좋을 것 같습니다."

"그게 무슨 뜻인가?"

"이슬람권 국가의 테러리스트들도 토르로 연락을 주고받습니다. 중남미나 러시아 마피아를 비롯한 국제적인 범죄 조직 중에서도 토르를 사용하는 자들이 셀 수 없이 많습니다. 오히려 그 세 명은 일본에 오기 전부터 토르 사용법을 숙지했다고 봐야 할 겁니다."

회의실이 술렁거렸다.

"그 이라크인들을 고용해 JK16을 살해한 건 정말 M일까 요? 모방범일 가능성도 있지 않습니까?"

고토가 그렇게 물었다.

"언론에 발표하기 전에 범행 성명을 보낸 걸 보면 M을 자칭 하는 인물이 JK16 살해에 밀접하게 관련된 것만은 분명하네. 게다가 비트머니사에서 유출된 가상화폐 580억 엔에 JK16이 엮여 있기 때문에 경시청에서도 M에 상당한 관심을 보이고 있지. 경시청은 가상화폐 580억 엔을 유출시킨 사람이 바로 M 이라고 여기는 듯해."

키리노도 그렇게 생각하는 게 타당하다고 생각했다.

"경시청은 M에 대해 얼마나 파악하고 있습니까?"

키리노가 오른손을 들며 질문했다.

"나도 집요하게 물어봤지만 시원하게 대답해주지 않더군. 어쩌면 경시청은 아무것도 모를 수도 있네. 앞으로 진구지 사 야코 건은 경시청과 합동으로 수사하게 될지도 모르니까 그런 정보는 곧 알게 되겠지."

사이토 본부장은 그렇게 말했지만, 카나가와현에서 발생한 연쇄살인과 도쿄에서 발생한 가상화폐 유출 사건은 근본적인 성격이 달랐다. 키리노는 제대로 연계가 가능할지 의심스러 웠다.

제4장

"경시청은 토르의 최종 노드라도 확보한 걸까요?"

키리노는 그것이 신경 쓰였다.

"최종 노드? 그게 뭔가?"

"최종 노드란 범인의 PC에 연결된 마지막 서버를 의미합니다. 토르에서는 전 세계의 다양한 서버를 경유해 발신지를 숨깁니다. 하지만 범인의 PC에 마지막으로 연결됐던 서버만 찾아낸다면 토르도 더 이상 안전하지 않습니다. 범인을 특정해 낼 수 있죠."

토르는 네트워크를 유지하기 위해 다수의 서버를 필요로 했다. 그래서 전 세계 협력자들이 자발적으로 제공해준 서버로 네트워크를 이루고 있었다. 그중에는 FBI나 각국 첩보 기관이 미끼로 제공한 서버도 있었고, 우연히 해당 서버가 토르의 최종 노드가 되는 경우도 있었다. 그렇게 되면 결정적인 비밀이 전부 탄로 나는 것이었다.

"그런 이야기는 듣지 못했네. 오히려 100명을 동원해 추적했지만 IP 주소 하나도 찾아내지 못했다던데."

경시청의 사이버 작전 팀은 카나가와현 지방경찰청보다 몇 배나 규모가 컸다. 그 정도 조직으로도 M을 잡아내지 못하는 모양이었다.

"사이토 본부장님, 탄자와 산중에서 발견된 마지막 남자의 신원은 아직도 밝혀지지 않았습니까?"

부스지마가 갑작스레 물었다.

"여전히 오리무중이네. 그보다 부스지마, 카나가와현 서부의 중학교 컴퓨터부에서 뭔가 알아낸 사실은 없나?"

"현재로서는 수확이 없습니다. 하지만 며칠 내로 행방이 묘연한 컴퓨터 천재의 지인과 만날 예정입니다."

"컴퓨터 천재의 지인? 정말 그런 수사로 M을 찾을 수 있겠나?"

회의실에 있는 사람들의 시선이 구겨진 신사복을 입은 중년 형사에게 집중됐다.

"컴퓨터부의 인맥은 독특하게 연결돼 있습니다. 전혀 쓸모없는 작업도 아닌 것 같으니 조금만 더 하게 해주십시오."

C

"미노리 양, 굳이 병문안까지 와주지 않아도 됐는데."

키리노의 어머니는 그렇게 말하며 웃었지만, 다리에 잔뜩 감긴 붕대가 안쓰러웠다. 일전에 검사 때문에 입원했을 때보다도 훨씬 지쳐 보였다.

"역 계단에서 넘어지셨다면서요."

미노리는 선물로 들고 간 과일 바구니를 탁자에 내려놓고, 어머니의 왼쪽 다리에 감긴 붕대를 유심히 살폈다.

"그래. 갑자기 어지럽다 싶더니 발을 헛디뎠지 뭐니. 마침 근처에 파출소가 있어서 순경이 구급차를 불러줬어."

"하지만 다리뼈가 골절됐다면서요."

"살짝 그런 거야."

다리에 감긴 붕대를 보면 살짝 골절된 것 같지는 않았다.

"한동안 입원해 계시는 거예요?"

"분명한 건 아직 몰라. 하지만 간단한 수술을 해야 한대. 그게 싫구나."

"어, 수술까지요?"

"그래. 이 나이가 되면 살짝만 삐끗해도 바로 뼈가 부러진다니까."

키리노의 어머니가 힘없이 웃어 보였다.

미노리는 골다공증이라는 단어를 떠올렸다. 미노리의 숙모도 그 병에 걸려서 몇 번이나 골절을 당하곤 했다.

"수술 이야기는 료이치에게 비밀로 해줘. 걱정 끼치고 싶지 않거든.”

“네….”

아무리 그래도 친어머니의 수술을 알리지 않을 수는 없었다. 어째서 이들 모자는 그렇게나 서로를 배려하는 걸까?

“그래도 한동안 힘드시겠어요.”

“그렇겠지. 료이치도 중요한 사건의 수사본부에 배속됐잖니. 미노리 양도 못 만나는 거 아냐?”

“네, 뭐….”

마지막으로 키리노와 만난 게 언제였더라?

“난 형사의 아내로 살았으니까 이해할 수 있지만, 미노리 양처럼 젊은 사람은 힘들지도 모르겠네.”

키리노가 수사본부에 배속된 뒤로 만날 기회가 점점 줄어들고 있었다. 미노리도 그게 불만스러웠지만, 키리노가 하는 일을 생각하면 불평할 수도 없었다.

“저는 괜찮아요. 하지만 어머니도 몸이 이래서 움직이기 불편하시겠어요.”

“그렇지. 하지만 뭐 어떻게든 될 거야.”

키리노의 어머니가 쓸쓸하게 말했다.

“어머님, 제게 맡겨주세요. 료이치 씨도 바쁘니까 제가 대신해서 어머님을 간병할게요.”

제4장　　　　　　　　　　　　　　　　　　　　　　223

A

"키리노 씨, 이자가 미야조노입니다."

우라이가 보여준 PC 모니터에는 졸린 눈을 한 남자가 찍혀 있었다. 우라이가 심어둔 원격조작 바이러스 덕분에 드디어 M으로 보이는 남자의 얼굴 사진을 입수한 것이다. 용의주도 하던 이 남자도 결국 우라이의 교활한 함정에 걸려든 셈이다.

"40대 초반 같군. M은 더 젊을 거라 생각했는데."

"글쎄요. 이 사건 전체의 흑막이라면 젊을 거란 선입견을 버리는 편이 좋지 않을까요?"

키리노는 우라이의 말에 선입견을 자주 갖는 자신의 수사 태도를 반성했다.

"확실히 그럴지도 모르겠군."

"무엇보다 M은 어나니머스처럼 크래커들의 비밀결사라는 소문도 있으니까요. 이 인물은 인터넷에서 정보를 수집하는 말단일 가능성도 있어요. 어쨌든 이 남자가 키리노 씨와 미노리 씨의 블로그를 집요하게 감시한 것만은 틀림없죠."

키리노는 졸린 눈의 남자를 응시했다. 이 남자의 특징적인 눈은 한번 보면 잊지 못할 것 같다. 혹시 어디에선가 마주친

적이 있지는 않을까?

"주소나 이름이 가짜라도 사진만 있으면 이자를 붙잡을 수 있겠죠. 이 사진을 공개하면 모든 게 해결되는 것 아닌가요?"

키리노는 팔짱을 끼며 생각했다.

"그게 그렇게 간단하지가 않아."

우라이가 의외라는 얼굴로 키리노를 바라봤다.

"어째서죠?"

"위법적으로 입수한 증거를 재판에서 활용할 수 없는 것처럼, 이 인물의 사진을 언론에 공표해 범인의 정보를 알아낼 수는 없어."

"경찰은 참 귀찮은 곳이군요. 그런 걸 신경 쓰면 해킹을 어떻게 하겠어요?"

"맞아. 사이버 범죄를 수사하다 보면 항상 그 부분이 답답하지. 경찰은 법률에 얽매여야 하는 입장이니까 사이버 범죄는 오히려 민간에서 수사하는 편이 나을지도 모르겠군."

우라이도 말없이 고개를 끄덕였다. 일본 경찰이 사이버 범죄를 저지른 범인에게 항상 끌려다니는 데는 그런 이유도 있었다.

"하지만 M에게 한 발 다가선 건 틀림없는 사실이야. 우라이, 그 사진을 출력하고, 내 스마트폰으로도 보내줘."

"알겠습니다."

이 졸린 눈의 남자를 어떻게 뒤쫓아야 할까?

IP 주소로 이 남자가 출몰할 만한 장소를 어느 정도 특정해 낼 수는 있다. 그리고 주변의 방범 카메라를 철저히 확인해 이 남자를 발견해내면 나머지는 인해전술로 밀어붙일 수 있었다. 많은 수사관을 역이나 인파가 많은 곳에 심어두고 직접 이 인물을 찾아내 불심검문하면 된다.

프린터에서 인쇄돼 나오는 남자의 사진을 보며 키리노는 그런 생각을 하고 있었다.

그때 키리노의 스마트폰이 울렸다.

액정 화면을 보니 생활안전부 사쿠라이 부장의 전화였다.

〔키리노, 큰일이네. 지금 당장 지방경찰청 홈페이지에 들어가볼 수 있겠나?〕

"네, 볼 수 있습니다."

키리노는 눈앞에 놓인 자신의 PC를 돌아봤다.

〔당장 들어가보게. 지방경찰청 홈페이지가 해킹당했어.〕

"뭐라고요?"

〔그리고 거기에 우리의 가족들을 살해하겠다는 예고가 올라와 있네.〕

제5장

A

〔카나가와현 지방경찰청의 간부와 모든 사이버 담당자에게 경고한다. 지금부터 사흘 안에 너희의 소중한 가족과 애인을 살해하겠다. M.〕

키리노가 급히 지방경찰청 홈페이지를 열어보니 그런 내용이 있었다. 페이지는 완전히 고정돼 위아래로 스크롤해도 움직이지 않았다.

"이게 뭡니까?"

〔모르겠네. 홈페이지가 해킹당했다는 시민의 신고가 있었어. 지금 경찰서 전체가 난리야.〕

M이 경찰에 정면으로 도전장을 던진 걸까?

"경찰 간부와 사이버 담당자 본인에 대한 살해 예고는 아닌 거군요?"

〔그래. 가족과 애인이라면 도저히 막아낼 방법이 없지.〕

키리노는 M이 비겁한 인간이라고 생각했다. 하지만 어리석진 않다. 이 범인은 사람이 뭘 가장 두려워하는지 꿰뚫고 있다.

"정말로 M이 한 짓일까요?"

〔그것도 알 수 없네. 하지만 자네 애인이 신경 쓰여서 바로 전화한 걸세.〕

미노리의 얼굴이 뇌리를 스쳤다. 이 범인이 M을 자칭한 이상 지금 가장 위험한 사람은 미노리였다.

"하지만 모든 사이버 담당자라고 했으니 사쿠라이 부장님의 가족들도 대상에 포함됩니다."

〔그래. 나도 걱정돼서 방금 집에 전화한 참이네.〕

지방경찰청 간부와 사이버 담당자 가족에게 경비를 붙이는 것도 검토했지만 대상자가 너무 많아 현실적으로 불가능하다는 결론이 났다고 한다. 결국 지금으로서는 할 수 있는 일이 각자의 가족이나 애인에게 전화해 조심하라고 당부하는 것밖에 없었다. 미노리는 그나마 경호원이 붙어 있었기에 안전한 편인지도 몰랐다.

"부장님, 즉시 이 홈페이지를 폐쇄해주십시오."

〔그렇게 하고 싶지만 현재 관련 지식을 가진 사람이 아무도 없네. 키리노, 빨리 이쪽으로 와줄 수 없겠나?〕

키리노는 부장의 전화를 끊고 즉시 엘리베이터로 달려갔다. 그리고 엘리베이터를 기다리면서 미노리가 가진 두 번째 스마트폰에 전화를 걸었다.

한 번, 두 번… 열 번까지 신호음이 울리고 음성 사서함으로 넘어갔다. 키리노는 삐 소리가 들리자마자 단숨에 말을 쏟아 냈다.

"카나가와현 지방경찰청 홈페이지가 해킹당하고, 사이버 담당자의 가족과 애인을 살해하겠다는 예고가 올라왔어. 범인은 자신이 M이라고 밝혔으니까 미노리, 아무쪼록 조심해줘. 특히 나를 포함한 다른 사람을 사칭한 문자에 절대 속지 마."

엘리베이터에 타려는 순간, 키리노의 등 뒤에서 목소리가 들렸다.

"키리노 씨, 이 해킹된 홈페이지에서 멀웨어가 배포되고 있는데요."

"뭐라고?"

홈페이지를 해킹하고 그곳을 통해 악질 바이러스를 감염시키는 것은 크래커들의 전형적인 수법이었다.

"무슨 멀웨어지?"

홈페이지를 해킹당한 것만으로도 지방경찰청의 얼굴에 먹칠을 당한 것이나 마찬가지였다. 그런데 홈페이지를 열람한

PC와 스마트폰에 멀웨어를 감염시켰다는 사실을 알게 되자 키리노는 범인의 교활함에 혀를 내둘렀다.

"지금 조사하는 중입니다."

그때 키리노의 스마트폰이 울렸다. 액정 화면을 보자 미노리의 이름이 표시됐다. 키리노는 엘리베이터를 타지 않고 통화 버튼을 눌렀다.

〔료 짱, 나야.〕

키리노는 미노리의 목소리를 듣고 일단 가슴을 쓸어내렸다.

"지방경찰청 홈페이지에 살해 예고가 떴어."

키리노는 회의실의 우라이를 살피며 작은 목소리로 말했다.

〔방금 이 스마트폰으로 봤어.〕

"그렇게 됐으니까 최대한 조심해."

〔알았어. 료 짱도 조심해.〕

"고마워. 그리고 M으로 보이는 남자의 얼굴을 알아냈으니까 바로 보내줄게."

키리노의 스마트폰으로 졸린 눈의 남자 사진이 전송돼 있었다.

"아직 그 남자가 정말 M인지는 알 수 없지만 어쨌든 보면 조심해."

〔응, 알았어.〕

키리노는 전화를 끊고 재빨리 남자의 사진을 미노리에게 보냈다. 다음으로 온 엘리베이터를 타려는 순간, 등 뒤에서 또 우라이의 목소리가 들렸다.

"키리노 씨, 배포된 멀웨어의 종류를 알아냈습니다."

키리노는 무심결에 뒤돌아봤다.

"시한폭탄형 랜섬웨어네요."

키리노가 생활안전부에 도착해서 보니 그곳은 대혼란에 빠져 있었다.

PC 대부분이 랜섬웨어에 장악당해 모니터에 똑같은 화면만 표시되고 있었다. 그 PC들은 살인 예고가 표시되고 3분 정도 지나자 갑자기 랜섬웨어 화면으로 전환되면서 먹통이 됐다고 한다. 키리노가 사쿠라이 부장의 말을 듣고 홈페이지를 열람한 것처럼 소식이 알려질수록 더욱 피해가 커진다는 점에서 일반적인 랜섬웨어보다 훨씬 악질적이었다.

〔이걸 풀고 싶다면 5만 엔을 지불하십시오. 그러지 않으면 사흘 안에 모든 데이터를 삭제하겠습니다. M.〕

지불 방법으로 가상화폐 거래소가 링크돼 있었다.

랜섬웨어는 메일을 통해 감염되는 종류와 홈페이지에서 감염되는 종류로 나뉜다. 메일을 통한 감염은 첨부 파일만 열지 않으면 괜찮지만, 이번처럼 홈페이지를 해킹당하면 열람하는 것만으로도 감염된다.

"최근의 랜섬웨어는 돈을 지불하면 데이터를 회복시켜주는 경우가 많다고 합니다. 이번에는 차라리 몸값을 지불하는 게 낫지 않을까요?"

"바보 같은 소리 말게. 경찰이 범인에게 돈을 갖다주는 경우가 어디 있나?"

젊은 직원의 제안에 사쿠라이가 불같이 화냈다.

"하지만 이런 상태로는 일을 못 합니다. 데이터가 사라지면 다른 사건의 범인들도 체포하지 못하게 돼요."

그 의견에도 일리가 있었기에 사쿠라이는 떨떠름한 표정으로 크게 신음했다.

"어쨌든 전 직원에게 홈페이지를 보지 말라고 전달해. 더 이상 감염되면 모든 게 끝나. 한시라도 빨리 서버를 꺼. 이대로 가면 이걸 본 일반 시민들까지 랜섬웨어에 감염될 거다."

"하지만 서버를 끄고 싶어도 여기 있는 PC는 전부 먹통이 됐습니다."

랜섬웨어는 PC에 있는 파일만 노리고 암호화하는 종류와 PC 자체를 먹통으로 만들어버리는 종류가 있었다. 이 랜섬웨어는 PC 자체를 먹통으로 만드는 종류였기에 부서에 있던 모든 PC가 같은 협박문만 표시된 상태로 멈춰 있었다.

"누구 해결할 수 있는 사람 없나? 키리노는 언제 오지?"

사쿠라이는 혼란에 빠진 나머지 키리노가 바로 뒤에 있다는 것도 모르고 있었다.

"괜찮습니다. 지하 서버룸에서 서버 자체를 차단했습니다. 이제 지방경찰청 홈페이지에 접속하더라도 살인 예고 페이지가 열리진 않을 테니까 랜섬웨어를 걱정할 필요도 없습니다."

키리노의 말에 사무실의 모든 시선이 집중됐다.

지방경찰청사에서는 모든 서버를 지하 3층에서 집중 관리하고 있었다. 키리노는 이곳 생활안전부에 오기 전에 서버룸으로 직행해 지방경찰청 홈페이지 서버를 수동으로 껐다.

홈페이지를 관리하는 생활안전부 직원들 중에서도 서버 보관 장소를 아는 사람은 드물었다. 하물며 그 방 열쇠가 어디 있고, 홈페이지 서버가 어느 것인지 아는 사람은 거의 없었다. 왜냐하면 그렇게 해야만 서버의 안전이 확보되기 때문이다. 서버는 사람이 없는 장소에 설치되는 경우가 많았다. 따라서 악의를 가진 누군가가 그곳에 숨어들어 직접 서버에서 데이터를 훔치거나 멋대로 조작하면 막을 방법이 없다.

"시게무라 본부장님의 스마트폰이 연결되지 않습니다."

"마키타 경무부장님도 안 됩니다."

스마트폰으로 지방경찰청 홈페이지를 열람한 직원들은 당

연히 랜섬웨어에 당하고 말았다. 지방경찰청의 일인자인 시게무라와 이인자인 마키타도 자신들의 스마트폰으로 해킹된 홈페이지를 확인한 모양이었다.

"다른 부서에도 연락해서 피해 상황을 보고하도록 해. 키리노, 랜섬웨어는 종류에 따라서 원래대로 복구할 수도 있겠지? 이 랜섬웨어는 어떤가?"

"조사해보기 전까지는 모릅니다. 멀쩡한 PC는 하나도 없는 겁니까?"

키리노가 말하자 젊은 직원이 PC를 찾기 위해 사무실을 뛰쳐나갔다.

"키리노, 홈페이지의 살해 예고는 단지 이 랜섬웨어를 확산시키기 위한 함정이었던 걸까?"

자신의 가족이 표적에 포함된 사쿠라이의 안색이 창백했다. 사쿠라이에게는 네 살과 한 살, 이렇게 두 아이가 있었다.

"그러길 바라야겠죠. 랜섬웨어도 큰일이지만 결국은 돈 문제입니다. 하지만 가족이나 소중한 사람들의 목숨은 되돌릴 수 없으니까요."

"분명 그 살인 예고에는 사흘 이내에 죽인다고 적혀 있었지?"

사쿠라이는 걱정스러운 얼굴로 말했다.

"그렇습니다. 그리고 이 랜섬웨어의 지불 기한도 사흘이었죠."

〔…사흘 안에 모든 데이터를 삭제하겠습니다. M.〕

두 사람은 랜섬웨어에 잠식된 PC 화면을 바라봤다.

"단순한 우연일까?"

홈페이지 해킹과 랜섬웨어 공격이 정말 M의 짓이라면 그 목적이 뭘까? 랜섬웨어가 일으킨 대혼란 속에서 경찰 간부와 사이버 관계자의 가족들을 살해하는 것? 만약 그것이 M의 진짜 목적이라면 경찰 관계자 대부분은 소중한 사람들을 속수무책으로 잃을 수밖에 없었다.

생활안전부뿐 아니라 형사부와 경비부 등 지방경찰청의 다른 부서에도 랜섬웨어 피해가 확산되고 있었다. 이 랜섬웨어가 복원 불가능한 타입이고, 경찰이 몸값 지불을 거부한다면 경찰 수사력은 괴멸적인 타격을 입는다. 그리고 중요한 데이터가 삭제되면 다른 사건에도 얼마나 큰 여파가 미칠지 알 수 없었다. M의 목적은 이곳 카나가와현 지방경찰청 전체를 인질로 잡는 것일까?

"키리노 씨, 감염되지 않은 PC가 한 대 있었습니다."

키리노는 젊은 직원이 가져온 노트북 PC를 켜자마자 'No More Ransom'이라는 홈페이지에 들어갔다. 네덜란드 경찰,

유로폴, 그리고 해외의 대형 IT보안 회사가 연계해 만든 랜섬웨어 박멸 사이트였다. 이곳을 이용하면 감염된 랜섬웨어가 어떤 종류고, 그에 맞는 복원 프로그램이 있는지 알 수 있었다.

"키리노 씨, 경시청의 사이버 담당자 전화입니다."

젊은 직원이 수화기를 손에 들고 외쳤다.

"지금 손을 뗄 수 없어. 용건이 뭔지 물어봐줘."

키리노는 양손을 바쁘게 움직였다. 'No More Ransom'에서 복원 프로그램을 발견하면 전부 해결할 수 있다. 하지만 이건 아마도 전혀 다른 랜섬웨어일 것이라는 추측이 들었다. M 정도 되는 크래커가 기존 랜섬웨어를 사용할 리 없었다.

"키리노 씨, 경시청 홈페이지도 해킹돼 M의 살해 예고와 함께 랜섬웨어에 감염됐답니다. 그걸 복원할 수 있는 프로그램이 우리 지방경찰청에 있는지 묻고 있습니다."

키리노가 전화를 들고 외치는 젊은 직원을 돌아보자 옆에서 전화를 받던 다른 직원이 급하게 소리쳤다.

"키리노 씨, 오사카 지방경찰청에서 랜섬웨어에 관해 문의해왔습니다."

C

〔카나가와현 지방경찰청의 간부와 모든 사이버 담당자에게 경고한다. 지금부터 사흘 안에 너희의 소중한 가족과 애인을 살해하겠다. M.〕

미노리는 회사로 향하는 케이힌 급행선에서 그 메시지를 봤다.

키리노에게 어머니의 상태를 어떻게 전해야 할지 고민하고 있을 때 키리노의 전화가 걸려왔다. 무심결에 받을 뻔했지만 주저하는 사이 음성 사서함으로 넘어가고 말았다. 즉시 키리노의 음성 메시지를 듣고 카나가와현 지방경찰청 홈페이지를 보자 그가 말한 살해 예고가 올라와 있었다.

〔키리노, 손을 떼라. 그러지 않으면 미노리를 산에 파묻어 주마. M.〕

예전에 M이 보낸 협박 문자를 떠올리자 등줄기가 오싹했다.

한동안 아무 일도 없어 안심하고 있었는데, 이 홈페이지의 문장은 마치 자신을 겨냥한 것만 같았다.

요코하마 역에서 네기시 선으로 갈아탈 때 바로 키리노에게 전화를 걸었다.

〔지방경찰청 홈페이지에 살해 예고가 떴어.〕

"방금 이 스마트폰으로 봤어."

〔그렇게 됐으니까 최대한 조심해.〕

미노리는 키리노와 통화를 끝낸 뒤 JR 요코하마 역 계단을 올랐다.

그리고 네기시 선 하행 승강장에 서서 전철을 기다리는데 문득 뒤에서 누가 밀지 않을까 하는 공포심이 들었다. 미노리는 무심결에 주위를 두리번거리며 선로에서 멀찍이 물러났다.

커다란 위험이 자신에게 밀려오고 있는 듯한 기분이 들었다. 하지만 한편으로는 그녀 가까이에서 젊은 경호 형사가 진지한 표정으로 주위를 감시해주고 있었다. 냉정히 생각해보면 이렇게 사람 많은 곳에서 대낮에 누군가를 공격할 리 없었다.

이윽고 승강장에 하늘색 네기시 선 열차가 들어왔다. 문이 열리자 많은 승객들이 내렸고, 그만큼 많은 승객들이 탔다. 미노리도 젊은 형사와 함께 올라타, 마침 눈앞에 보이는 빈자리에 앉았다.

스마트폰에는 어느새 키리노로부터 새로운 문자가 와 있었다.

〔이 남자가 M일지도 몰라.〕

메시지에 파일이 첨부돼 있었다. 바로 열어보니 졸린 눈의 남자 사진이었다. 노안인지, 실제 나이를 짐작하기 어려웠다.

미노리는 이 얼굴을 본 기억이 없었다.

"키리노 씨가 M으로 보이는 사람의 사진을 보내줬는데요."

앞에 서 있는 젊은 형사에게 스마트폰을 보여줬다.

"어디선가 본 것 같네요."

"어, 정말요?"

역시 프로였다. 미노리는 전혀 기억나지 않았지만 형사인 그는 어딘가에서 이 남자를 목격했다고 한다.

자신도 어디선가 졸린 눈의 남자를 봤을까?

미노리는 기억을 되짚어봤다.

하지만 역시 짐작이 가지 않았다.

다시 한 번 사진을 확인하려고 스마트폰을 보는데 어느새 방금 전과는 전혀 다른 화면이 표시돼 있었다.

〔이걸 풀고 싶다면 5만 엔을 지불하십시오. 그러지 않으면 사흘 안에 모든 데이터를 삭제하겠습니다. M.〕

대체 뭐지?

순간적으로 혼란에 빠졌다.

화면의 어디를 터치해도 그 표시는 미동조차 하지 않았다.

미노리도 명색이 IT보안 회사의 직원이었기에 자신의 스마트폰이 랜섬웨어에 걸렸다는 것을 알아차렸다. 스마트폰에 회사 제품이기도 한 최신형 백신 프로그램이 깔려 있었는데, 그것을 뚫어낼 정도의 신종 랜섬웨어인 모양이었다.

미노리는 일단 전원을 껐다가 다시 켜봤다.

언제 이 랜섬웨어에 감염됐지? 방금 남자 사진을 열어본 게 잘못이었을까? 아니면 그 살인 예고 홈페이지가 문제였을까?

스마트폰이 재부팅되기를 기다리며 그런 생각을 하는 사이, 열차는 어느새 사쿠라기초 역에 도착해 승객들이 내리기 시작했다. 그때 보디가드 형사가 미노리의 귓가에 속삭였다.

"미노리 씨, 좌석 두 개 너머 왼쪽 문을 봐주세요."

시키는 대로 그곳으로 시선을 돌린 미노리는 엄청난 공포에 전율했다.

방금 스마트폰으로 본 졸린 눈의 남자가 그 문 앞에 서 있던 것이다.

"그렇게 빤히 보면 안 됩니다."

보디가드 형사의 말에 미노리는 고개를 휙 돌렸지만 순간적으로 남자와 눈이 마주치고 말았다.

"방금 사진으로 본 남자 맞죠?"

미노리는 몸을 떨며 고개만 끄덕였다.

발차를 알리는 안내 방송이 들렸다. 졸린 눈의 남자가 이쪽의 변화를 감지했는지 도망치듯 열차에서 내렸다.

"저는 저 남자를 쫓을 테니 미노리 씨는 이대로 회사로 가세요. 무슨 일이 생기면 바로 전화 주시고요."

젊은 형사는 그 말만 남기고 문이 닫히기 직전에 열차에서 뛰쳐나가 사쿠라기초 역 승강장을 달려갔다. 그와 동시에 문이 닫히고 미노리를 태운 전철이 움직이기 시작했다.

M으로 보이는 남자가 가까이에서 출몰했다.

이미 위험이 코앞까지 닥쳐 있었던 것이다.

어쨌든 키리노에게 연락해야 한다.

미노리는 그렇게 생각하며 스마트폰을 바라봤지만 재부팅을 해도 여전히 랜섬웨어에 감염된 채였다. 그렇다면 다른 스마트폰을 사용해야겠다고 생각하며 핑크색 스마트폰으로 키리노에게 메시지를 보냈다.

〔그 졸린 눈의 남자를 발견했어. 지금 보디가드 형사가 뒤쫓고 있어.〕

메시지를 보내기 직전, 미노리는 키리노에게 아직 어머니의 상태를 알리지 않았다는 것을 떠올렸다.

〔어머니는 골절 때문에 간단한 수술을 받으셔야 한대. 내가 간병해드리기로 했지만, 시간이 나면 요코하마 미나토미라이 병원에 가봐.〕

이렇게 메시지를 덧붙여 보내고 나니 과연 키리노가 볼 수 있을까 불안해졌다. 만약 키리노의 스마트폰도 랜섬웨어에 장악당했다면 당연히 볼 수 있을 리 없었다.

B

남자는 미노리를 미행하고 있었다.

가상화폐 유출 소동으로 예정이 완전히 어긋났지만, 미노리와 키리노를 잊은 것은 아니었다. 하지만 한동안 방치해뒀기에 다시 미노리의 행동을 확인하려 미행했더니 어느새 그녀 옆에 경호원 같은 젊은 남자가 붙어 있었다.

의아해하면서도 미노리를 쫓아 요코하마 역에서 같은 네기시 선 열차에 올라탔다. 들키지 않도록 신중하게 행동했다고 생각했는데 사쿠라기초 역에 이르렀을 때 갑자기 미노리가 자신을 응시했다.

들켰다.

남자는 순간적으로 알아챘다.

남자는 전철이 사쿠라기초에 도착하자마자 바로 내려서 개

찰구로 뛰어갔다. 뒤돌아보자 경호원으로 보이는 젊은 남자
가 자신을 쫓아 내리고 있었다. 발차를 알리는 신호가 울리면
서 열차 문이 닫혔고, 하늘색 네기시 선 열차는 천천히 전진하
기 시작했다.

사쿠라기초 역은 승강장이 2층에 있고, 개찰구와 출구는 모
두 1층이었다.

계단을 내려가는 도중에 다시 한 번 뒤돌아보자 젊은 남자
가 상당히 가까이 다가와 있었다. 남자는 계단을 전속력으로
뛰어내려 가려 했지만 사람이 너무 많아 좀처럼 앞으로 나아
가지 못했다.

하지만 다급해할 필요는 없다.

어쨌든 지금은 뒤에서 쫓아오는 남자만 따돌리면 된다. 자
신의 정체가 들키지는 않았을 것이다. 반면 마츠다 미노리와
그 연인 키리노 료이치의 개인 정보는 이미 완벽히 손에 쥐고
있었다.

계단을 달려 내려가다가 다시 한 번 뒤돌아보자 젊은 남자
는 이미 계단을 반쯤 내려온 상태였다. 남자는 재빨리 개찰구
를 통과해 넓은 도로 옆으로 나왔다. 그때 택시 한 대가 미끄
러져 들어왔다.

손을 들자 택시가 멈추고 문이 열렸다. 남자는 바로 올라

탔다.

"기사님, 일단 가주세요."

"네?"

그때 젊은 남자가 개찰구에서 나오는 것이 보였다.

"빨리, 가주세요."

운전기사가 어이없다는 듯이 남자를 바라봤다.

"빨리! 저 앞으로 가라고!"

남자는 자신도 모르게 크게 소리쳤다.

"손님, 아무리 그래도 빨간불에 어떻게 가요?"

운전기사는 기분이 상했는지 퉁명스럽게 말했다. 분명 눈 앞의 신호는 빨강이었다. 하지만 그러는 동안에도 젊은 남자가 이쪽을 향해 똑바로 달려오고 있었다.

택시에서 내려 달려서 도망쳐야 할까?

남자가 그렇게 생각한 순간, 신호가 파랑으로 바뀌었다.

A

키리노는 'No More Ransom'에서 지방경찰청을 공격한 랜섬웨어를 조사했지만, 역시 이에 대한 복원 프로그램은 없었다. 경시청과 오사카 지방경찰청을 공격한 랜섬웨어도 동일한 종류였고, 그 밖에도 치바, 사이타마, 홋카이도 같은 지방경찰청 홈페이지에서도 같은 사건이 벌어졌다.

"당연히 이 PC도 먹통이 돼버린 건가."

키리노는 몸값 요구 화면에서 멈춰버린 자신의 PC를 응시했다. 이 안에는 다른 사건의 수사 데이터와 업무 관련 문서들이 엄청나게 많이 들어 있었다. 어느 정도는 백업해뒀지만 없어지면 곤란한 중요한 데이터도 적지 않았다.

"이번만은 M 쪽이 한 수 위였네요. 해킹당한 홈페이지를 급하게 열어볼 때 설마 랜섬웨어가 심겨 있을 거라고는 생각하지 못할 테니까요."

"완전히 당했어."

"뭐, 그렇게 낙담하실 것 없습니다. 경찰 홈페이지였잖아요. 그것도 직속 상사가 그렇게 이야기하는데 누가 홈페이지를 안 보겠어요?"

우라이가 위로하듯 말했다.

키리노조차 이런 상황이었다. 일반 경찰 직원은 물론이고 평범한 시민이 이 랜섬웨어의 함정을 간파할 수 있을 리 없었다. 이미 인터넷 뉴스에 이 사건이 대대적으로 보도됐고, 랜섬웨어에 걸린 시민들의 항의 전화 때문에 본청 건물은 더욱 큰 혼란에 빠졌다. 게다가 이것은 카나가와현만의 문제가 아니었다. 전국 각지의 지방경찰청도 마찬가지 상황일 것이다.

"그래서 어떻게 되는 건가요? 경찰은 이 랜섬웨어에 돈을 지불하기로 했습니까?"

우라이가 PC를 바라보며 말했다.

"지금 그에 관한 논의를 쉬지 않고 하고 있다는군."

경찰청에서 회의가 소집됐지만 아직 결론이 나지 않았다.

"카나가와현 지방경찰청의 판단은요?"

"부서에 따라 다들 제각각이야. 게다가 최고 책임자인 본부장님의 스마트폰이 먹통이라 좀처럼 연락이 안 되고 있어."

상부는 몸값을 지불할 수 없다는 입장일 테지만, 일선 수사관들은 다른 도리가 없었다. 자비를 들여서라도 몸값을 지불하고 싶은 심정일 것이다.

"지금 경시청에서 몇몇 민간 보안 업체들에 이 랜섬웨어의 복원 프로그램이 없는지 문의하고 있다지만 기대하긴 어렵겠지.”

“그럴 테죠. 랜섬웨어는 마음대로 자물쇠를 채울 수 있으니까요. 그 자물쇠를 푸는 법은 범인만 알고요.”

“이게 다 M의 짓이라면 M은 대체 뭘 노리는 거지?”

우라이는 큰 동작으로 팔짱을 꼈다.

“M이 이런 랜섬웨어로 푼돈을 벌려고 할 것 같진 않군요.”

“그렇겠지. 역시 어떤 양동작전인가?”

“그럴지도 모르죠. 경찰은 자신들의 홈페이지가 해킹당하고, 거기서 PC와 스마트폰이 랜섬웨어에 감염되는 사태에 직면했어요. 자신들이 피해자가 된 데다 일반 시민들까지 휘말리게 한 전대미문의 실수를 저지른 거죠.”

“경찰에게 앙갚음하려는 건가?”

“그럴 가능성도 있습니다. 하지만 현재 경찰 능력은 현저히 약화됐어요. 그러니 이런 순간에 무슨 일을 벌이려고 들면 상당히 높은 확률로 성공할 겁니다. M이 이걸 의도했다면….”

M의 목적은 무엇일까?

〔그 졸린 눈의 남자를 발견했어. 지금 보디가드 형사가 뒤쫓고 있어.〕

미노리의 메시지를 발견한 것은 불과 몇 분 전이었다. 그 직후에 경호원으로 붙인 형사에게 전화해봤지만 아슬아슬하게 놓쳤다는 보고가 돌아왔다.

역시 M은 미노리를 노린 것일까?

"PC가 이런 상태면 우리 쪽에서도 어쩔 방법이 없군."

키리노도 큰 동작으로 팔짱을 끼며 천장을 올려다봤다.

"차라리 저희끼리라도 몸값을 지불할까요? 몸값을 지불하
면 정말 복원해주는지 시험도 겸해서요."

"그것도 그렇군. 높으신 분들이 몸값을 지불하기로 결론을
내려도 PC가 복원되지 않으면 아무 의미가 없을 테지."

"맞아요. 그러면 바로 해보죠."

우라이가 능숙한 손놀림으로 키보드를 두드리자 가상화폐
지불 계좌 페이지가 나타났다.

"이 가상화폐 계좌로 범인의 꼬리를 잡을 순 없을까?"

"불가능할 겁니다. 그런 일이 가능하다면 경시청도 580억
엔 가상화폐 유출 문제로 골머리를 썩이진 않았을 테니까요."

확실히 맞는 말이었다. 가상화폐 580억 엔은 여전히 묶여
있는 상태지만, 경시청에서도 범인의 정체를 전혀 밝혀내지
못하고 있었다. 그런 상황에서 M의 랜섬웨어에 당했으니 경
시청의 사이버범죄대책과도 엎친 데 덮친 격이라고 키리노는
생각했다.

"자, 그러면 정말로 몸값을 지불하겠습니다. 괜찮죠?"

"그래, 부탁해."

키리노가 고개를 끄덕이고 우라이가 마우스를 클릭하려는 순간, 가슴 주머니에서 키리노의 스마트폰이 울리기 시작했다. 액정 화면을 보니 발신자는 모리오카였다.

〔키리노, 랜섬웨어 때문에 곤욕을 치르고 있다지? 경시청 지인한테 들었어.〕

"그렇습니다. 기존 프로그램으로는 복원이 불가능해서 지금 몸값을 지불할까 생각하던 참이었어요."

〔키리노, 우리 소프트웨어를 제공해줄까?〕

"전에 말한 AI 기능 탑재 소프트웨어 말인가요?"

〔그걸 응용한 새로운 복원 프로그램도 만들었어. 경시청에서 시험해봤는데 간신히 복원됐대.〕

B

남자는 요코하마 미나토미라이 병원 로비에 도착했다.

보디가드로 보이는 젊은 남자에게서 아슬아슬하게 도망쳤

지만, 더 이상 섣불리 미노리에게 접근할 수는 없었다. 하지만 원격조작에 걸린 미노리의 스마트폰을 통해 이곳에 키리노의 어머니가 입원했다는 사실을 알아낼 수 있었다.

신야마시타에 있는 이 종합병원은 외래환자가 하루에 1000명 넘게 찾아오는 지역의 중심 병원이었다. 또한 1년 365일 24시간 체제로 긴급 의료 시설도 운영되고 있었다.

접수처에 병문안을 왔다고 알리자 아무 의심 없이 병실을 가르쳐주며 안쪽 엘리베이터로 올라가라고 안내해줬다. 남자는 엘리베이터를 타고 3층 버튼을 눌렀다.

키리노의 어머니는 아무래도 다리가 골절된 모양이었다.

남자가 엘리베이터에서 내리자 핑크색 간호복을 입은 간호사 한 명이 걸어오고 있었다.

"키리노 씨의 병실이 어디입니까?"

남자는 간호사에게 물었다.

"키리노 씨요? 으음, 아, 저기 복도 끝 병실이에요."

과일 바구니를 들고 있었기에 간호사도 의심하지 않고 병실을 가르쳐줬다.

"감사합니다."

남자는 간호사에게 인사한 뒤 천천히 복도를 걸어갔다.

이윽고 병실 입구에 서자 4인 병실의 문패 한쪽에 '키리노'

라는 이름이 붙어 있었다.

이 병실 오른쪽 구석이 키리노 어머니의 공간인 것 같았다.

남자는 슬며시 커튼을 젖혀 병실을 살폈다.

키리노의 어머니는 남자의 존재를 눈치채지 못하고 평온히 잠들어 있었다.

병실 테이블에 그녀의 것으로 보이는 은색 스마트폰이 아무렇게 놓여 있었다. 남자는 다시 한 번 키리노 어머니의 얼굴을 살폈지만 깊이 잠들어 있어서 금방 깰 것 같지 않았다.

A

[어머니는 골절 때문에 간단한 수술을 받으셔야 한대. 내가 간병해드리기로 했지만, 시간이 나면 요코하마 미나토미라이 병원에 가봐.]

키리노는 다시 한 번 미노리의 문자를 읽어봤다. 졸린 눈의 남자를 발견했다는 메시지 뒤에 이런 내용이 적혀 있었다.

키리노는 어머니가 수술을 받아야 할 만큼 크게 다친 줄 전혀 몰랐다. 그러나 이번 랜섬웨어 소동이 해결될 때까지는 병문안은커녕 퇴근조차 할 수 없었다. 문자를 보낸 미노리의 안전도 걱정됐다. 공사 양면에서 해결해야 할 일이 너무 많아 어디부터 손을 대야 할지 알 수 없었다.

"키리노 씨, 이 복원 프로그램 굉장하군요."

모리오카가 제공해준 복원 프로그램 덕분에 PC가 살아난 것이 그나마 불행 중 다행이었다.

만약 이 복원 프로그램이 없었다면 어땠을지 끔찍할 따름이었다.

"어떻게 하면 이런 복원 프로그램을 만들 수 있을까요?"

"AI 대응 같은 새로운 기술을 활용했기 때문이겠지."

키리노는 전에 모리오카와 나눈 대화를 떠올렸다. 이것으로 모리오카의 회사도 활기를 되찾을 것이다.

"뭐, 그럴지도 모르죠."

어쨌든 이것으로 랜섬웨어 쪽은 해결됐다. 조금만 더 시간이 지나면 경찰도 수사력을 회복할 수 있다. 그렇게 되면 M의 진정한 목적도 조금씩 드러날 것이다.

"이봐, 어째서 M은 이런 랜섬웨어를 배포한 걸까? 단지 미노리를 공격하는 게 목적이라면 이 정도로 요란한 일을 벌일 필요는 없을 것 같은데."

키리노는 그것이 마음에 걸렸다.

"확실히 그렇네요. 요시미 다이스케, 하세가와 쇼코 때와는 스케일이 너무 달라요. M의 조직이 커져서 대규모 크래커 집단이 됐는지도 모르겠네요."

"최근의 랜섬웨어는 단말기를 먹통으로 만드는 것뿐만 아니라 인증 정보를 빼내는 것까지 있다더군."

"기업을 표적으로 삼는 랜섬웨어도 많으니까요. M의 진짜 목적은 거기에 있는지도 모르겠어요."

"무슨 말이지?"

키리노는 뭔가를 떠올린 듯한 우라이의 얼굴을 가만히 응시했다.

"M은 경찰이 가진 인증 정보를 노렸던 게 아닐까요? 예를 들어 사이버 담당 경찰관이 가진 데이터베이스 관리자 비밀번호를 훔치려고 했다면요."

"그걸 훔쳐서 경찰 내 데이터베이스에 숨어들려고 했다는 건가? 그런 일이 벌어지면 엄청난 사태로 번지겠지."

우라이가 흥미로운 듯이 고개를 끄덕거렸다.

"M은 어느 국가의 사이버 부대인 걸까?"

"그럴 가능성도 있는 것 같습니다."

만약 정말로 그렇다면 앞으로 어떻게 공격해올까? 자위대를 포함한 일본의 국가 시설은 사이버 공격과 관련해 다른 나라에 비해 한참 뒤처져 있었다.

그때 키리노의 스마트폰이 울렸다. 화면에 경무부장 마키타의 이름이 표시됐다. 마키타의 스마트폰도 몇 분 전에 모리오카의 복원 프로그램으로 복구됐다.

〔키리노, 지금 당장 교통관제 센터로 와주게.〕

"교통관제 센터 말입니까? 큰 사고라도 났습니까?"

〔현 내의 주요 도로가 대혼란에 빠졌네. 교통신호기가 해킹당한 것 같아.〕

C

〔현 내의 교통신호기가 해킹돼 곳곳에서 정체가 빚어지고 있어. 지진 직후 상황처럼 전화가 쇄도해서 스마트폰이 안 터질테니까 너도 정말 조심해줘. 문자는 전송되는 것 같으니까 무슨 일이 있으면 문자로 연락할게.〕

미노리의 검은색 스마트폰에 키리노의 문자가 도착했다.

바로 전화해봤지만, 문자 내용처럼 스마트폰은 계속 통화 중으로 나오며 연결되지 않았다.

랜섬웨어로 먹통이던 미노리의 검은색 스마트폰은 다행히 모리오카가 만든 소프트웨어로 복원됐다.

〔수도권 신호 계통에 에러가 발생해 각지에서 심한 정체가 빚어지고 있습니다. 곧 본격적인 퇴근 시간을 맞아 정체는 더욱 심해질 것으로 예상됩니다. 오늘은 차량 이동을 피하고 대중교통, 특히 전철을 이용해주십시오.〕

미노리가 텔레비전을 켜자 교통정리를 하는 경찰관의 영상이 뜨며 여성 아나운서가 그런 뉴스를 전했다. 아무래도 카나가와현뿐 아니라 도쿄, 치바, 사이타마에서도 비슷한 사태가 벌어진 모양이었다.

〔각지에서 교통사고가 다발하고 있습니다. 운전자는 파란 신호라도 교차로에서는 속도를 낮추고 평소보다 안전 운전 해주세요.〕

화면은 교차로에서 난 사고로 대파된 자동차의 영상으로 바뀌었다.

〔이번 혼란으로 휴대폰 연결이 거의 되지 않고 있습니다. 불필요한 통화는 자제하고 되도록 유선전화를 이용해주세요. 다시 한 번 말씀드립니다…〕

제5장

공중전화 앞에 생긴 긴 행렬을 비추는 영상도 흘러나왔다. 대지진 직후처럼 모두가 휴대폰을 걸어댄 탓에 수도권에서 일시적인 통신 장애가 일어났다.

〔난 괜찮아.〕

미노리는 그렇게 답장했다.

키리노에게 무사히 메시지가 전송된 것을 확인하고, 사무실 창문에서 혼잡한 주변 거리를 내려다봤다. 미노리의 직장이 있는 20층에서 보니 거리가 온통 자동차들로 가득하고, 교차점에서 긴 차량 행렬이 이어지고 있었다. 경적이 정신없이 울려 퍼졌다.

거리 전체가 예민해져 있었다. 뭔가 무서운 일이 벌어질 것만 같은 분위기였다.

〔미노리 양, 지금 어디야? 오늘 퇴원했는데 몸이 안 좋아져서 움직일 수가 없어. 전화가 안 돼 구급차도 못 부르겠고. 좀 데리러 와줬으면 좋겠는데.〕

검은색 스마트폰으로 키리노의 어머니가 문자를 보내왔다. 바로 전화를 걸어봤지만 회선이 집중된 탓인지 연결되지 않았다.

퇴원한다는 이야기는 들었지만 하필 오늘이었다니.

오늘 같은 교통 상황에서 골절된 다리로는 제대로 움직이기 어려울 것이다. 시계를 보니 퇴근 시간까지는 아직 멀었지만, 분위기가 자유로운 직장이다 보니 사정만 이야기하면 조퇴할 수 있었다.

〔알겠습니다. 어머님, 지금 어디세요? 모시러 갈게요.〕

그래도 조퇴 허가를 받으려고 사장실에 전화해봤지만, 모리오카는 아침부터 계속 외출 중인 모양이었다. 휴대폰에 걸어볼까 했지만 회선이 연결되지 않는다는 사실이 떠올랐다.

〔사쿠라기초 역 근처. 다들 예민해 보여서 무섭구나.〕

키리노의 어머니가 새로운 메시지를 보냈다.

A

키리노가 지방경찰청사 19층 교통관제 센터에 도착해서 보니 벽을 가득 메운 현 내 교통정보 표시판이 새빨갛게 물들어 있었다. 요코하마를 중심으로 주요 도로의 교차점은 정체가 심했다. 처음 보는 이상 사태였다.

"각 교차로에서 사고가 다발하고 있습니다. 현장에 순찰차가 가려 해도 정체 때문에 마음대로 움직이지 못합니다."

게시판을 가만히 바라보고 있는 마키타에게 젊은 직원이 보고했다.

"아직도 랜섬웨어가 풀리지 않아 연락이 닿지 않는 경찰관이 많습니다. 물론 이렇게 혼란한 상황에서는 휴대폰이 터지지 않겠지만요…."

마키타는 벌레 씹은 표정으로 가만히 그 보고를 들었다.

"본청 경비과, 총무과 그리고 당장 할 일이 없는 직원들을 전부 주변 교통정리에 동원해."

마키타가 새빨갛게 변한 교통정보 표시판을 바라보며 신음하듯 말했다.

"마키타 부장님, 늦어서 죄송합니다."

"그래, 키리노. 무슨 상황인지는 보면 알 테지. 방금 전 랜섬웨어도 그렇고 이번 교통 정체도 그렇고, 어째서 이 정도로 우리 지방경찰청을 노리는 거지?"

키리노도 그 말에 어떻게 대답해야 할지 알 수 없었다.

"상황이 심각하군요. 그런데 지금 정말로 누군가가 현 내의 교통신호기를 해킹한 겁니까? 마키타 부장님, 죄송하지만 그렇게 생각하시는 이유를 말씀해주시겠습니까?"

교통신호기를 해킹했다는 이야기는 들어본 적이 없었다.

"처음엔 단순한 신호기 고장이라고 생각했네. 첫 번째는 랜드마크 앞 교차로였지. 원래는 1~2분 지나면 바뀌는 신호가 아무리 기다려도 바뀌지 않았어. 별수 없이 근처 파출소 경관을 파견해 교통정리를 맡겼지."

마키타가 랜드마크 앞 신호등 모니터를 가리켰다.

"그러자 어느새 그 신호기는 정상으로 돌아왔네. 이제 안심해도 되나 싶었는데, 이번에는 동일한 현상이 요코하마 시내의 세 곳에서 동시에 발생했어."

교통 정체는 요코하마 시내가 특히 심했다. 게다가 평소 같으면 정체가 발생할 리 없는 교차로에서도 문제가 생기고 있었다.

"결국 그 신호등도 정상으로 돌아오나 싶었더니 이번엔 다른 여섯 교차로의 신호등이 이상해졌어. 그렇게 되면 단순한 오류라고 볼 수 없지. 그러는 사이 점점 이상해지는 교통신호기가 늘어났네. 그래서 생각했지. 이건 누군가가 신호등을 의도적으로 조작하는 거라고."

키리노는 새빨개진 게시판을 바라보며 생각했다. 이렇게나 많은 신호등을 동시에 크래킹하는 게 과연 가능할까?

"거리의 신호등은 대부분 무선으로 신호가 바뀝니다. 그 무선을 장악해버리면 신호등을 크래킹할 수는 있습니다. 아, 그리고 마키타 부장님, 이런 식으로 컴퓨터 기술을 악용하는 경우엔 해킹이 아니라 크래킹이라는 말을 씁니다."

마키타는 탐탁지 않은 듯이 키리노를 노려봤다.

"미국 미시건주에서 신호등 크래킹 실험을 해본 결과, 쉽게 성공했다는 사례가 있습니다. 무선 신호를 암호화하지 않았기 때문이죠. 암호화돼 있지 않으면 거리의 와이파이와 마찬가지로 신호등도 크래킹할 수 있습니다."

키리노는 네덜란드에서 신호등을 크래킹해서 장난친 사례도 떠올렸다. 하지만 이 정도로 광범위하게 대규모로 신호등을 크래킹했다는 이야기는 들어본 적이 없었다.

"일본의 신호등도 암호화돼 있지 않은 건가?"

"자세히는 모르지만, 암호화에는 상당한 비용이 들기 때문에 아마 안 돼 있을 겁니다. 하지만 이번 대규모 정체는 어느 한 교차로만 이상해진 게 아니지 않습니까?"

마키타가 고개를 크게 끄덕였다.

"오류가 발생한 신호등이 계속 바뀌기 때문에 대처할 방법이 없네. 게다가 동일한 현상이 도쿄와 치바 그리고 사이타마에서도 발생하고 있어."

현재 수도권의 도로 교통망은 붕괴 직전이었다.

"그렇다면 범인이 거리의 신호등을 동시다발적으로 크래

킹하는 것 같지는 않습니다. 방금 설명드린 방법으로는 해당 신호등의 무선 전파가 닿지 않는 곳에서는 크래킹이 불가능하거든요."

범인 측이 100부대 정도라면 가능할 테지만, 현실적으로는 허무맹랑한 이야기였다.

"그렇다면 크래킹당하는 건 유선 신호등이라는 건가?"

"그렇다고 봐야겠죠. 그리고 유선으로 신호등을 조작하는 컴퓨터 자체를 크래킹했을 가능성이 높습니다."

"그건 결국…."

마키타는 말을 잇지 못하고 키리노를 바라봤다.

"그렇습니다. 이 교통관제 센터를 크래킹했을 겁니다. 그것도 경시청과 사이타마, 치바의 교통관제 센터를 동시에 크래킹하고 있는 거겠죠."

교통관제 센터는 각 지역마다 있는데, 도로에 설치된 카메라, 초음파식 차량 감지기, RF비콘 그리고 N시스템을 비롯해 도로에 관한 모든 정보가 집결된다. 시간, 요일, 날씨 그리고 계절마다 과거의 정보를 토대로 알고리즘이 만들어지며, 관제 센터의 호스트 컴퓨터가 가장 효율적인 차량 운행을 위해 현 내의 신호 제어를 담당했다.

"누가 여기로 잠입해 컴퓨터에 장난을 쳤다는 건가?"

"그럴 가능성도 있지만, 이곳은 24시간 엄중히 경비되고 감시 카메라도 있으니까 역시 외부에서 크래킹을 시도했을 겁니다."

"여기를 크래킹하는 건 상당히 어려울 텐데."

"확실히 교통관제 센터는 폐쇄적인 네트워크로, 홈페이지를 해킹하는 것과는 차원이 다르겠죠. 하지만 뛰어난 크래커라면 센터 컴퓨터에 잠입하는 것도 불가능하진 않을 겁니다."

"그럴 리가."

"실제로 지금 이렇게 대혼란이 발생한 것이 가장 큰 증거겠죠. 어쩌면…."

"어쩌면 뭔가? 하고 싶은 말이 있다면 똑바로 하게."

"아니요, 아무것도 아닙니다."

어쩌면 범인은 경찰이 랜섬웨어로 혼란한 틈을 타 교통관제 센터에 침입할 함정을 파뒀는지도 몰랐다. 하지만 그것은 어디까지나 근거 없는 추론에 불과했기 때문에 마키타 앞에서 언급하지는 않기로 했다.

"외부에서 크래킹했는지 아니면 범인이 직접 이곳에 숨어들었는지는 모르겠지만, 이 센터가 해킹돼 신호등에 잘못된 지시를 내리고 있는 것만은 분명합니다."

"키리노, 어떻게 하면 좋겠나? 이렇게 손을 놓고 있는 동안

스마트폰을 떨어뜨렸을 뿐인데 : 붙잡힌 살인귀

에도 이상해지는 신호등이 점점 늘어나고 있네. 이제는 수신
호로 교통정리를 할 인원도 남아 있지 않아."

마키타는 신음하면서 새빨간 교통정보 표시판을 노려봤다.

"딱 한 가지 방법이 있습니다."

그 말에 마키타의 눈빛이 달라졌다.

"특수 제어입니다."

일왕 행차나 해외 요인 방문 때는 모든 신호를 푸른색으로
고정시켜 행렬이 목적지까지 멈추지 않고 지나가게 한다. 이
렇게 신호등을 교통관제 센터에서 분리시켜 수동으로 조작하
는 방법을 특수 제어라고 부른다.

"이 센터에서 관리하는 모든 신호를 특수 제어, 즉 수동으
로 전환하고 그사이 한시라도 빨리 호스트 컴퓨터를 수정해
야 합니다. 범인이 어떻게 잠입했는지 크래킹 경로를 조사하
는 건 나중에 해도 충분합니다. 이미 관할 경찰서는 교통정리
에 모든 인원을 동원해서 전부 빈집이나 다름없습니다. 지금
은 특수 제어로 복구를 시도해볼 수밖에 없습니다."

C

미노리가 대혼란을 뚫고 네기시 선 사쿠라기초 역 남쪽 개찰구에 도착해서 보니 인파가 엄청났다. 도로는 자동차로 가득했고, 곳곳에서 경적이 울렸다. 바로 전화를 걸어봤지만 계속 통화 중으로 연결되지 않았다. 아직도 전화가 쇄도해 수도권 휴대전화망이 마비돼 있는 모양이었다.

사쿠라기초 역은 네기시 선의 북쪽과 남쪽에 개찰구가 있고, 그 두 곳은 상당히 멀리 떨어져 있었다. 거기에 시에서 운영하는 지하철까지 걸쳐 있어서 출구는 노게 쪽까지 이어져 있었다. 이런 상태에서 키리노의 어머니를 어떻게 찾아야 할까?

미노리가 어쩔 줄 몰라 하는 사이 문자 한 통이 도착했다. 그나마 문자는 정상적으로 전송되는 모양이었다.

〔미노리 양, 미안해. 역에서 몸이 안 좋아져서 어떤 친절한 사람의 차에서 쉬고 있어. 그분이 집까지 데려다주신다고 해서 미노리 양을 기다리는 참이야. 지금 그분이 미노리 양을 데리러 갈 테니까 JR 네기시 선 북쪽 개찰구에서 기다려줘.〕

그런 친절한 사람이 다 있다니.

미노리는 안도하며 가슴을 쓸어내렸다.

오후부터 이어진 정체로 거리 전체가 대혼란에 빠져 있었다. 역에도 평소보다 몇 배 넘는 사람들이 모여 있어서 키리노의 어머니가 나쁜 사건에 휘말려도 이상할 것이 없었다. 택시를 기다리는 행렬도 장사진을 이루었고, 구급차조차 나아갈 수 없었다. 애초에 구급차를 부르고 싶어도 전화 자체가 연결되지 않았다.

여기까지 오는 내내 다리가 불편한 키리노의 어머니를 어떻게 집까지 모시고 갈지를 고민한 참이었다. 그런 가운데 자동차로 데려다주겠다는 사람이 있다니 이런 행운이 또 없었다.

미노리는 스마트폰을 꺼내 키리노에게 전화를 걸어봤다.

하지만 역시 연결되지 않기에 스마트폰 화면을 터치하기 시작했다.

〔친절한 분이 역에서 어머님을 도와주셔서, 그분 차를 타고 어머니와 함께 료 짱 집으로 가기로 했어.〕

미노리가 키리노에게 메시지를 보내고 지정된 북쪽 개찰구에서 기다리고 있자 등 뒤에서 누군가가 말을 걸었다.

"마츠다 미노리 씨입니까?"

"네, 그런데요."

뒤돌아보자 이목구비가 뚜렷한 젊은 아랍인 남성이 서 있었다.

"어머님이 차에서 기다립니다."

A

마키타의 지시로 교통관제 센터에서 근무한 경험이 있는 모든 직원이 총동원됐다.

"지금부터 센터와 유선으로 연결된 모든 신호등의 특수 제어를 시작한다. 현재 현 내 주요 도로가 미증유의 대혼란에 빠져 있다. 사고도 각지에서 발생하고 있다. 현 내 교통 치안을 회복하기 위해 분투해주길 바란다."

짧은 연설 뒤 관리 센터에 직접 연결된 모든 신호등의 특수 제어가 시작됐다. 그와 동시에 엔지니어 팀도 작업에 들어가 알고리즘을 수정하기 시작했다.

키리노는 교통관제 센터 실장과 함께 마키타 옆에서 작업을 지켜봤다.

모니터를 보니 지금까지 계속 빨간 신호였던 교차로가 서서히 풀리며 조금씩 차들이 움직였다. 동원된 인원들은 진지한 표정으로 작업에 임하고 있었다.

새빨갛던 교통정보 표시판이 부분적으로 오렌지색으로 바뀌더니 이윽고 램프 자체가 하나둘 꺼지기 시작했다.

작은 교차로에서는 곧 정체가 풀리며 사태가 수습된 것으로 보였다. 하지만 큰 교차로에서는 여전히 심한 정체가 이어지고 있었다.

"교차로를 통과하는 차량은 늘어나고 있지만, 정체는 좀처럼 풀리지 않습니다."

"일부 교차로에서는 특수 제어 전보다 정체가 심해지고 있습니다."

벽의 교통정보 표지판을 보자 붉은 부분이 길게 이어진 곳도 있었다.

"카와사키에서 교통사고가 발생했습니다. 현장에 바로 순찰차를 파견하겠습니다."

다른 곳에서도 교통사고가 연이어 일어났다. 큰 지진이 발생해도 이런 사태가 벌어질 테지만, 그때는 순찰차와 소방차 같은 긴급 차량 외에는 통행할 수 없게 조치된다. 그런데 이번처럼 신호등이 해킹된 사태에는 경찰도 대비하지 못하고 있었다.

"어째서지? 어째서 정체가 더 심해지는 건가?"

마키타가 센터 실장을 다그쳤다.

"관제 센터의 컴퓨터는 교통량이 많은 도로를 가장 효율적으로 통과할 수 있게 계산해 복수의 신호를 동시에 풀기도 합니다. 하지만 수동 제어로는 한계가 있습니다. 그리고 무엇보다 시간대가 최악입니다. 퇴근 차량의 피크 시간이 가까워지고 있습니다."

센터장이 뺨에 땀을 흘리며 말했다.

"키리노, 제어 시스템의 알고리즘은 언제쯤 정상으로 돌아오지?"

하지만 키리노도 그것을 알 방법은 없었다.

"모릅니다. 하지만 지금은 어떻게든 수동 제어로 혼란을 수습하는 수밖에 없습니다. 아니면 차라리 요코하마 시내만이라도 교통을 규제하시겠습니까?"

"무리일세. 직원이 전부 출동했는데 이제 와서 그런 일은 불가능해."

마키타는 그렇게 말하며 입을 굳게 다물고 팔짱을 꼈다.

"키리노 씨, 내선으로 급한 전화가 왔습니다."

젊은 직원이 수화기를 한 손에 들고 말했다. 키리노는 종종걸음으로 달려가 수화기를 받아 귀에 댔다.

스마트폰을 떨어뜨렸을 뿐인데 : 붙잡힌 살인귀

〔키리노 씨, 지금 스마트폰 갖고 계십니까?〕

우라이였다. 키리노는 주머니를 뒤져 스마트폰을 꺼냈다.

〔그 스마트폰, 원격조종당하고 있지 않습니까?〕

설마.

키리노가 황급히 스마트폰을 확인하자 미노리의 메시지가 도착해 있었다.

〔친절한 분이 역에서 어머님을 도와주셔서, 그분 차를 타고 어머니와 함께 료 짱 집으로 가기로 했어.〕

이게 뭐지?

어머니가 퇴원하려면 아직 며칠 더 있어야 한다. 게다가 어째서 미노리와 함께 있단 말인가? 센스 있게 알아서 어머니에게 간 것일까?

〔난 괜찮아.〕

이전 메시지로 거슬러 올라가보니 미노리에게서 이런 문자도 와 있었다.

이것은 대체 무슨 이야기일까?

키리노는 그런 대답이 돌아올 만한 문자를 보낸 기억이 없었다. 그는 즉시 스마트폰의 발신 기록을 확인했다.

〔현 내의 교통신호기가 해킹돼 곳곳에서 정체가 빚어지고 있어. 지진 직후 상황처럼 전화가 쇄도해서 스마트폰이 안 터

질 테니까 너도 정말 조심해줘. 문자는 전송되는 것 같으니까 무슨 일이 있으면 문자로 연락할게.〕

키리노는 이 메시지를 보고 깜짝 놀랐다.

자신은 이런 것을 미노리에게 보낸 기억이 없다.

원격조작이었다. M이 드디어 자신의 스마트폰도 장악해버린 것일까? 하지만 그 백신 프로그램까지 뚫어냈다면 M의 기술력은 대체 어느 정도란 말인가?

〔미노리 씨의 스마트폰 GPS 정보를 확보했습니다. 이미 M의 일당에게 납치된 것 같습니다. 현재 반도바시에서 서쪽으로 이동 중입니다. 아마 자동차로 수도 고속도로를 달리고 있을 겁니다. 이대로 탄자와까지 간다면 미노리 씨의 생명이 위험해요.〕

키리노는 급하게 전화를 끊고 마키타 부장에게 달려갔다.

"마키타 부장님, 죄송합니다만 M과 관련된 긴급 사태가 발생했습니다. 제 원래 부서로 돌아가도 되겠습니까?"

키리노의 목소리가 들리지 않았는지 마키타는 계속 벽시계만 응시하고 있었다. 키리노도 따라서 그 시계를 바라봤다. 바늘이 오후 4시 30분을 가리키고 있었다.

"키리노, 오후 5시부터 6시까지가 저녁 교통 정체의 피크 시간일세."

c

미노리는 흔들리는 왜건 안에 있었다.

왜건에 탄 순간, 안에 있던 선글라스 남자가 팔을 잡아당기고 뒤따라 탄 턱수염 남자가 겨드랑이 사이로 손을 넣어 날갯죽지를 꽉 조였다. 미노리를 불러온 젊은 남자가 재빨리 밖에서 문을 닫고 운전석에 타더니 차를 출발시켰다.

"잠깐, 잠깐 이거 놔요!"

있는 힘껏 저항했지만 남자 두 명에게 제압당해 어쩔 도리가 없었다. 몸을 좌우로 비틀어봐도 뒤에서 붙잡은 턱수염 남자는 꿈쩍도 하지 않았다.

"어머님은, 어머님은 어디 계셔?"

눈앞의 선글라스 남자는 미노리의 질문 따위는 전혀 신경쓰지 않고 날카롭게 빛나는 뭔가를 들이댔다.

"얌전히 있어."

그것이 나이프라는 것을 깨닫고 미노리는 더 이상의 저항을 포기했다. 그리고 이 남자들이 M과 한패라는 것을 알아차렸다.

어머니로 사칭해서 문자를 보낸 걸까?

키리노가 그렇게나 조심하라고 했는데, 긴급 사태가 벌어지자 까맣게 잊고 말았다.

순식간에 등 뒤에서 손목을 결박당하고 발목도 끈으로 묶였다. 재갈을 물린 뒤 차량 뒷좌석 바닥에 눕혀졌다. 그러고 나서 남자 두 명이 다리로 누르자 더는 저항을 시도조차 할 수 없었다.

눈가리개는 씌우지 않았기에 차 안 상황을 살펴볼 수는 있었다.

미노리를 이 차로 데려오고 지금은 운전하는 젊은 남자가 가장 말단이고, 미노리의 등을 다리로 누르는 중장년의 선글라스 남자가 리더인 것 같았다. 나머지 턱수염 남자는 선글라스 남자에게 계속해서 지시를 받고 있었다. 물론 그 말은 일본어가 아니었고, 미노리가 처음 들어보는 외국어였다.

"읍·우·우."

재갈을 문 채로 항의해보지만 제대로 말이 나오지 않았다.

오히려 세게 밟혀 머리를 쿵 소리가 날 정도로 바닥에 찧었다. 이마의 고통을 참고 있으려니까, 리더로 보이는 선글라스 남자가 방금 전부터 스마트폰으로 계속 전화를 걸고 있었다. 하지만 아무리 시도해도 연결되지 않는 모양이었다.

오늘 오후부터 시작된 통신 장애로 휴대폰이 터지지 않는다는 것을 모르는 듯했다. 상당히 초조해하다가 결국에는 전화 거는 것을 단념하고, 운전석의 젊은 남자를 욕하기 시작했다.

자동차는 굼뜨지만 계속해서 앞으로 나아가고 있었다. 바닥에 누운 미노리에게 보이는 차창 밖 풍경이라고는 저녁 하늘뿐이었다. 대체 자신을 어디로 끌고 가려는 걸까?

무슨 짓을 하려는 걸까?

미노리는 JK16을 떠올렸다. 탄자와에서 발견된 시체 중 몇은 M의 소행으로 알려졌다. 이 아랍계 남성이 M일까? 아니면 M은 이곳에 없는 다른 인물일까? 그것은 당장 알 수 없는 문제였지만, 지금 벌어지는 일이 지방경찰청 홈페이지에 올라온 범행 예고와 관련 있는 것만은 분명했다. 그렇다면 아무리 생각해봐도 나쁜 결론밖에 떠오르지 않았다.

키리노에게 도움을 구할 방법이 없을까?

스마트폰이 든 핸드백이 바닥에 떨어져 있었다. 하지만 양손은커녕 다리마저 자유롭지 않았다. 아니, 만약 스마트폰을 사용한다 해도 현재 수도권 전체를 휩쓴 통신 장애에 가로막혀 누구에게도 도움을 청하기 힘들 것이다.

그때 차가 크게 흔들리며 미노리의 치마가 들춰져 하얀 다리가 드러났다. 그것을 본 리더가 천박하게 웃었다. 신발로 미노리의 치마를 걷어 올리더니 커피색 팬티스타킹 위로 엉덩이를 살짝 밟았다. 그러고는 동료들에게 뭐라고 이야기했고, 다른 두 사람도 동조하듯 웃기 시작했다.

A

최악의 사태가 벌어지고 말았다.

키리노는 마키타에게 허락을 구하고 황급히 우라이가 있는 회의실로 돌아갔다. 좀처럼 오지 않는 엘리베이터에 답답해하면서도 스마트폰을 터치했다. 미노리가 가진 두 스마트폰에 전화를 걸어보지만 역시 통화 중이라는 신호음만 들릴 뿐 연결은 되지 않았다.

어떻게 해야 할까?

마음만 급할 뿐 좋은 생각이 하나도 떠오르지 않았다. 키리노는 한시라도 빨리 우라이와 상의하기 위해 엘리베이터를 포기하고 계단을 뛰어내려 갔다.

숨을 헐떡이며 회의실에 도착해서 보니 우라이도, 우라이를 감시하는 경관도 보이지 않았다. 긴급사태가 계속되자 누가 우라이를 유치장에 돌려보낸 것일까? 아니면 둘이 함께 화장실에라도 간 걸까?

그때 문자 수신음이 들렸다.

스마트폰을 켜자 미노리가 가진 스마트폰의 위치 정보가 전송됐다. 우라이가 미노리의 스마트폰 위치 정보를 클라우드 상에 설정해 키리노의 스마트폰에서도 직접 볼 수 있게 해준 것 같았다.

고마운 일이었다.

이게 있으면 키리노도 미노리의 위치 정보를 알 수 있었다. 미노리는 고속도로를 타고 서쪽으로 이동하고 있었다.

〔이것과 N시스템을 연동할 방법은 없나요?〕

그런 메시지도 첨부돼 있었다. 우라이의 아이디어는 평소라면 몰라도 지금은 불가능했다. N시스템을 포함한 교통관제 센터 전체가 기능 고장을 일으켰기 때문이다.

"사이토 본부장님, M이 움직였습니다."

키리노는 고정 전화로 마츠다 경찰서의 수사본부에 연락했다. 휴대폰은 쓸 수 없어도 고정 전화는 멀쩡했다.

〔놈은 지금 어디에 있지?〕

"반도바시에서 고속도로 서쪽으로 이동 중입니다. 새로운 피해자를 데리고 이동하는 것 같습니다. 즉시 긴급 수배를 부탁드립니다."

〔알았네. 하지만 전대미문의 혼란 상황이라 연락 계통도 온전치 않아. 순찰차를 몇 대나 보낼 수 있을지 모르겠네.〕

"최대한 노력해주시길 부탁드립니다. 잡혀간 사람이 제 애인입니다."

〔정말인가?〕

사이토의 목소리가 한 옥타브 올라갔다.

"저는 지금부터 암행 순찰차로 피해자를 데려간 차량을 뒤쫓겠습니다."

키리노는 그 말만 남기고 회의실을 뛰쳐나갔다.

휴대폰은 아직 복구되지 않았고, 이동 중에는 고정 전화를 쓸 수 없다. 하지만 경찰에게는 경찰 무선이라는 강력한 무기가 있었다.

도로는 여전히 꽉 막혀 보통 차량 같으면 옴짝달싹할 수도 없었다.

키리노는 흰색 암행 순찰차 지붕에 경광등을 올렸다. 자동차는 요란한 사이렌 소리와 함께 출발했고, 주변 차량을 가르며 천천히 나아갔다.

키리노는 클라우드상에서 미노리의 스마트폰 위치를 확인했다.

범인들은 반도바시에서 고속도로에 진입해 요코하마 도로의 카리바를 지나 신호도가야 인터체인지를 향하고 있었다. 추적 중인 차량의 차종이나 색상을 알면 검문할 수도 있겠지만, 지금은 스마트폰에 표시되는 위치 정보가 유일한 희망이었다.

B

남자는 토메이 고속도로에서 서쪽으로 차를 몰았다.

요코하마 마치다 인터체인지 부근은 격심한 정체가 이어졌지만, 토메이의 에비나를 지나자 멈추지 않고 시원하게 나아갈 수 있었다.

오후부터 발생한 전례 없는 수도권 교통 정체도 저녁 러시아워를 지나면서 서서히 수습될 기미가 보이는 듯했다. 도심에서는 아직도 상당한 혼란이 이어졌지만, 카나가와현은 재빨리 대처해 적어도 지금 남자가 달리는 카나가와현 서부 고속도로에서는 영향을 거의 찾아볼 수 없었다.

그러나 휴대폰은 여전히 복구되지 않고 있었다. 문자는 보낼 수 있지만, 고속도로에서 차를 운전하면서 스마트폰을 조작할 수는 없었다.

그때 뒤쪽에서 순찰차 사이렌 소리가 들렸다.

남자는 즉시 액셀에서 발을 떼고 자동차 속도가 자연스럽게 줄어들기를 기다렸다. 속도계를 보자 120킬로미터를 넘어서고 있었다. 자신도 모르게 속도를 낸 모양이었다. 지금 이곳에서 속도위반으로 잡힌다면 상당히 성가셔질 거라고 생각했다. 의심받지 않으려면 어떻게 설명해야 할까? 그것도 물론 문제였지만, 무엇보다 여기서 발이 묶여 딱지를 떼네 마네 할 시간이 아까웠다.

차라리 이대로 도망친다면?

그러는 편이 현장에 빨리 도착할지도 모른다.

그런 생각을 하며 백미러를 노려보고 있으니 경광등을 회전시키며 달려오는 자동차의 전조등이 점점 가까워졌다.

자세히 보니 흰색과 검은색이 섞인 흔한 순찰차가 아니었다. 암행 순찰차인 모양이었다.

그렇다면 속도위반 단속이 아니다. 그렇게 생각한 남자는 재빨리 왼쪽 깜빡이를 켜며 차선을 변경했다. 남자가 탄 자동차 바로 오른쪽을 하얀색 스카이라인이 경광등을 반짝이며 스쳐 지나갔다.

운전석에 남자 한 명만 타고 있다는 것은 알았지만, 남자의 오른쪽을 스쳐 지날 때 그의 옆얼굴을 확인할 수 있었다.

키리노 료이치였다.

그의 최종 목적지는 남자와 같을 것이다. 남자는 뒤따라오는 순찰차나 경찰 관계 차량이 없는지 확인했다. 만약 있다면 키리노가 탄 순찰차와 비슷한 속도로 달릴 것이다. 하지만 별다른 차량이 보이지 않자 남자도 액셀을 있는 힘껏 밟았다.

A

키리노가 운전하는 암행 순찰차는 토메이 고속도로를 서쪽으로 나아가고 있었다.

그는 사이렌을 울려 추월 차선의 차량들을 밀어내며 스카이라인이 낼 수 있는 최대 속도로 달렸다. 그럼에도 아시가라 휴게소까지 가려면 아직 몇 분은 더 필요했다.

미노리의 스마트폰 위치 정보는 30분 전부터 그곳 아시가라 휴게소에서 멈춰 있었다. 키리노는 최악의 사태를 한번 떠올리자 그 생각을 머리에서 떨쳐낼 수 없었다.

미노리의 스마트폰이 아시가라 휴게소에 버려졌다면?

만약 이 예상이 맞는다면 범인을 쫓을 단서가 사라지는 셈이다. 그리고 미노리의 생명 역시 극도로 위험해졌으리라.

자신이 미노리를 사건에 말려들게 했다.

키리노는 솔직하게 감정을 폭발시키는 미노리가 눈부셨다. 그런 그녀를 사건에 끌어들이고 범인의 타깃이 되게 만들었다. 사람을 쉽게 믿는 미노리의 솔직함이 화근이 된 것일까? 키리노는 깊이 후회했지만, 멈춰버린 미노리의 위치 정보는 방금 전부터 꼼짝도 하지 않았다.

미노리, 부탁이니까 살아만 있어줘.

아시가라 휴게소까지 이제 3킬로미터가 남았다. 키리노는 눈물에 젖어 흐릿해진 시야로 눈앞의 표지판을 확인했다. 토메이 고속도로에서 탄자와나 후지산 방면으로 가려면 하다노나카이, 오이마츠다, 고텐바 중 한 곳에서 빠질 것이다. 이 세 출구에는 이미 검문소가 설치됐고, 순찰차도 배치됐다. 수상한 외국인이 타고 있으면 트렁크까지 철저히 조사하라는 지시가 내려졌다. 만약 미노리의 스마트폰을 아시가라 휴게소에서 버렸더라도 범인이 그중 한 인터체인지를 지나려 할 때 반드시 검거될 것이다.

하다노나카이와 오이마츠다는 이미 지나쳤으므로 고텐바가 가능성이 높았다. 하지만 아직도 범인을 찾았다는 연락이 오지 않았다.

설마 범인이 추적을 염려해 아시가라 휴게소에서 미노리를 데리고 도보로 도주하지는 않았을까? 그보다 더 나쁜 사태도 상상할 수 있었다. 스마트폰의 위치 정보가 가리키는 곳에는 이미 죽은 미노리만 있고, 범인들은 차를 버리고 도주했을지도 모른다. 하지만 키리노가 가장 두려워하는 것은 범인들이 탄자와가 아니라 그보다 서쪽에 있는 산으로 가버리는 것이었다. 그렇게 되면 경찰이 쳐놓은 비상선도 의미가 없어진다.

아시가라 휴게소의 녹색 간판이 보이기 시작했다.

〔전 차량에 긴급 전달.〕

그때 경찰 무선이 울렸다.

〔탄자와 연쇄살인마 우라이 미츠하루가 탈주했다. 반복한다. 연쇄살인범 우라이 미츠하루가 탈주했다. 경찰 차량을 타고 치바 방면으로 향하고 있다.〕

우라이가 탈주했다고?

키리노는 혼란스러운 가운데 필사적으로 생각했다.

키리노가 달려간 회의실에서 우라이와 경관의 모습이 보이지 않았던 것은 사실이다. 하지만 그 뒤에 키리노의 스마트폰으로 문자를 보냈기에 그가 다른 곳에서 작업하고 있다고만 생각했다.

그런데 탈주라니, 그런 바보 같은 일을 저지를 줄이야.

분명 지금은 경찰이 대혼란에 빠져 있어 어떻게든 도망칠 수 있을 테지만, 사태가 진정되면 붙잡히는 것은 시간문제였다. 우라이가 이대로 도주하기란 아무리 생각해도 불가능했다.

키리노의 자동차가 아시가라 휴게소 분기점에 들어섰다. 지금은 미노리 구출에 집중해야 한다. 우라이를 쫓을 경찰관은 얼마든지 있지만, 지금 이곳에는 자신밖에 없다.

키리노는 왼쪽 깜빡이를 켜며 버튼을 눌러 창문을 열었다. 차량 지붕에 올려둔 경광등을 내리고 사이렌도 껐다. 그러나 차의 속도는 전혀 줄이지 않은 채 휴게소에 그대로 진입했다.

아시가라 휴게소는 일본에서도 몇 손가락 안에 드는 규모였다. 지금도 주차장에 얼핏 100대에 가까운 차들이 세워져 있었지만, 어둡기도 해서 잘 보이지는 않았다.

미노리는 어느 차에 있을까?

아니면 스마트폰은 쓰레기통 같은 곳에 버려지고, 그녀는 이미 이곳에 없는 것일까? 키리노는 미노리의 스마트폰 위치 정보를 표시해주던 자신의 스마트폰을 터치했다.

하지만 제 눈을 의심해야 했다.

방금 전까지만 해도 표시되던 녹색 기호가 사라져 있었다.

검지와 중지로 지도를 확대해봤지만, 역시 어디에도 녹색 기호는 없었다. 이번에는 손가락을 반대로 움직여 지도를 축소시켰다. 키리노는 허무한 심정으로 스마트폰을 응시했지만 역시 위치 정보는 어디에도 없었다.

그때 엄청난 경적 소리가 귀를 찔렀다. 급하게 시선을 들자 자신의 눈앞을 대형 트럭이 가로지르고 있었다. 파란색 쇳덩어리가 키리노의 코앞까지 다가왔다.

키리노는 급브레이크를 밟으며 핸들을 왼쪽으로 꺾었다.

그러나 지나치게 속도를 내고 있었던 자동차는 크게 돌며 균형을 잃고 말았다.

C

미노리를 태운 왜건은 고속도로에 진입한 뒤로 쉬지 않고 달리다 30분쯤 전에 이곳에 정차했다. 엔진도 끈 채로 남자들이 들락거리는 것을 보면 아마 휴게소일 것이라고 미노리는 생각했다. 여기까지 오는 동안, 리더로 보이는 선글라스 남자가 몇 번이고 전화를 걸어도 연결되지 않다가 이곳에 차를 주차하고 세 번째 전화를 걸었을 때 간신히 통화가 된 것 같았다. 남자는 스마트폰을 귀에 대고 차 밖으로 나갔다.

미노리는 여전히 바닥에 누워 있었다.

곧 선글라스 남자가 돌아오더니 갑자기 미노리의 핸드백을 뒤지기 시작했다. 미노리가 고개를 갸웃거리며 상황을 살피는데 남자가 지갑과 스마트폰 두 대를 꺼냈다. 그는 지갑에 든 현금 몇 천 엔을 꺼내 자신의 바지 주머니에 찔러 넣었다. 빈 지갑과 스마트폰 두 대는 핸드백에 다시 넣어 젊은 남자에게 던져줬다.

젊은 남자는 핸드백을 받아 들더니 알 수 없는 외국어로 뭐라고 했다. 그러자 선글라스 남자가 화내며 자동차 밖을 가리켰다. 젊은 남자는 마지못한 얼굴로 핸드백을 들고 혼자 밖으로 나갔다.

선글라스 남자가 턱수염을 기른 남자에게 말을 건넸다.

그러자 턱수염 남자가 오랫동안 바닥에 누워 있던 미노리의 몸을 뒷좌석으로 끌어올렸다. 미노리는 양손과 양다리가 여전히 묶인 상태로 아까처럼 뒤에서 조르기를 당했다. 일본인과 다른 독특한 냄새가 코를 찔렀지만, 재갈 때문에 아무 말도 할 수 없었다.

이윽고 선글라스 남자가 미노리의 다리를 묶었던 끈을 풀기 시작했다.

그러나 뒤에서 조르는 남자의 힘은 약해질 기미가 보이지 않았다. 여전히 강하게 조르고 있었다.

다리가 자유로워진 순간, 리더로 보이는 남자가 미노리의 치마를 들추고 팬티스타킹과 함께 속옷을 단숨에 발밑까지 벗겨 내렸다.

강간당한다.

그렇게 생각한 미노리는 크게 발버둥 치며 어떻게든 남자의 조르기에서 벗어나려고 힘을 썼다. 하얀 다리가 허공을 가르고 빨간 구두 한쪽이 벗겨져 바닥에 뒹굴었다.

"으아압으으읍."

미노리의 괴성이 재갈 안쪽에서 새어 나왔다.

그러나 선글라스 남자는 벨트를 술술 풀어 바지를 내리고 미노리의 몸을 덮치려 했다. 털로 뒤덮인 남자의 오른팔이 미노리의 다리 사이를 향해 뻗어 왔다. 소름 끼치는 감촉이 미노리의 하반신을 휩쓸었다.

그때 차 문이 열렸다.

누군가 싶어 미노리가 눈을 돌리자 방금 전 나갔던 젊은 남자가 문을 열고 들어왔다.

선글라스 남자와 젊은 남자가 또다시 알아들을 수 없는 언쟁을 시작했다. 그때 뒤에서 조르던 턱수염 남자의 힘이 약간 느슨해졌다. 미노리는 그 짧은 순간에 혼신의 힘을 쥐어짜내 다리를 뻗었다. 그녀의 발이 선글라스 남자의 턱을 쳤다.

남자는 얼굴을 찡그리며 뭐라고 중얼거리더니 좌석에 놔둔 잭나이프를 쥐었다. 미노리는 반사적으로 몸을 비틀었지만 턱수염 남자의 힘은 더 이상 느슨해지지 않았다.

죽는다.

갑자기 찌를 거라고 생각했지만 남자는 오른손을 높이 들어 미노리의 뺨을 때렸다.

왼쪽 뺨에 통증이 내달리고, 귀에서 윙윙 소리가 났다. 두 번 더 크게 소리가 날 정도로 뺨을 맞자 글썽이는 눈물로 시야가 흐려졌다.

A

왼쪽 후방으로 쏠리던 키리노의 자동차는 타이어가 요란한 소리를 내며 크게 돌았지만 아슬아슬하게 트럭에 부딪히지 않고 멈춰 섰다.

"이 새끼가 어디를 보고 운전하는 거야!"

머리에 수건을 두른 억세 보이는 운전사가 안색을 바꾸며 트럭에서 내렸다.

키리노는 순간적으로 머리가 새하얘졌지만 어쨌든 부딪히지 않았다는 사실에 안도했다. 운전사가 키리노를 앞 유리 너머로 노려보더니 당장 내리라는 표정을 지었다.

하지만 지금 가장 중요한 것은 미노리의 위치 정보였다. 몇 분 전까지 멀쩡히 표시되던 녹색 기호가 어째서 사라졌을까? 일단 쓰레기통을 뒤져야겠다며 차 문을 여는데 트럭 운전사가 갑자기 키리노의 멱살을 쥐었다. 키리노는 가슴 주머니에서 검은색 수첩을 꺼냈다.

"경찰입니다. 지금 당장 손을 떼지 않으면 공무집행방해죄로 체포하겠습니다."

운전사의 낯빛이 싹 바뀌었다.

운전사가 손을 놓는데 키리노의 눈에 매점 근처에 놓인 쓰레기통 10개가량이 들어왔다. 즉시 전속력으로 달려가 가장 가까이에 있는 쓰레기통 앞에 선 뒤 주저하지 않고 그 내용물을 바닥에 흩뿌렸다.

페트병, 빈 커피 캔, 도시락 용기 외에 뭔지 모르겠는 비닐 봉지들이 주변에 흩어졌지만 스마트폰 같은 물체는 없었다.

키리노는 계속해서 바로 옆 쓰레기통을 들었다. 그리고 똑같이 있는 힘껏 뒤집었다.

음식물 쓰레기, 휴지, 먹다 남은 음식, 그리고 낯익은 핸드백이 나왔다.

그 안을 확인하자 미노리의 핑크색 스마트폰이 있었다. 재빨리 확인해보니 이미 전원이 꺼져 있었다. 나머지 검정색 스마트폰도 마찬가지였다.

범인이 이곳에서 미노리의 소지품을 처분한 것이다.

미노리의 스마트폰은 키리노의 손에 돌아왔지만, 이것으로 범인을 뒤쫓을 단서가 사라지고 말았다. 미노리를 구할 방법 역시 사라졌다.

한발 늦었다.

하다못해 조금만 더 빨리, 스마트폰 전원이 꺼지기 전에 도착했더라면 찾아냈을지도 몰랐다. 키리노는 꽉 움켜쥔 핑크색 스마트폰을 다시 한 번 바라봤다.

아니, 잠깐.

키리노는 머리를 굴렸다.

불과 몇 분 전, 즉 키리노가 이 휴게소에 들어오기 직전까지만 해도 이 스마트폰에서 위치 정보가 발신되고 있었다. 그러다 지금 꺼졌다는 것은 누가 이 스마트폰 전원을 몇 분 전에 껐다는 의미다.

그렇다면 범인은 아직 이 주차장에 있을 것이다.

키리노는 주차된 차들을 바라봤다. 왜건, 미니버스를 비롯해 100대가 넘는 차량이 있었다. 이것들을 하나하나 확인해볼 것인가? 아니면 순찰차로 한 바퀴 돌며 무선으로 지원을 요청할 것인가?

그때 왜건 한 대가 휴게소를 떠나는 것이 보였다. 혹시 저기에 미노리가 타고 있진 않을까? 출구로 향하는 왜건을 보고 있자니 왠지 그 안에 미노리가 타고 있을 것 같은 느낌이 들었다.

C

남자가 나이프를 들었을 때는 결국 죽는다고 생각하며 전율했지만, 그 뒤에 뺨을 맞은 미노리는 갑자기 화가 솟구쳤다.

어째서 이런 녀석들에게 부모님에게도 맞아본 적 없는 뺨을 얻어맞아야 한단 말인가? 도저히 납득할 수 없다. 어차피 강간당해 죽을 거라면 적어도 방금 맞은 것만은 되갚아주자. 그렇게 마음먹은 순간, 묘하게도 용기가 솟구치며 냉정을 되찾았다. 마치 기합이 잔뜩 들어간 것 같은 기분이었다.

선글라스 남자가 다시 미노리의 다리 사이로 손을 뻗자 미노리는 빙긋 웃으며 온몸의 힘을 뺐다. 미노리가 체념했다고 생각한 남자는 그녀의 속옷을 완전히 벗기고 다리를 양쪽으로 벌리려고 양손을 허벅지에 갖다 댔다. 뒤에서 조르던 턱수염 남자의 힘도 어쩐지 느슨해진 것 같았다.

미노리는 천천히 다리를 오므렸다가 선글라스 남자의 사타구니로 있는 힘껏 뒤꿈치를 뻗었다. 남자는 뒤로 자빠져 시트 사이 통로로 머리부터 떨어졌다. 뒤에서 조르던 남자가 놀란 틈을 타, 미노리는 몸을 비틀어 조르기를 풀고 운전석 쪽으로 도망쳤다.

스마트폰을 떨어뜨렸을 뿐인데 : 붙잡힌 살인귀

다리는 자유로워졌지만, 아직도 양손이 뒤로 결박돼 있었다. 하다못해 재갈이라도 없으면 비명이라도 지를 테지만 지금은 어림도 없었다.

턱수염 남자가 바로 운전석으로 밀고 들어오려 했다.

그때 선글라스 남자가 뭐라고 외쳤다. 그의 한 손에서 나이프가 날카롭게 빛났다. 그의 얼굴에서 웃음기가 싹 사라져 있었다. 이번에야말로 그녀를 찌를 기세였다.

미노리는 운전석 문에 몸을 기대고 뒤로 묶인 손으로 손잡이를 찾았다. 하지만 턱수염 남자가 운전석으로 몸을 내밀며 미노리의 몸을 문에서 떼어냈다. 미노리의 손은 아직 문에 닿아 있었지만, 좀처럼 손가락이 손잡이에 걸리지 않았다.

턱수염 남자가 미노리의 왼팔을 붙잡고 힘을 주자 미노리는 문에서 떨어지고 말았다.

"으웁으으웁우우웁."

재갈을 문 채 항의해보지만 역시 아무 말도 나오지 않았다.

미노리는 머리를 흔들며 필사적으로 저항했다. 이 운전석 문만 열면 밖으로 나갈 수 있다. 죽을 듯이 달려가 도움을 청하면 살 수 있을지도 모른다.

그때 운전석 문이 열렸다.

순간적으로 누군가가 도와주러 왔나 싶었지만, 차에 탄 사람은 멤버 중 가장 젊은 남자였다. 핸드백을 들고 밖에 나갔다가 이상한 낌새를 느끼고 운전석으로 온 것이다. 이것으로 미노리는 궁지에 몰리고 말았다. 게다가 젊은 남자의 손에도 나이프가 들려 있었다.

조수석에서는 턱수염 남자가 팔을 붙들고, 운전석 쪽에서는 나이프를 든 젊은 남자가 밀어내 미노리는 완전히 도망칠 곳을 잃었다. 게다가 젊은 남자가 나이프를 미노리의 뺨에 갖다 댔다.

싸늘한 칼날의 감촉이 뺨에 전해졌다.

"읍우우우읍우웁."

재갈도 벗겨질 것 같지 않았다.

다리만은 자유로웠지만 턱수염 남자가 어깨를 더욱 힘주어 붙잡자, 미노리는 운전석에서 발버둥 치는 것밖에 할 수 없었다.

이제 아무리 몸을 비틀어도 문에 손이 닿지 않는다.

그 순간 미노리는 눈을 꼭 감고 눈앞의 핸들 위로 있는 힘껏 머리를 들이밀었다.

"삐————————앙."

왜건 경적이 주차장에 크게 울려 퍼졌다.

A

키리노는 반사적으로 달려갔다.

방금 경적이 울린 주차장 외곽의 검은색 왜건에 미노리가 있다. 직감이라기보다 확신에 가까웠다. 키리노는 그렇게 생각하면서도 필사적으로 다리를 움직였다.

다른 자동차나 매점에서도 무슨 일인가 싶어 사람들이 몰려나왔다. 계속해서 경적을 울리는 차를 멀찍이서 지켜봤지만, 그렇다고 주차장 외곽에 서 있는 왜건에 가까이 가보려는 사람은 없었다.

한 걸음씩 착실히 왜건을 향해 달려갔지만 주차장 가장 안쪽에 외따로 서 있는 자동차까지의 거리는 좀처럼 좁혀지지 않았다.

키리노는 있는 힘껏 달려 숨이 가빴다. 심장이 비상용 벨처럼 울렸다.

검은색 왜건까지 이제 20미터가 남았을 때 경적이 그쳤다.

자세히 보자 왜건이 위아래로 흔들리고 있다.

검은색 왜건은 차창이 선팅 돼 있어 안쪽이 보이지 않았다. 숨을 헐떡이며 왜건까지 간 키리노는 다급한 마음에 문손잡이를 잡고 있는 힘껏 당겼다.

가벼운 감촉이 손에 전해졌다. 문이 잠겨 있지 않았다. 쉽게 옆으로 열렸다.

나이프를 손에 든 아랍계 남자 한 명이 뒤돌아 키리노를 멍하니 쳐다봤다. 안쪽 운전석에서 몇 사람이 몸싸움을 벌이고 있었다. 자세히 보자 머리가 긴 여자를 두 남자가 제압하는 중이었다.

"미노리!"

키리노가 외치자 안에 있던 세 사람이 움직임을 멈췄다.

그리고 머리가 긴 여성이 몸을 일으켰다. 암흑 속에서 그녀의 눈이 빛났다.

"우웁압."

역시나 미노리였다.

"카나가와현 경찰이다! 유괴와 살인미수 혐의로 체포하겠다!"

키리노가 갈라지는 목소리로 외치며 검은색 경찰수첩을 내밀었다.

세 아랍 남자는 무표정하게 키리노를 바라보면서도 손에 든 나이프를 놓으려 하지는 않았다.

"나이프 버려. 안 그러면 공무집행방해죄로 체포하겠다."

스마트폰을 떨어뜨렸을 뿐인데: 붙잡힌 살인귀

키리노는 안쪽 주머니에서 권총을 꺼내 수평으로 겨냥했다.
그것을 본 운전석의 젊은 남자가 즉시 잭나이프를 미노리의
목에 댔다.

"경찰이다. 시키는 대로 해."

하지만 세 아랍 남자는 눈빛과 속삭임으로 신호를 교환했다.

"나이프 버려. 그러지 않으면 정말로 쏘겠다."

키리노의 사격 실력은 처참한 수준이었다.

경찰학교에서 받은 성적은 최하점이었고, 교관들도 가망이
없다며 포기했다. 사이버 범죄 담당이라는 이유로 어떻게든
가산점을 얻긴 했지만 원래대로라면 낙제했을 것이다.

젊은 남자를 겨누더라도 탄환이 미노리에게 맞지 않으리란
보장이 없었다. 게다가 권총에 아직 안전장치가 걸려 있었다.
이것을 풀고 방아쇠를 당기는 사이, 앞에 있는 선글라스 남자
가 덤벼들 가능성도 충분했다.

"나이프 버려."

말로 설득할 수밖에 없었다.

하지만 정작 아랍 남자들이 일본어를 알아듣는지가 의심스
러웠다.

"쓸데없는 저항은 그만둬."

가장 앞에 있는 선글라스 남자가 나이프를 손에 든 채 몸을

바싹 숙였다. 키리노도 그의 얼굴을 향해 바로 권총을 조준해 움직임을 견제했다.

"조금이라도 움직이면 쏜다."

키리노는 그렇게 말하면서 들고 있는 권총으로 세 사람의 얼굴을 번갈아 겨냥했다. 턱수염 남자가 뭐라고 중얼거리자 앞에 있던 선글라스 남자가 고개를 끄덕였다. 키리노는 다시 그 남자의 얼굴을 향해 권총을 겨누며 즉시 안전장치를 풀려 했다.

"카나가와현 지방경찰청의 키리노 료이치 맞지?"

그때 키리노의 등 뒤에서 목소리가 들렸다.

뒤돌아보자 졸린 눈의 남자가 서 있었다.

우라이가 원격조작으로 얼굴 사진을 도촬한 미야조노 나오키였다. 그리고 그 가명을 가진 남자도 오른손에 권총을 들고 있었다.

B

남자가 아시가라 휴게소로 진입하는데 어디서 경적이 크게 울렸다. 몇 분 전, 이곳에서 마츠다 미노리의 위치 정보가 사라졌기에 무슨 일이 일어난 것만은 분명했다. 남자는 차의 속도를 줄이며 주차할 곳을 찾았다. 키리노가 탔던 암행 순찰차도 발견했지만, 근처는 어두웠고 수상한 차량은 보이지 않았다.

남자는 그때 문득 아직도 경적이 그치지 않고 있다는 사실을 깨달았다.

자연스레 시선이 경적 소리가 나는 쪽을 향했다. 주차장에서 가장 멀리 있는 검은색 왜건 차량에서 들려오는 것 같았다. 그리고 그 차량을 향해 한 남자가 질주하는 것이 보였다.

키리노 료이치였다.

방금 전 자신의 차량을 맹렬한 속도로 추월한 키리노도 이곳 아시가라 휴게소에 와 있었다. 아마 그도 마츠다 미노리의 스마트폰 위치 정보를 쫓아왔을 것이다. 남자는 검은색 왜건이 보이는 곳에 차를 세우고 재빨리 사이드브레이크를 당겼다. 그리고 기세 좋게 문을 열고, 왜건으로 향하는 키리노의 뒤를 쫓았다.

카나가와현 사이버범죄대책과 소속 키리노 료이치.

FBI에서도 디지털 포렌식 실력을 눈여겨보는 뛰어난 사이버 형사였다. 독자적으로 경시청 네트워크에 잠입해 오랫동안 흔적을 남기지 않은 기술도 대단했지만, 경찰관이라고는 믿기지 않는 대담함이 더욱 놀라웠다. 키리노가 저지른 짓이 언론에 알려지면 경찰 조직을 뒤흔들 일대 스캔들로 발전할 것이다.

남자는 달려가면서 주차장을 둘러봤다.

다른 경찰 관계 차량은 없는 것 같았다. 교통관제 센터의 크래킹 때문에 카나가와현 지방경찰청도 여기까지는 신경 쓰지 못하는 모양이었다. 방금 전부터 경적이 울리고 있는 검은색 왜건을 멀찍이서 지켜보는 구경꾼들도 있었지만, 키리노와 자신 외에는 아무도 가까이 가려 하지 않았다.

키리노가 검은색 왜건의 문을 여는 것이 보였다.

남자는 가슴 주머니에서 권총을 꺼냈다. 재빨리 안전장치를 풀고, 언제든 발사할 수 있도록 방아쇠에 손가락을 걸쳤다. 실탄도 여섯 발 정도 들어 있었다.

숨을 헐떡이며 검은색 왜건에 다가가자 키리노가 큰 소리로 뭐라고 외치고 있었다. 남자는 차 안 상황을 살폈다. 어두워서 잘 보이지 않았지만 남자 여러 명이 꿈틀거리는 모습이 보였다.

키리노가 한 번 더 뭐라고 외쳤다.

"카나가와현 지방경찰청의 키리노 료이치 맞지?"

남자는 그의 뒤에서 말을 걸었다.

키리노가 멍한 얼굴로 자신을 돌아본 순간, 남자는 주저 없이 방아쇠를 당겼다.

아시가라 휴게소에 총성 한 발이 울려 퍼졌다.

최종장

중국 관광객이 급증하면서 칸사이 국제공항을 중심으로 각지의 출입국 심사는 만성적인 인원 부족에 시달렸다. 세관에서는 바쁜 시기가 되면 관리직까지 동원해 부족한 인원을 메웠지만, 직원들이 입국 심사로 게이트에 들어가면 3~4시간은 빠져나오지 못했다. 그럼에도 입국 게이트에서 외국인 관광객을 2시간이나 기다리게 만드는 경우가 허다했다.

그래서 도입된 것이 자동화 게이트였다.

이 자동화 게이트는 여권과 지문 대조로 본인을 확인하고, 자동적으로 출입국을 할 수 있게 하는 시스템이었다. 자동화 게이트를 이용하려면 사전에 이용자 등록을 해둬야만 했다. 하지만 특별히 어려운 일은 아니었다. 신청서와 여권을 담당 직원에게 제출하기만 하면 비행 당일에도 등록이 가능했다.

한번 등록하면 여권 유효기간이 끝날 때까지는 자동화 게이트를 이용할 수 있기에 해외에 자주 나가는 회사원들에게는 편리한 시스템이었다. 참고로 자동화 게이트를 이용하면 여권에 출입국 도장이 찍히지 않는다. 해외여행의 추억을 간직하기 위해 출입국 도장이 필요한 경우에는 창구 직원에게 따로 요청하면 된다.

그날 오사카 입국 관리국의 나카이데 나나는 칸사이 국제공항 제1 터미널에서 자동화 게이트 이용자 등록을 위한 창구 업무를 보고 있었다. 평소처럼 신청서와 여권을 받고, 희망자에게 전용 기계로 지문 등록을 부탁한다. 여권과 지문에 별다른 문제가 없으면 여권에 등록 완료 도장을 찍어 돌려주기만 하면 된다.

미타 미츠오.

젊은 회사원이 신청서와 여권을 들고 왔다. 나카이데는 왠지 가벼운 위화감을 느꼈다.

"오늘 출국하시는 건가요?"

자연스럽게 물어봤다.

"네. 오후 비행으로 베이징까지 갑니다."

젊은 회사원이 허스키한 목소리로 대답했다.

그때 나카이데는 그 위화감의 원인을 알아차렸다. 이 젊은 남자는 사흘 전 요코하마 유치장에서 탈출한 연쇄살인마와 어딘가 닮았다.

하지만 그럴 리 없었다.

탈주 중인 연쇄살인마가 이런 대낮에 출국 게이트를 당당히 통과할 수 있을 리 없다.

"여기 있는 기계에 양손 검지를 대주세요."

게다가 만약 이 남자가 탄자와 연쇄살인범이라면 이 지문 인식 기계가 놓칠 리 없었다. 입국 때나 출국 때나 지명수배범으로 의심되는 자는 세관에서 지문을 확인한다. 따라서 지문 채취가 필요한 자동화 게이트에 지명수배범이 굳이 등록하러 올 리가 없었다. 나카이데는 그렇게 생각하면서도 긴장된 얼굴로 기계를 바라봤다.

"자동화 게이트라니, 정말 편리한 게 생겼군요."

젊은 남자가 느긋한 태도로 나카이데에게 말을 건넸다. 자신이 의심받고 있는 줄 조금도 모르는 눈치였다.

"아, 네. 더욱 많은 분들이 이용해주시면 좋겠어요."

나카이데는 평정을 가장하면서도 기계의 인식 결과를 가만히 바라봤다.

"이야, 정말 편리하군요. 여기서 한번 등록하면 출국 심사가 손가락 하나로 끝나잖아요."

남자가 허스키한 목소리로 수다스럽게 말했다.

기계에서 이상한 반응은 나오지 않았다. 나카이데는 다시 한 번 남자의 얼굴을 물끄러미 바라봤다. 역시 그 연쇄살인마와 어딘가 닮았다.

"죄송합니다. 다시 한 번만 손가락을 대주시겠어요?"

"좋습니다."

남자는 순순히 검지를 기계에 갖다 댔다.

역시 기계의 인식 결과는 이상이 없었다.

단지 닮은 사람인 걸까?

자세히 보니 텔레비전에서 본 연쇄살인마 사진과 분위기가 다른 것 같기도 했다. 역시 다른 사람일 것이다. 무엇보다 기계가 이런 결정을 내린 이상, 나카이데가 이 남자를 붙잡아둘 이유는 없었다. 등록 완료 도장을 찍고 여권을 돌려줬다.

"수고가 많으십니다."

남자는 빙긋 미소 지으며 출국 게이트로 사라졌다.

A

키리노가 눈을 뜨자 복부에 격통이 내달렸다.

"으윽."

얼굴을 찡그리는 것과 동시에 작은 신음이 흘러나왔다.

"료 짱, 정신이 들어?"

누가 자신을 걱정스럽게 바라보고 있었다. 처음 보는 방이었다. 팔에는 연결된 튜브를 통해 링거액이 주입되고 있었다. 아무래도 병실 침대인 것 같았다.

"…미노리?"

잠시 머리가 멍했지만 차츰 의식이 선명해졌다. 그와 동시에 복부의 고통도 심해졌다.

"출혈이 너무 심해서 한때는 절망적이라는 이야기도 들었어. 다들 얼마나 걱정했다고."

미노리가 눈물을 글썽이며 말했다. 아무래도 배의 상처가 생각보다 깊은 듯했다.

"내가 얼마나 의식을 잃고 있었던 거야?"

미노리가 방에 걸린 달력을 확인했다.

"오늘로 딱 사흘째야."

최종장   309

그렇게 오래 잠들어 있었단 말인가? 키리노는 가벼운 충격을 받았지만, 그와 동시에 복부가 아픈 원인도 생각해냈다.

그때 졸린 눈의 남자가 쏜 권총 탄환은 키리노를 공격하려던 선글라스 남자의 왼쪽 어깨를 관통했다. 선글라스 남자는 그대로 나동그라졌지만, 그 직전에 오른손에 든 나이프를 키리노의 복부에 꽂았다.

〔키리노 군, 괜찮나?〕

M이라고 생각했던 남자가 그를 구한 것이다.

〔당신은 대체 누구죠?〕

이 남자가 M이 아니었던 걸까?

〔경시청 공안부 겸 사이버공격대책센터 소속 효도 아키라다.〕

공안이 왜?

키리노는 희미해지는 의식 속에서 그렇게 생각했던 것을 기억해냈다.

"그 뒤에 어떻게 됐어?"

자신이 의식을 잃었던 사흘 동안 무슨 일이 일어나고, 무엇이 해결됐을까?

"아랍계 남자 세 명은 그 자리에서 효도 씨에게 현행범으로 체포됐어. 하지만 그 사람들을 고용한 인물이 누구인지는 아직도 밝혀지지 않았나 봐."

미노리의 말을 듣고 키리노는 가벼운 혼란에 빠졌다.

M.

졸린 눈의 효도가 M이 아니라면 대체 누가 JK16을 살해했을까? 그리고 580억 엔 상당의 가상화폐를 훔치려 한 것은 대체 누구일까?

"효도 씨의 추리에 따르면 내가 죽을 뻔한 것도, 그 랜섬웨어 소동과 교통관제 센터가 크래킹당한 것도, M이 가상화폐를 다크웹에서 교환하기 위한 양동작전이었을 수 있대."

미노리가 효도에게서 들은 이야기에 따르면, 경찰이 대혼란에 빠진 사이 580억 엔 상당의 유출 가상화폐가 다크웹에서 전부 교환됐다고 한다. 공안의 사이버 범죄 담당인 효도는 그 가상화폐의 행방을 쫓고 있었다.

랜섬웨어와 교통관제 센터에 대한 공격은 경시청 관할인 도쿄에서도 일어났다. 경시청에서는 사이버 대책 센터가 그에 대응하느라 대혼란에 빠졌다. M은 580억 엔 상당의 가상화폐를 손에 넣기 위해 경시청을 중심으로 한 전국 각지의 사이버 담당 부서 기능을 마비시키고 싶어 했다. 그와 동시에 미노리를 유괴한 것은 M에게 가까워지던 키리노에 대한 양동작전이었다는 것이 효도의 추리였다.

최종장

"아랍인 실행범 셋은 어떻게 됐어? M에게 사주받았다고 자백한 거야?"

미노리가 고개를 크게 끄덕였다.

"M이 인터넷으로 나를 죽이라고 의뢰했대."

JK16을 살해할 때와 같은 패턴이었다.

키리노는 이 이야기에 납득할 뻔했지만 약간의 의문을 느꼈다.

JK16은 M의 정체를 알았기 때문에 목숨을 잃었다. 하지만 자신들은 전혀 엉뚱한 효도를 M으로 생각하고 쫓고 있었다. 그런데 미노리가 생명의 위협을 받은 것이다. 그는 자신도 모르는 사이 M의 꼬리를 밟고 있었던 것일까?

대체 M은 누구지?

"그렇지. 우라이는 어떻게 됐어?"

"아직 못 찾았대. 경찰도 필사적으로 찾고 있지만 말이지."

하지만 검거되는 것은 시간문제라고 키리노는 생각했다. 감시 카메라가 쫙 깔린 일본에서 지문과 DNA까지 채취당한 우라이가 이대로 끝까지 도망칠 수는 없었다.

그때 병실 문을 노크하는 소리와 함께 졸린 눈의 남자가 나타났다.

"의식을 차렸나 보군."

경시청 공안부 겸 사이버공격대책센터 소속인 효도는 수수한 검은색 양복을 입고 있었다. 실제로 보니 40대 후반 정도 같았다. 공안인 데다 우라이만큼이나 표정에서 감정을 읽어 내기 힘들었다.

키리노는 효도에게 머리를 숙이려고 몸을 일으키다가 격통을 느끼며 얼굴을 찡그렸다.

"그대로 있어도 돼. 자네는 아직 환자니까."

"여러 가지로 고마웠습니다."

키리노는 옆구리의 고통을 견뎌내며 감사 인사를 했다.

효도는 조용히 둥근 의자에 앉더니 미노리에게 들리지 않도록 작은 목소리로 말했다.

"공안 경찰의 데이터베이스에 잠입한 부정접속금지법 위반 혐의로 사정 청취를 해야 해. 하지만 그 상처로는 힘들겠군."

키리노는 그의 졸려 보이는 눈을 응시했다. 과연 어디까지 들켰을까? 침입한 흔적은 깨끗이 지웠다. 정말 자신이 접속했다는 것을 들키고 만 것일까?

"처음엔 미노리 양을 의심했지. IP 주소로 미노리 양의 주소를 찾아내 미행이나 행동 확인을 해보니 범인은 그 남자 친구인 사이버 담당 현역 경찰관이더군. 게다가 그 인물이 키리노 요시로 씨의 아들일 줄이야."

최종장   313

눈앞의 공안 경찰관이 아버지의 이름을 말하자 키리노는 더욱 놀랐다.

"아버지를 아십니까?"

키리노는 다시금 그의 졸려 보이는 눈을 응시했다. 여전히 그의 감정은 읽어내기 어려웠다.

"자네 아버지, 키리노 요시로는 한때 내 상사였어. 자네 어머니에게도 정말 많은 신세를 졌지. 입원 중인 걸 알고 병문안도 갔네."

"그러셨군요."

"그런데 공안 데이터베이스에 잠입한 건 역시 죽은 자네 아버지 사건의 진상을 알고 싶어서였나?"

"그렇습니다."

그의 아버지는 20년 전에 순직했다. 그러나 그에 대한 진상은 수수께끼에 싸여 있었고, 가족들에게도 공개되지 않았다. 진실을 알아내는 것이야말로 키리노가 고액 연봉도 포기하고 경찰이 되기로 한 가장 큰 이유였다.

"아버지는 왜 돌아가신 거죠?"

효도는 키리노에게서 눈을 떼며 작게 한숨을 쉬었다.

"자네 아버지는 존경스러운 분이었네. 그분의 죽음에 대해 자네나 자네 가족이 부끄러워할 만한 일은 조금도 없어."

"사건의 진상을 알려주시겠습니까?"

"한 나라의 운명을 좌우하는 사건이었으니까 말이지. 하지만 언젠가 때가 되면 말해주겠네. 하지만 지금은 자네의 부정접속금지법 위반 혐의부터 추궁해야 해."

키리노는 아무 말 없이 효도의 얼굴을 바라봤다.

"원래대로라면 자네를 체포해야 하네. 하지만 오늘은 거래를 제안하러 왔네."

"사법 거래입니까?"

"아니, 자네 아버지에게 신세를 진 부하로서, 그리고 같은 사이버 공간에서 범죄를 단속하는 형사끼리의 거래일세."

"제가 아는 정보는 전부 경시청에 제공하라는 건가요?"

"물론 그것도 있지. 하지만 가장 큰 조건은 자네의 거취에 관한 거야."

"자발적으로 경찰을 그만두라는 건가요?"

효도는 특유의 졸린 눈으로 키리노를 가만히 바라봤다.

"아니, 오히려 그 반대일세. 자네가 경찰을 그만두지 않으면 이번 일은 불문에 부치지. 가뜩이나 사이버 수사관이 부족한 마당에 FBI도 주목하는 인재를 잃기는 아까우니 말이야. 게다가 자네라면 경찰을 그만둬도 높은 연봉으로 채용해줄 기업이 얼마든지 있을 거야. 그러니 이건 내가 주는 벌일세. 자

최종장

네가 경찰을 그만두지 않으면 이번 사건은 내 선에서 끝내겠어. 당연히 형사 고발도 하지 않겠네."

"교활하시군요."

"그래. 교활하지 않으면 공안에서 사이버 범죄를 어떻게 다루겠나?"

키리노는 잠시 망설였다.

자신이 이대로 계속 경찰관으로 살아갈 수 있을까? 아버지의 죽음에 대한 진실을 알고 나면 언젠가 경찰을 그만둘 것이라고 생각해왔다.

"그렇게 하면 정말 불문에 부치실 거죠?"

"뭐, 솔직히 말하면 여기서 자네를 체포해도 재판에서 이길 자신이 없거든."

효도는 시치미 뗀 얼굴로 머리를 긁적거렸다.

"역시 그렇군요."

"그래. 위법적인 방법으로 입수한 증거는 법정에서 채택될 수 없지."

효도가 어떤 증거를 어떻게 입수했는지는 모르지만, 위법적인 멀웨어 등을 사용한 것은 분명했다. 미국에서는 그런 것들을 폴리스웨어라고 부르기도 하는데, 그에 대한 법적인 근거가 일본에서는 아직도 애매했다. 키리노도 수사를 진행하면서 그에 대한 고민을 할 때가 많았다.

"그런데 미야조노 나오키는 누구인가요?"

키리노는 조금이라도 반격해보려고 했다.

"역시 예리하군. 그 이름은 해킹할 때의 내 가짜 이름이네. 더 자세히 이야기하려면 방금 전에 불문에 부치겠다는 이야기를 다시 한 번 생각해봐야 할 것 같은데, 그래도 되겠나?"

"아니, 이쯤 해두죠."

키리노가 히죽 웃자 효도가 처음으로 하얀 이를 드러냈다. 미노리는 영문을 모르겠다는 얼굴로 두 사람을 지켜봤다.

"자, 자네가 파악한 M의 정보를 전부 가르쳐주게. 지금 경시청은 M 체포의 갈림길에 서 있어. 가상화폐 유출 사건은 합법적인 증거가 별로 없네. JK16 살해와 미노리 양의 살인 교사라면 어떻게든 될 거야."

미노리에게 자리를 피해달라고 부탁한 뒤 경시청의 효도가 가진 정보와 키리노가 가진 정보를 대조해봤다. 그러자 익명 통신의 벽 사이에 끼어 있던 M의 의외의 정체가 희미하게 드러나기 시작했다.

"키리노 군, 고맙군. 잘하면 이걸로 어떻게든 될 거야. 나는 이제부터 경시청을 설득하러 돌아가야 하지만, 자네를 대신해 반드시 M을 체포하겠네."

최종장   317

효도는 이 말을 남기고 떠났고, 대신해서 미노리가 병실로 돌아왔다.

미노리는 이마에 작은 반창고를 붙이고 있었다.

큰 부상은 아니었지만 그 아랍계 남자들과 격투를 벌이면서 몇 군데에 찰과상을 입었다고 했다.

"미노리, 위험한 일을 당하게 해서 정말로 미안해."

"아니야. 결과적으로는 무사하니까 됐어. 그보다 료 짱이 다친 게 더 걱정이었어."

미노리는 자신이 다친 것보다도 키리노가 걱정돼 잠을 못 이뤘다고 했다.

키리노도 이번만은 자신의 행동을 반성했다.

생각해보면 지금까지 자신은 사람의 감정에 대해 별로 생각해본 적이 없었다. 다른 사람들과 일정한 거리를 두고 깊이 관여하지 않으면서 성가신 인간관계에서 벗어나고 싶다고 생각했다.

그것은 애인 미노리에 대해서도 마찬가지였다.

그런데 이번에 미노리를 매우 위험한 상황에 빠뜨리고 말았다. 미노리는 그 아랍 남자들에게 살해당할 뻔했는데도, 그런 사건에 말려들게 한 자신의 부상을 진심으로 걱정해줬다. 게다가 그런 미노리 덕분에 이번 사건이 잘 해결될지도 몰랐다.

스마트폰을 떨어뜨렸을 뿐인데 : 붙잡힌 살인귀

키리노는 침대에 놓인 미노리의 손을 잡았다. 그녀의 작고 하얀 손을 강하게 잡았다.

"미노리, 사랑해."

미노리의 눈에 굵은 눈물방울이 맺혔다.

B

나리타 공항 제1 터미널 남쪽 윙 지점.

효도는 출국 심사 게이트 앞에 서서 한 남자가 오기를 기다리고 있었다. 그 남자가 지금부터 중국 국제항공을 타고 베이징까지 날아간 뒤 고려항공으로 평양에 들어갈 예정이라는 것도 파악하고 있었다. 효도의 주변에는 사복 수사관들이 스무 명 정도 배치돼 있었다. 그중에는 카나가와현 지방경찰청 수사1과의 고토 형사도 있었다. 귀에 꽂은 이어폰에서 그 남자가 공항 카운터에서 체크인을 마치고 자신들이 기다리는 출국 게이트로 향하고 있다는 사실을 알려줬다.

이윽고 효도의 눈으로도 그 남자의 모습을 확인할 수 있었다. 은색 테 안경을 쓴 남자가 주위를 살피며 걸어오고 있었다. 효도는 다른 형사들과 함께 그 남자를 가로막았다. 그리고 가슴 주머니에서 검은색 수첩과 종이 한 장을 꺼내 남자의 얼굴에 들이밀었다. 경찰수첩과 함께 꺼낸 종이는 상사를 필사적으로 설득해 간신히 발행받은 체포 영장이었다.

"경시청 공안부 효도다. 모리오카 하지메, 당신을 요시미 다이스케, 하세가와 쇼코, 진구지 사야코의 살해 및 마츠다 미노리의 살인미수, 그리고 사전자적 기록 부정 유출·공용 혐의 및 부정 지령 전자적 기록 작성 등의 혐의로 체포한다."

"다시 한 번 말씀해주세요. 누구에 대한 살인 혐의라고요?"

모리오카는 놀라면서도 담담한 말투로 물었다.

"요시미 다이스케와 하세가와 쇼코 그리고 JK16으로 알려진 진구지 사야코 등 세 명이다."

효도의 목소리가 상기됐다.

"요시미 다이스케? 하세가와 쇼코? 그게 누구입니까?"

"3년 전에 네가 죽인 화이트해커와 그 애인이다."

"무슨 소리인지 모르겠군요. 뭐, JK16이 살해당한 건 알지만 그것도 저랑은 상관없을 텐데요."

담담히 말하는 모리오카의 말투가 효도를 불안하게 했다.

"아랍인 세 명에게 진구지 사야코를 죽이라고 시켰잖아."

스마트폰을 떨어뜨렸을 뿐인데 : 붙잡힌 살인귀

"글쎄요. 제가 그랬다는 증거가 어디에 있죠?"

모리오카는 여유로운 표정을 잃지 않았다.

"뭐, 좋아. 적어도 마츠다 미노리를 살해하려 한 세 외국인
은 우리가 보호하고 있으니."

그 아랍인 중 선글라스 남자와 연락을 취한 인물의 휴대전
화 번호는 이미 확보해뒀다. 하지만 그것은 선불 휴대폰으로
구입자 이름도 가명이었다.

"사전자적 기록 부정 유출이라는 건 무슨 죄입니까?"

"가상화폐 580억 엔을 속여서 갈취한 죄다. 너는 교통관제
센터에 잠입해 신호등을 크래킹했다. 그리고 그 혼란을 틈타
가상화폐 580억 엔을 다크웹에서 팔아넘겼지."

580억 엔 상당의 가상화폐는 다크웹에서 시장가치의 90퍼
센트로 판매돼 순식간에 다른 가상화폐와 교환됐다.

"이번 북한행은 다크웹에서 교환한 새로운 가상화폐를 인
출하고 꼬리를 잡히지 않기 위해 또 다른 가상화폐 계좌로 옮
겨놓으려는 목적이었겠지."

다크웹에서 가상화폐는 물물교환처럼 거래됐고, 거래소를
이용하지 않았다. 일본에서는 가상화폐 계좌를 개설할 때 개
인 정보를 정확히 제출해야 하지만, 해외 계좌의 기준은 상당
히 느슨했다. 가공한 개인 정보로 만든 해외 계좌에서 거래소

최종장   321

와 연결되지 않은 가상화폐를 몇 번이고 반복해서 교환하면 일본 경찰은 그 거래 실태를 파악할 수 없었다.

"부정 지령 전자적 기록 작성 혐의는요?"

"경찰 홈페이지를 해킹해 랜섬웨어 공격을 가한 죄다."

각지의 경찰 홈페이지를 해킹하고, 여기서 랜섬웨어를 퍼뜨린 것은 얼마 안 되는 랜섬웨어 몸값보다는 가상화폐 580억 엔을 다크웹에서 교환하기 위한 양동작전이었다. 자작극이었기 때문에 해당 랜섬웨어의 복구 프로그램을 모리오카만 만들어낼 수 있었던 것이다.

"제대로 된, 즉 합법적인 증거는 있겠죠?"

"물론이다."

효도는 그렇게 말은 하면서도 살얼음 위를 걷는 기분이었다. 이 정보의 단초를 제공한 비트머니사 네트워크 잠입도 위법이었고, 그 외에도 상당히 아슬아슬한 방법으로 수사를 진행한 탓이었다. 그것들이 재판에서 얼마나 증거로 채택될지는 효도 자신도 알 수 없었다.

하지만 FBI의 연락이 있었다.

M을 자칭한 인물이 사용한 익명 통신의 최종 노드 파악을 FBI에 의뢰해뒀는데, 아슬아슬한 타이밍에 그것이 성공한 것이다. 그것을 키리노에게서 얻은 정보와 대조해본 결과, 모리

오카야말로 M이며 580억 엔 가상화폐 유출의 진범이라는 결론을 내릴 수 있었다. 효도는 모리오카를 체포해 자백을 유도하고 끈질기게 메일을 조사하다 보면 결정적인 증거를 찾아낼 수 있다고 상사를 설득해 영장을 받아냈다.

"알겠습니다. 그렇다면 제 고문 변호사부터 불러주시죠."

A

키리노는 복부의 상처가 간신히 아물자마자 2주 만에 지방경찰청사에 출근했다. 효도에게 모리오카가 M이라는 말을 들었을 때는 솔직히 오인 체포가 아닐까 했다. 하지만 토르의 최종 노드가 판명되고, 모리오카 자신이 자백한 만큼 그 사실을 의심할 수는 없었다.

"어째서 가상화폐를 노린 거죠? 제가 회사를 그만두고 나서 경제적으로 어려워졌기 때문인가요?"

키리노는 취조실에서 모리오카와 단둘이 이야기할 수 있는 기회를 특별히 얻었다.

최종장   323

"회사 자금 융통이 어려워졌던 건 사실이야. 하지만 비트 머니사의 관리가 너무 허술하다는 걸 안 것이 직접적인 계기였지. 바로 눈앞에 580억 엔이 떨어져 있는데, 그걸 줍지 않을 사람이 어디 있겠어?"

모리오카는 비트머니사에 컨설턴트를 하는 동안 해당 시스템에 치명적인 결함이 있음을 발견해냈다. 게다가 회사의 운영 관리도 너무 엉터리였다. 전혀 증거를 남기지 않고 아무도 모르게 가상화폐를 유출하고 그것을 팔아치울 자신이 있었다.

"JK16만 나타나지 않았다면 모든 게 잘됐을 거야. 그 화이트해커의 등장이 유일한 내 오산이었어."

만약 키리노가 모리오카의 회사에 남아 있었다면 그의 의도를 알아채고 설득할 수 있었을지도 모른다. 그렇게 생각하자 회사를 그만둔 것이 후회됐다.

"JK16을 꼭 죽일 필요는 없었잖아요."

게다가 모리오카는 살인까지 저지르고 말았다.

"죽이지 않으면 내가 잡힐 판이었어. 이미 그 무렵에는 돌이킬 수 없었다고."

크래커란 결국 그런 존재인지도 모른다고 키리노는 생각했다. 범죄를 저지른다는 실감이 거의 나지 않는 탓에 점점 엄청난 범죄로 발전하기 마련이다.

"요시미 다이스케와 하세가와 쇼코도 죽였습니까?"

"계속 그런 걸 묻던데, 무슨 소리인지 전혀 모르겠어."

"당신이 M 아닌가요?"

모리오카는 고개를 크게 가로저었다.

"M이 과거의 가상화폐 유출 사건에 관여했다는 소문이 있어서 그 이름을 빌렸을 뿐이야. 3년 전에 요시미라는 화이트 해커와 그 애인을 살해한 건 내가 아니야."

만약 모리오카의 말이 사실이라면 사건은 미궁에 빠진다.

"어째서 미노리까지 죽이려고 한 거죠?"

모리오카는 지방경찰청의 수사를 교란시키기 위해 사이버 범죄대책과의 중심인물인 키리노의 애인을 노렸다고 이미 자백했다. 하지만 키리노는 그 말에 납득할 수 없었다.

"수사를 교란할 목적이었다면 미노리를 죽일 필요까지는 없었잖아요. 무엇보다 저는 당신이 범인일 줄은 상상조차 못하고 있었는데요."

모리오카는 입술을 깨문 채로 아무 말도 하지 않았다.

"오히려 당신이 미노리를 좋아한다고 생각했는데요."

모리오카는 입을 열지 않았다.

키리노가 모르는 곳에서 두 사람 사이에 무슨 일이 있었던 것일까?

최종장

"…사랑했으니까 말이지."

역시 그랬나 보다.

그 말을 들은 키리노는 크게 놀라기는커녕 오히려 납득했다. 지금까지도 셋이서 함께 어울리는 동안 그런 느낌을 받은 적이 몇 번이나 있었다.

"그런 애정이 왜곡돼 살해하기에 이르렀던 건가요."

"뭐, 그렇다고 할 수도 있겠지."

모리오카가 아득한 눈빛으로 그렇게 말했다.

"솔직히 이야기하면 되지 않았을까요?"

"이야기? 무리야. 내 애정은 받아들여질 수 없으니까."

"그랬습니까? 미노리가 그렇게 이야기했어요?"

모리오카가 고개를 크게 가로저었다. 지금까지 키리노가 본 적 없는 씁쓸한 표정이었다. 키리노는 복잡한 기분에 빠졌다. 자신과 미노리의 관계가 이렇게나 모리오카를 괴롭혔단 말인가? 그런 일은 상상조차 해본 적이 없었다.

모리오카가 천천히 얼굴을 들더니 키리노의 눈을 똑바로 들여다보며 입을 열었다.

"내가 사랑한 사람은 너였거든."

우라이는 여전히 발견되지 않고 있었다.

"경비를 선 경관을 공격해 제복을 빼앗아 입고 도주했다는군."

수사본부에서 오랜만에 키리노와 만난 고토는 인사가 끝나자마자 당시 상황을 설명했다. 경비가 엄중한 취조실 대신 일반 직원들도 사용하는 회의실에서 작업했던 만큼 허리의 포승줄만 풀면 탈주 자체는 쉬웠다. 게다가 당시 본청 건물은 대혼란에 빠져 있었기에 경찰 제복을 입은 우라이를 알아볼 사람도 없었을 것이다.

"저도 회의실에 들렀을 때 우라이와 경관이 없는 것을 보고 이상하게 생각했지만, 애인이 유괴됐다는 사실을 안 직후여서 신경 쓸 겨를이 없었습니다. 게다가 우라이가 제게 문자를 보냈기에 분명히 본청 건물 어딘가에서 작업하는 중일 거라고 생각했어요."

지금 되짚어보면 어째서 그렇게까지 우라이를 신뢰했는지 알 수 없었다.

"하지만 놈이 탈주한 지 벌써 2주나 지났군. 어째서 이렇게나 오랫동안 잡히지 않는 거지?"

우라이의 탈주가 드러나자마자 바로 수사망이 펼쳐졌다. N 시스템도 서서히 부활하고 있었기에 감시 카메라로 우라이를 찾아내는 것은 시간문제일 거라 여겨졌다.

"카메라 정보도 꽤나 많이 모였는데 말이지."

최근의 카메라는 초점이 엇나갔더라도 디지털 처리를 통해 선명한 영상으로 만들 수 있었다. 거기에 3D 모델링이라는 기술까지 조합하면 설령 성형수술을 하더라도 골격을 통해 동일 인물임을 밝혀낼 수 있다.

"그런데 어째서 잡히지 않는 거죠?"

"모르겠네."

고토는 털어내려는 듯이 말했다.

키리노도 그 수수께끼를 풀 수 없었다.

문득 눈앞의 책상으로 눈을 돌리자 주간지가 놓여 있었다.

〔사라진 탄자와 연쇄살인마, 목격 정보는 전부 허탕.〕

키리노는 책장을 술술 넘기다가 그런 표제를 발견하고 눈을 떼지 못했다. 그라비아 페이지에 다름 아닌 우라이에 대한 내용이 실려 있었다.

"어라? 고토 씨. 이 사진, 뭔가 이상하지 않나요?"

경찰이 제공한 우라이의 지명수배 사진이 인쇄돼 있었다.

"어, 그 사진이 왜?"

키리노는 그라비아 페이지에 실린 우라이의 사진을 보고 약간의 위화감을 느꼈다.

"이 지명수배 사진 말이에요. 우라이가 너무 뚱뚱하지 않나요?"

그곳에 인쇄된 우라이의 얼굴은 확실히 실물과 많이 비슷했지만 왠지 모르게 다른 사람 같은 느낌이 들었다.

"이 사진을 찍었을 때는 살이 쪘던 것 아닌가?"

"아니요, 마르고 뚱뚱한 것의 문제가 아닙니다. 뭔가 골격도 다르고 이상해 보인다고요."

고토도 어떤 느낌을 받았는지 그 얼굴 사진을 유심히 바라봤다.

"확실히 자네 말을 듣고 보니 얼굴 전체의 균형이 다른 것 같기도 하군. 눈이나 입도 그렇고, 하나씩 떼서 보면 우리가 본 우라이와 완전히 똑같은데 말이야."

"이 사진은 언제 촬영된 건가요?"

"체포 직후겠지. 지문이나 DNA를 함께 채취했을 때니까."

어떻게 된 일일까? 그때 촬영한 우라이의 사진이 키리노가 받은 인상과 달라 보이는 이유가 뭘까? 오랜 취조를 받으며 얼굴이 달라지기라도 했단 말인가?

"우라이가 본청 청사에서 탈주한 건 제가 미노리를 찾으러 나간 지 한참 뒤라고 했죠?"

"그래. 20시쯤에 밖으로 나가는 모습이 현관 카메라에 찍혔지."

"20시요? 그렇게 늦게요? 그렇다면 우라이는 그때까지 본
청 건물에서 대체 뭘 하고 있었을까요?"

키리노는 불쑥 그렇게 중얼거린 뒤 그 문제에 대한 답을 직
접 생각해봤다.

키리노는 지방경찰청의 데이터베이스 접속 기록을 확인
했다.

이제까지 카나가와현 지방경찰청이 체포한 모든 인물의 지
문, DNA, 그리고 얼굴과 전신 사진 등 신체 정보가 등록돼 있
었다. 이것은 현 내는 물론이고 다른 지역 경찰서에서도 열람
할 수 있었다. 이 범죄자 데이터베이스는 외부에서 해킹되지
않도록 인터넷과 차단돼 있다. 열람 자체는 아무 경찰서에서
나 가능하지만, 데이터의 입력 및 수정은 정해진 PC에서만 할
수 있었고 관리자 권한까지 필요했다.

지금으로부터 2주 전 19시 53분에 키리노의 관리자 권한을
사용해 데이터베이스에 접속한 기록이 있었다. 하지만 그 시
간에 키리노는 미노리를 찾아 고속도로를 질주하고 있었으므
로 아무리 생각해도 이 데이터베이스에 접속할 수 없었다. 그
리고 그때 데이터베이스 접속은 지하 3층 서버룸 컴퓨터에서

이루어졌다.

우라이의 짓이 틀림없었다.

오랜 시간 함께 일한 만큼, 우라이라면 키리노의 비밀번호 정도는 어렵지 않게 추측했을 것이다.

키리노는 체포자 데이터베이스에 등록된 우라이의 사진을 확인했다.

언론에 공개된 그 사진은 2주 전에 새로운 데이터로 수정된 것이었다. 미묘하게 수정된 그 사진이 실제로 우라이와 만나본 키리노와 고토의 눈을 속이지는 못했지만, 방범 카메라의 안면 인식을 피하는 데는 충분했을 것이다. 게다가 지문과 DNA 정보는 전혀 상관없는 인물로 바뀌어 있었다.

키리노는 그의 교활함에 혀를 내둘렀다.

[키리노 씨, 오랜만입니다.]

모르는 번호로 걸려온 전화를 받자 허스키한 목소리가 인사했다. 우라이가 데이터베이스를 수정한 것을 발견하고 새로운 몽타주 사진을 언론에 공개한 다음 날이었다.

"우라이, 지금 어디지?"

[글쎄요. 어디일까요?]

스마트폰에서 희미한 잡음이 들렸다. 키리노는 분명 해외일 것이라고 생각했다.

"내 관리자 권한을 사용해 지방경찰청의 데이터를 수정했더군."

〔M이 잡혔다면서요.〕

키리노의 질문 따위는 들리지 않는다는 듯이 우라이가 물었다.

〔가상화폐 유출 사건에도 관여했다죠?〕

언론이 이 사실을 대대적으로 보도했다.

"아직 확실한 증거를 밝혀낸 건 아니야."

〔키리노 씨, 그 M은 화이트해커 요시미 다이스케와 그 애인 하세가와 쇼코를 죽인 M이 아니에요.〕

집요한 취조가 이어졌지만, 모리오카는 요시미 다이스케와 하세가와 쇼코, 그리고 180센티미터의 장신 남성을 살해한 혐의를 부인했다.

"어째서 그렇게 단언하는 거지?"

우라이는 어째서 일부러 전화를 걸어 그런 정보를 알려주는 걸까? 게다가 마치 범인을 알고 있는 듯한 말투였다.

키리노의 머릿속에서 한 가지 의혹이 고개를 들었다.

"우라이. 네가 M이었던 거냐?"

그렇다면 모든 수수께끼가 풀린다. 하세가와 쇼코와 요시미 다이스케, 그리고 신원 불명의 남자까지 전부 M이었던 우라이가 죽인 것이 아닐까?

〔예전에도 말씀드렸지만, M은 어나니머스 같은 집합체가 돼버렸고 특정 개인을 가리키는 건 아니거든요.〕

"하지만 맨 처음 M이었던 인물은 있을 테지. JK16은 별개로 쳐도, 요시미 다이스케와 하세가와 쇼코를 살해한 M은 누구지? 모리오카가 죽이지 않았다면 초대 M이 그 범인일 거다. 그리고 너야말로 그 범인, 즉 초대 M이었던 것 아닌가?"

〔아닙니다.〕

우라이가 허스키한 목소리로 부정했다.

〔저는 키리노 씨에게 한 가지 밝히지 않은 사실이 있습니다. 굳이 숨기려 했던 건 아니지만 아무도 물어보지 않아서 이야기하지 않았죠. 오늘은 그 말을 하려고 전화했습니다.〕

우라이의 말투는 여전히 담담했다.

〔저는 그 탄자와산에 제가 자백하지 않은 여성의 시체는 묻은 적이 없습니다. 하지만 딱 한 남자는 제가 직접 파묻었죠.〕

"남성? 요시미 다이스케 말인가?"

〔아닙니다. 다른 한 명, 신원이 밝혀지지 않은 시체가 있었잖아요. 그 시체는 제가 죽이고 그곳에 묻었습니다.〕

"뭐라고? 그러면 그 시체는 누구지? 누구를 죽인 거냐?"

〔M입니다.〕

최종장

333

키리노는 무심결에 숨을 삼켰다.

대체 무슨 뜻일까? 키리노는 순간적으로 그의 말을 이해하지 못했다.

〔바로 그 남자가 다크웹에서 유명했던 전설적인 크래커, 초대 M입니다. 그러니 키리노 씨가 쫓는 범인은 이미 저세상 사람인 거죠.〕

키리노는 혼란스러운 머리로 다시 한 번 사실을 정리해봤다.

모리오카와는 별도로 초대 M이 실제로 존재했다. 하지만 그 초대 M은 이미 살해당했다. 그 산에서 발견된 장신의 신원 미상 남자였다.

"정말로 네가 M을 죽인 거냐?"

〔네. 그렇습니다.〕

우라이는 초대 M이 아니었다. 하지만 그 초대 M을 살해한 것은 다름 아닌 우라이 자신이라고 자백하고 있었다.

〔저는 M의 정체를 알게 돼 M에게 살해당할 뻔했습니다. 그런 관점에서 보면 정당방위라고 할 수도 있겠죠. 공격당했던 저는 오히려 M을 죽이고, 그 산에 시체를 파묻었습니다.〕

"그렇다면 요시미 다이스케와 하세가와 쇼코를 살해한 건 누구지?"

〔제가 죽인 M, 즉 초대 M입니다. 요시미 다이스케는 저처럼 M에게 접근했다가 연인과 함께 살해당했습니다. 그 사실만은 알려드려야 할 것 같아서 오늘 전화 드린 겁니다. 어찌 됐든 키리노 씨는 제 유일한 친구니까요.〕

친구라는 말이 가슴을 찔렀다.

"우라이…."

〔만약 그때 M이 아닌 키리노 씨와 만났다면 저도 이렇게 되진 않았겠죠.〕

이 말을 마지막으로 전화는 끊겼다.

우라이가 초대 M을 살해하고 그 산에 시체를 묻었다.

지금 떠올려보면 확실히 우라이는 M이 이미 죽었다는 사실을 넌지시 암시하는 발언을 여러 번 했다. 자신의 손으로 이미 죽었다는 의미였던 것이다. 하지만 자신이 살해한 초대 M의 모방범이 나타났기에 경찰 수사에 협력할 마음이 생긴 것이리라.

그리고 경찰은 M의 모방범 모리오카를 체포하는 데 성공했지만, 한편으로 우라이 미츠하루라는 비상식적인 연쇄살인마를 세상에 풀어주고 말았다. 키리노의 마음속에 막연한 불안감이 쌓이며 복부의 상처가 쑤셔왔다.

"이봐, 키리노. 드디어 카나가와현 서부에 살던 천재 소년

최종장

에 대한 단서를 잡았어.”

스마트폰을 한 손에 들고 멍하니 서 있던 키리노의 뒤에서 중년 형사가 말을 건넸다. 목소리의 주인공은 부스지마였다.

“네. 초대 M을 말하는 거겠죠.”

“초대?”

부스지마는 의아한 표정이었다.

“그 일에 관해 방금 저도 엄청난 사실을 알아냈습니다.”

“마츠다초의 공립 중학 교사가 그 천재 소년을 기억하더군.”

키리노의 말을 가로막으며 부스지마가 흥분해서 말했다.

“그런가요? 역시 M은 어렸을 때부터 그 지역에서 자랐군요.”

그리고 그 사람이야말로 다름 아닌 초대 M이었으므로 당연히 어린 시절부터 컴퓨터 재능이 뛰어났을 것이다.

“맞아. 키도 꽤나 커서 중학교 3학년 때 이미 180센티미터나 됐다는군.”

발견된 시체의 신장도 대충 그 정도였다. 과학적인 수사를 하기 전에는 단언할 수 없을 테지만, 역시 우라이의 이야기는 사실이리라.

“그 천재 소년의 이름을 알게 되자 나는 뭐가 뭔지 알 수 없게 됐어. 머리가 완전히 혼란에 빠져서 일단 자네 의견을 물어보려고 제일 먼저 찾아온 거야.”

부스지마의 뺨에 희미한 땀이 흐르고 있었다.

“이름요? 이름에 문제라도 있었습니까?”

“그 천재 소년의 이름은 우라이 미츠하루였네.”

키리노는 자신이 불과 몇 분 전에 통화한 남자와 조금도 닮지 않은 중학생의 사진을 건네받았다.

“그건 물론 본명이겠죠?”

“그래, 호적도 확인했어.”

대체 어떻게 된 일일까?

우라이 미츠하루라는 사진 속 소년이 자라 초대 M이 됐고, 요시미 다이스케와 하세가와 쇼코를 살해했다. 그리고 다크 웹에서 접촉한 흑발 애호 남자에게 탄자와산과 시체 유기 방법을 가르쳐 그가 여성 다섯 명을 살해하게 했다. 그리고 남자를 가르친 초대 M 우라이 미츠하루도 그 남자의 손에 살해당했다.

초대 M인 우라이 미츠하루를 살해한 뒤 그 남자는 우라이 미츠하루를 사칭하기 시작했다.

체포 직후에 경찰이 우라이의 과거를 조사했지만 가까운 핏줄이 없었던 점, 그리고 초대 M인 우라이 미츠하루와 탄자와 연쇄살인마 둘 다 키가 크다는 점 때문에 그의 사칭을 눈치채

최종장

ᅴ 못했던 것이리라.

키리노는 스마트폰을 꺼내 방금 자신을 친구라 불렀던 남자의 번호를 눌러봤다. 이 전화번호로 건다고 해서 그 남자가 받으리란 생각은 하지 않았지만, 음성 사서함으로 연결될 때까지 끈질기게 기다려봤다.

우라이….

하지만 키리노는 이내 깨달았다.

그 이름조차 이미 그 남자의 것이 아니라는 사실을.

이윽고 전화에서 영어로 된 안내 메시지가 흘러나오고, 메시지 녹음을 재촉하는 기계음이 들렸다.

키리노는 가벼운 한숨과 함께 입을 열었다.

"이봐…, 친구라면 이름 정도는 알려달라고."

스마트폰을 떨어뜨렸을 뿐인데 : 붙잡힌 살인귀

1판 1쇄 펴냄 2019년 6월 12일

지은이   시가 아키라
옮긴이   김진환
펴낸이   하진석
펴낸곳   ART NOUVEAU

주소   서울특별시 마포구 독막로3길 51
전화   02-518-3919
팩스   0505-318-3919
이메일   book@charmdol.com

ISBN   979-11-87824-72-5   03830